青春成长，
我依然没有长大，
直到会心痛，
不仅为自己，
也会为他人——

心会痛

才算长大

张智澜 著

作家出版社

爱的乐章

孤儿保障大行动

50元善款即可为一名孤儿提供一年保额为10万元，全面覆盖12种儿童常发重大疾病的公益保险

该保险为中国儿童少年基金会专属，公益价仅为市场价的约1/4

共铸爱心

孤儿保障大行动

50元善款即可为一名孤儿提供一年保额为10万元，全面覆盖12种儿童常发重大疾病的公益保险

该保险为中国儿童少年基金会专属，公益价仅为市场价的约1/4

为爱，追梦

孤儿保障大行动

50元善款即可为一名孤儿提供一年保额为10万元，全面覆盖12种儿童常发重大疾病的公益保险

该保险为中国儿童少年基金会专属，公益价仅为市场价的约1/4

感恩大爱

孤儿保障大行动

50元善款即可为一名孤儿提供一年保额为10万元，全面覆盖12种儿童常发重大疾病的公益保险
该保险为中国儿童少年基金会专属，公益价仅为市场价的约1/4

献给

中国儿童保险专项基金及孤儿保障大行动的
百万捐赠人及所有支持者

目　录
CONTENTS

第三篇　心痛，我们才算长大

后　记/243

心痛、悲悯与成长

——序张智澜《心会痛，才算长大》

卢新华

　　楼下邻居正在装修，我在时而会迸发出的刺耳的冲击钻声中，用了差不多两天时间，静心阅读了《心会痛，才算长大》这部书稿。这是一本描写和叙述一位从北大中文系毕业的高才生，经过在中国儿童保险专项基金供职三年的历练，从一位心高气傲、非常自我的才女，最终融入醉心于慈善事业的温暖团队，在日常的琐碎工作中，一点点蜕变为一个具有悲悯之心、非常专业的"慈善人"的故事。全书虽然波澜不惊，叙述方式也都是娓娓道来，但发自作者内心的那份真诚和感悟，还是深深地打动了我。其中许多章节，我甚至是两眼噙着泪花读完的，比如：罹患恶性"横纹肌肉瘤"的娜娜，在许多人的帮助下，终于成功施行了手术。

"娜娜出院这天，年末的北京，寒风刺骨。雪林紧紧地牵着孩子的手。在医院门口，一个行乞的老人引起了孩子的注意。

她拉了拉雪林的手，'姑姑，我想给他一块钱。'

'为啥？'

'今天的奶糖不吃了，给他一块钱。'孩子从雪林手里接过钱，认认真真地放到老人面前的搪瓷杯里。"

看到这里，你虽然会为尚未完全恢复健康的孩子感到心痛，却同时也会被深深地感动：因为人性中无法泯灭的善的种子正"野火烧不尽，春风吹又生"……

特别让我感慨的，是最初非常自我的主人公智澜，买一碗粥也不会想到为他人减轻负担，后来却在雪域高原的拉萨贡嘎机场主动要求独自留下来，帮助大家看管、托运行李，耽误了十几个小时才辗转回到北京……

我是在中国社科院和中国作协联合举办的一次有关我的新书《财富如水》的跨学界研讨会上，与张智澜书中的"胡老师"结缘的，并有幸成为基金的顾问，此后也就陆续熟识了智澜书中所提到或尚未提到的那些人，并与这个以救助孤儿为使命的公益基金发生了千丝万缕的联系。这个团队专业、高效、团结、和谐、活泼、快乐，人人一丝不苟、认真负责，个个秉持无私奉献、大爱无疆的信念，无怪乎基金成立不到三年，就获得了中国慈善界的最高荣誉"中华慈善奖"。所以，这里也一步步成了我的精神家园，每次到北京，再忙再远我也会设法到基金走一走、坐一坐、聊一聊，分享他们生活中的酸甜苦乐，和他们一起成长。

去年12月初第一次与智澜深聊，当时她给我看了她写的两篇非常感人的协助孤儿理赔的故事。智澜希望我能指导她，还说胡老师鼓励她早日将她在基金的所学所感写成一本书。我知道，对于智澜而言，这将是一件很有意义但也极富挑战的工作。第一，她只能利用工作之余的琐碎时间来完成这本书；第二，书的内容大部分与公益保险、慈善相关，写不好会非常枯燥乏味，无法吸引读者。然而，智澜不仅在这么短的时间就完成了这本书的写作，而且还写得如此真挚感人。这让我想起罗曼·罗兰的一句名言："只有出自内心的，才能进入内心。"我真为智澜感到高兴，也由衷地祝贺她！

我们生活在一个因缘聚散、同体大悲的娑婆世界。我们每一个人，我们所做的每一件事，甚至我们的每一个念头都与这个世界的每一个人，乃至这个世界的山山水水、一草一木相互关联，甚至我们的痛苦和喜乐也必须一起分享。我们每个人也都与他人互为桥梁，帮助并成就彼此的人生。所以，当我们成长到某一天，不再仅以自己的痛为痛，还会以他人的痛为痛时，那痛其实就已经转化和升华为一种可以洁净灵魂的悲悯。所以，从智澜她们手中发出去的一张张普普通通的公益保险卡，看似平凡不起眼，却一头连接着无数发心行善的爱心捐助者，一头连接着急需救助的可怜孤儿，也与整个大千世界紧密相连。故每当我走进智澜他们小小的办公室，总是能感受到中国、世界乃至整个宇宙的气场和能量，感受到这世界的每一颗爱心的律动……

《心会痛，才算长大》粗看上去主要只是描写一个北大女生如何在职场中经历成长之痛，并融入到她所喜爱的慈善事业中去，学会悲悯他人，最终做好去哈佛留学准备的故事，因此也许有人会将它看成是一本纯粹的励志书，会对刚出校门的年轻的学子走向社会或希望出国继续深造有所帮助。但我觉得如果仅仅这样理解，肯定还是很不够的。我恰恰以为，这本书虽然写的是一个和一群年轻人的故事，但它所揭示和包含的思想内涵却是对一切年龄段的人们都极具启示性意义的。尤其在今天这样的社会环境中，作为独生子女这样一个特殊群体，我们的孩子们通常更容易娇宠而骄，变得自我、自私或自负，不会"心痛"，甚至拒绝"痛感"。而我们已然知道，正是"痛感"孕育了生命。而"心痛"乃至悲悯，恰恰是我们成长过程中不可或缺的"维他命",是完善一个高尚灵魂的必经之路。故这本书的出现一定会对我们许多家长,以及热心教育改革的社会人士提供十分有益的启示——让你的孩子做慈善去吧!他们在这过程中一定会像智澜那样逐步抛除自己的偏见,走入他人的内心,感受他人的痛苦,体会他人的情怀,发现人性中最深切的善意,从而放下自我,快速成长。

因此,我更愿意将这部书看作是一本润心益智的书,一本能帮助我们的孩子们更健康、快乐地成长的书,一部会让我们的生活变得更加充满爱意的书……

且听听来自书中智澜的那些字字珠玑的切身感悟吧,它们完全值得我们一遍遍激赏:

"孤儿就是一个悲剧的既成事实。可当我直面娜娜和燕子,我仿佛看到命运之手将她们紧紧相连,又鼓励她们坚定地一起走上一条独特的成长之路。在这条路上,她们经历的黑暗与磨难远远超过常人的想象。在困境中,正是那些心底最纯粹的善意照亮了她们前行的道路,甚至包括那些法律的标准所不能衡量的、人性中最深处的真实,如果给一个向善的机会,它也会释放出能量。"

"当突如其来的重大事故发生在自己的生活里,只有毫无保留的爱能够帮助我们透过生活的风风雨雨,放下那颗也许曾经反复纠结的心,用一种更强大的力量来承受生活的洗礼,才能实现青春的蜕变。我相信,最终沉淀下来的包容与责任之心也是我获得的、独一无二的成长礼物。"

"提到慈善,大家首先想到的是爱心,是无条件的奉献。却很少有人真正理解慈善还非常需要专业。爱心和专业是慈善链条上不可分割的两个环节。没有爱心,慈善就是无源之水、无本之木;而没有专业,爱心也就不能有效递送给最需要帮助的人。"

"在慈善活动中,人们的'付出'能产生'医疗作用'和'快乐效应'。

行善对自身心理和身体健康能产生巨大而深远的影响，其自身的社会能力、判断能力、正面情绪以及心态等都会得到全面的提升。"

"有人问我，每次敲开一扇新的大门，你的勇气是来自他人的认可吗？我的答案是，我内心的光源就是那些红艳艳的枸杞子。那些抗击病魔的勇敢少年也在鼓励我。慈善，就是鼓励人们在生活中积累善的财富。"

"做一个恭敬的施予者，蹲下身子，行礼感恩！"

……

智澜所说的也正是她和她团队的朋友们正在日复一日地实践着的。

我相信，因为有这样一个团队，今后这里还会走出一个又一个睿智、成熟、宅心仁厚、波澜不惊的智澜。

当然，我更相信并且期待：因了《心会痛，才算成长》这本书的因缘，我们的时代、我们的社会、我们的世界会出现越来越多能放下自我，"先天下之忧而忧，后天下之乐而乐"，一心行善、劝善的悲悯智者，而当他们有朝一日汇聚成壮观的波涛汹涌的人流时，那景象似乎也应该当得上是"智澜"——智者之澜、智慧之澜……

参与社会创新，丰富生命价值

——序张智澜《心会痛，才算长大》

王振耀

智澜的书稿，我几乎是一口气读完的，并且不时地掩卷深思。我想，这是一本非常值得咱们的年轻人、他们的家长和所有的教育工作者及热心教育改革的社会人士认真阅读的好书。

智澜是 2006 年高考的北京文科探花，这本书是她参与社会实践的成长自述。

书中讲述的"智澜买粥"的故事，让我最为感慨。智澜为同事订粥，于她，实在可以说是大材小用。但事实却不然，她闹出一些笑话。读了这则小故事，我认为，当然不能埋怨年轻人不会买粥，真实的原因是现实教育制度的缺陷。我们的学校教育严重缺乏社会实践及相应的课程设置，让最为聪明的年轻学子，用传统的话讲，"眼高手低"。正是由于一个生命个体在整个在校学习期间，缺乏社会实践，造成其知识构成与实务缺乏有机联系。其实，更宽泛些看，我们国家的学术，包括文理工各科，又有哪一个不是与社会发展需求之间存在着较为严重的脱节呢？可喜的是，智澜在遇到问题的时候，她的反思不是传统式的，她以现代思维的方式思考她的问题，发现了自己知识结构的不足，并立即在行动和理念两个方面进行调整。把一个具体的挑战，上升到理念甚至心灵层面进行反思，也许，这正是80后、90后年轻人远胜于我们这一代人的一个突出特点。

这本书真实地展现了二十多岁的年轻人承担社会责任的历程。如何从具体的细节入手来理解，并动手解决社会问题，从而真实地负起责任，这是年轻的社会精英所必须要跨越的一个大关。在这方面，智澜描述的许多细节是十分感人的。对于孤儿，对于儿童的重大疾病，让年轻的大学生去了解、去感受，并且创造性地参与解决有关的问题，确实勉为其难。但是，智澜对以下工作情节的记述，令人动容：

"无论是针对媒体，还是普通公众，咱们都要有零距离沟通的真心……他们也许特别愿意有机会为孩子们贡献自己的力量，但是如果咱们的沟通说不到点子上，就不能把他们的意愿变为现实。"

"你听说过著名的电梯实验吗？在乘坐电梯的短短30秒之内，向身边的人介绍一个议题。也是同样的道理，我们完全可以运用金字塔的原则，高度提炼浓缩自己想要沟通的内容。"

这些记录为社会展现了，在现代条件下，完全依赖社会的力量实现自我社会价值的年轻人的心路历程。我深切地体会到，这的确是新的一代，他们在全新的社会条件下，以不同的方式来承担重大的社会责任。在这里，你怎么可能看到所谓的一代不如一代？我只能说，一代更比一代强！他们睡在办公室里支起的帐篷里，为全国孤儿的大病保险不辞辛苦，这是多么可敬的一群人啊！

这本书也展现了年轻一代人真实的再学习、再提升的过程。过去，人们往往认为，只要大学毕业或者研究生、博士生毕业，知识的学习就可以告一段落，接下去就是实践的阶段。但是，这本书却给我们以全新的视角诠释工作与学习的关系。以下两个小段落，读起来让人深受启发：

"智澜，你这篇文字写得耗时费力，却没有灵魂，没有一目了然的思想，都是一些堆砌的东西，所以刘冉认为这不能代表咱们的水平，没法儿提供给《雅智》。好的文章，一定要用'心'来写。"

"七步成诗，是麦肯锡用于分析问题、解决问题的一套成熟方法。包括：界定问题、分解问题、优先排序、分析议题、关键分析、归纳建议、交流沟通这七个步骤，每一步都需要反复推敲、反复实践才能有所领会，还需要熟练运用 MECE、80/20 等重要法则。"

这就是中国儿童保险专项基金团队日常学习的一瞥。而这里所展现的学习过程，是不可能有结业日的。另外，用心来写文章，才不会有官话、套话、空话。用心写文章，是每篇文章都要用心，是时刻都要用心。也就是说，实现使命的学习，将学习寓于工作之中，使工作过程也成为学习过程。

在这本书中，我看到了中国年轻一代的希望。30 个故事，正是一代中国年轻人走上社会舞台的真实写照。其实，从 2008 年汶川大地震救灾过程开始，我就彻底改变了对于中国年轻一代的看法。我特别反对所谓的"现在社会道德沦丧"这一说法，因为，在汶川救灾过程中，我看到了 80 后们奋不顾身，以特有的方式投入救灾工作。那是最纯粹的志愿服务，自我组织、默默奉献。正如孤儿大病救助，政府不能一下子解决，就有这么年轻的一群，自愿组织起来，在民政部门的支持下，以自身的力量在淘宝、支付宝等公益平台的长期帮助下，在中国国航、如新集团等爱心企业的持续支持下，创造性地募捐，逐步建立起针对孤儿的一套较为完整的大病公益保险体系。这是多么伟大的社会创新！

也许我特别的工作经历，让我最应该为此书作序。本书所述2009年启动的"孤儿保障大行动"，其实就是我在民政部负责社会福利和慈善事业促进司工作时所努力推进的一项工作。

我特别为勇于担起这项工作、智澜书中的"胡老师"所感动。正是由于她的智慧、担当与专业能力，才创造性地与中国儿童少年基金会合作成立了中国儿童保险专项基金，目前已经覆盖了全国24个省、自治区和直辖市，特别是河南、四川这样的人口大省，还有西藏、青海、内蒙古这样的边疆地区。胡博士和她带领的团队不畏困难、勇于担当，实在应该为社会所敬重！

必须要说明的是，中国原先并没有"大病公益保险"，中国儿童保险专项基金是创新的第一个。作为一个覆盖全国的项目，基金利用公益保险机制，力图将所有的孤儿都纳入其中。基金的专业团队为孤儿动员了这么多社会力量，让许许多多的普通人都参与进来，这是非常了不起的。

正是中国儿童保险专项基金团队所推动的儿童大病公益保险，创造了一种制度文明。这种制度文明源于民间，源于善意。他们的创新，不仅带动了邓飞等慈善人的进一步行动，也推动了国务院开始建立了全国大病医疗救助保险制度，为弱势群体撑起一片天。你看，中国重大的制度性变迁，或者更应该说社会的进步，恰恰来自这些"社会创新者"的艰难推动。

中国社会如果能凝聚更多普通年轻人的力量，就会发展得更快，而这种进步是在静悄悄地进行的。中国儿童保险专项基金能够生存、发展，本身就说明了源自社会的"善"的力量之伟大。

我特别高兴的是，对于公益慈善事业的投入，往往能够促成人们对于生活与生命价值更深刻的体会，加速他们的成长。智澜在书中有以下一段论述，我特别希望与大家分享：

"'养德'恰恰是'养生'的起点，其次才是锻炼身体、调理饮食，不能舍本逐末。中医认为宽仁厚德者五脏淳厚、气血匀和、阴平阳秘，所以能健康长寿。《论语》中就有'仁者寿'的说法，孔子还说过'大德必得其寿'。行善之人通常拥有仁爱之心、宽厚之心、敦睦之心、无私奉献之心，这样的人心态和善、平衡，与长寿之道更为相通。"

你看，这样的生活真谛和生命哲理，或者更应该出自饱经沧桑的中年或老年人，这哪里像是出自二十多岁的年轻人呢？但是，正是由于参与公益慈善事业，让风华正茂的青年人，也能够站到人生智慧的高峰，体悟生命的真相。这或许是由于在救助弱者的过程中感同身受的"痛"，让人有了一份悲悯之心。而正如智澜书中所说，就是因为这颗"会"痛的心，才让人真正"长大"。

智澜未来还打算负笈哈佛。我坚信，智澜书中所展现的，正是现实版的哈佛精神！哈佛大学的大门，对于这些有使命的人将永远敞开！

愿大家读书思人思事业，在收获成长感悟的同时，也加入到胡博士和智澜他们所从事的、令世人尊敬的中国儿童保险专项基金及"孤儿保障大行动"的行列中来，为尽早建立起与政府配合的、覆盖全国所有孤儿的大病公益保险网，尽一份心力！

前　言

曾经的我，不会心痛。

童年时，我有一颗无忧无虑、天真单纯而不知痛苦的心。作为独生子女，长辈们把我们这一代人视为"小皇帝""小公主"，我们如影随形的标签是"被宠坏了的一代"。因为没有兄弟姐妹与自己分享手足之情，童话就成为我小时候最好的伙伴。那些美好的故事总是终结于一个又一个大团圆，鼓励我不断看下去。

然而渐渐长大，我发现现实生活并不像童话般美好。

在学校，要披荆斩棘才能赢得宝贵的关注与机会，就像要通过一个个巨大的漏斗，胜出的只是少数。伴着同龄人之间学业上的激烈竞争，在父母师长的谆谆教诲下，我竭力让自己成为一名努力的好学生。从社区小学到北京大学，伴随我成长的是一颗坚强好胜的心。

大二那年，我历经层层选拔亲赴美国参加哈佛大学的模拟联合国活动。尽管这只是对联合国大会及一些国际机构的学术模拟活动，却让我眼界大开。当时在场的哈佛学生敏锐的思维和承担社会责任的勇气让我极为震撼。从此，负笈哈佛成为我一个全新的目标。

为了做好申请哈佛的准备，北大毕业后我打算再积累几年工作经验。然而初入社会，追求理想与立足现实之间的沟壑让我倍感压力。校园里的理想主义似乎已然过时，尴尬和疑惑、纠结与失望，始终如影随形。

与前人相比，我们的青春并非只有相对丰厚的物质和无忧无虑的生活，我们成长的路上也伴随着孤独和迷茫。那些个人的得失与成败在我心中留下烙印，也让我逐渐开始感觉到心痛。

即使大学毕业，即使已经参加工作，然长辈眼中的我，还是没有长大。直到有一天，我发现，当我能放下内心的纠结，当我的心不仅为自己，还会为他人而痛的时候，我就"长大"了。

感谢尚晓援老师推荐我到"中国儿童保险专项基金"工作。正是在这里，我的心，学会痛。心会痛，不仅为自己，也为近在咫尺、朝夕相伴的父母亲友，还为远在天涯、素昧平生的无助孤儿。此刻，我相信，我"长大"了。

还记得我和自己那颗包裹着硬壳的心，一同叩响了基金的大门。

初入基金，一记闷棍突如其来。这意外之痛，让我心有不甘又茫然无措。

开始工作，师傅带领我从小事做起，我的失误甚至笑话层出不穷，我的自尊心时时隐隐作痛。

屡败屡战，我孤注一掷，却遭遇陷阱，深深的挫败感让我体会到失望之痛。

重整旗鼓，回归团队后，却发现因为缺少方法和历练让我只能成为团队的负累。自诩聪明却实则无用，这败絮之痛让我始料未及。

转变思路，我渴望用自己的文字优势完成撰写文章的任务，却因判断错误再次折戟，最后时刻将压力转嫁到同事身上，这无力之痛使我备感惭愧。

　　静观他人，优秀的同龄人让我深感自己的差距，这失落之痛敦促我努力改变。

　　奋起直追，却发现自己离独当一面还有漫漫长路。我开始卸下内心厚重的铠甲，体味这颗心的破茧之痛。我意识到只有勇于承担责任，才能获得成长。

　　独立承担孤儿重大疾病公益保险理赔支持工作为我打开了一扇窗。我伸出双手以为自己是在帮助别人，却发现深陷重疾困境的孤儿及其监护人用人性的光芒照亮了我，让我如此幸运地收获了一个更好的自己。

　　见证孤儿的重生之路，我的心，体会人间五味，学会了为他人而痛：

　　小松的伯父不畏生活艰辛，在绝境中也永不放弃对孩子的爱；重疾摧残小晴的脊柱，剥夺她站立的能力，却无法毁灭她重获健康的希望；福利院的赵老师陪伴乐乐与癌症抗争，孩子始终乐观、坚强；刚刚成年的大伟和晶晶放下自己的梦想，替逝去的父母担当起护佑弟妹的重任；远在边疆的小涛一家人用亲情帮助孩子抵御病魔，又坚持以质朴之心回报全社会的善意……

　　经历了才会感受到。孤儿监护人朴实的话语总会触痛我的心，当我开始惦记那些稚嫩的孩童、为他们的窘迫奔走时，我才发现，力所不能及之感人皆有之，但即使面临重大疾病这种严酷的命运考验，也绝不能放弃人性中至善至美的一面。这些人、这些事，不只让我心痛，更令我心生敬意。

　　拥有一颗会为他人而痛的心，我的收获更加丰厚。在基金，这些险后重生的孤儿和他们的监护人、志同道合的媒体人、倾情奉献的捐赠者，还有温暖友爱的同事们，共同鼓励我以一颗会痛的心去体味作为人的艰辛与伟大。这是慈善最为深刻的视角，也敦促我时刻秉承施受平等的出发点，为需要帮助的人送上有尊严的、持久的关爱。

慈善，正是最为珍贵的一个支点，它加速了我的成长，更擦亮了我的心目，引导我跨出自我的苑囿，学会用心去感知他人的痛与爱。

回首来路，过去三年的历练远远不只是为求学哈佛所做的准备。在基金的工作经历也是我前半生最好的经历，没有之一。

书中的 30 个故事，均源自我的真实经历，我只想把这颗心掏出来给你看。

现在，亲爱的读者，请你敞开心扉，与我一起经历这场成长之旅，用心里的痛呼唤更深切的爱，让这个永不可能完美的世界更加温暖。

心会痛，我们才算长大。

第一篇

放下，为何如此艰难

上班头天，一记闷棍

一

2012年6月5日，我第一次来到中国儿童保险专项基金，陪我一同敲门的是一颗坚硬的心。

在成长路上，这颗心不断地鼓动我向前走，向前，再向前……有的时候，人们也称之为"上进心"。孩童时期，它是我的一笔财富。

在中国，孩子们就像生活在有着重重筛子的巨大漏斗里，仅留一条羊肠小径给幸运的那部分人，而筛掉的则是千军万马的同龄竞争者。

2006年秋季，凭借这颗心的坚持，过关斩将，我成功进入北京大学中文系学习。到了北大，挑战也"更上层楼"，激烈的竞争背后是对优质资源和光鲜机遇的残酷争夺。

2010年毕业后，我一心想负笈美国，哈佛大学是我梦想的目标。此时的我在北京大学教育研究院担任研究助理，期待新的成果能把自己武装成更有力的竞争者。研究过程并非坦途，由于学科专业上的差异，每天重复阅读基础文献并没有带给我想象中的提高。带着遗憾和迷茫，项目告一段落后，我考虑走出象牙塔，走进现实世界，去寻求别开生面的新机会。

我迫切希望寻找一个出口，但又不知何去何从。辗转儿童福利相关领域的其他机构工作后，在一次向专家追问犯罪案件中受害儿童应享有的长期福利保障问题时，我得到了享誉海内外的我国儿童福利领域著名学者、北京师范大学博士生导师尚晓援教授的指导。

尚老师对欧美学界十分熟悉，出版过多部英文著作，几番长谈下来，她语重心长地告诉我，去哈佛上研究生远远不是我想象的那么简单。

对于中国学生而言，高得吓人的英语成绩、国内知名学府的教育背景、名牌机构短暂的实习经历，这些都不足以证明一个人有资格赢得像哈佛那样著名学府的青睐。反过来，对社会的责任感、高质量的工作经验提炼出的"软实力"更为重要。从事公益慈善事业，也许能够帮助我更接近我的目标。

尚老师推荐我去中国儿童保险专项基金，说基金专注于为孤贫儿童提供健康保障，还获得了"中华慈善奖"。

"你如果将来想去哈佛的话，去那儿工作应该会很有帮助。据我所知，这些年基金推荐了不少年轻人去美国顶级学府。也许在基金，你能得到锻炼、实现梦想。负责基金的胡老师是之前我在人民大学工作时候的同事和朋友，你去找她吧。"尚老师对我说。

此刻，站在基金门口，在我鼓起勇气敲门时，我那颗坚硬的心将一连串滚烫的问题抛给我——这里会给我机会吗？我会在这儿成长吗？

二

　　这是一间明亮的办公室，还不到规定的上班时间，这里已经洋溢着女孩子们的笑语欢声。看到她们，一种压力陡然而生——好年轻的公益人团队！从门口第一位招呼我进门的姑娘开始，一张张充满活力的面庞映入我的眼帘。这是尚老师口中的明星团队吗？她们会比我年长吗？她们都是什么背景？从事什么工作呢？这一连串的疑问从我脑海中不停地往外冒。

　　来不及多想，走进办公室，地上一顶户外帐篷分外惹眼，一摞薄薄的凉被叠得整整齐齐地收在旁边，这到底是做什么用的呀？

　　一位热情的同事拿来几张橘红色的卡册，一张三折页宣传册，一份打印好的全新"基金"简介，供我翻阅。粗略看去，"中国儿童保险专项基金"是中国儿童少年基金会下属的一个项目。在这个当口，公益慈善领域的负面新闻正甚嚣尘上，但这个项目为什么那么有朝气？

　　一个又一个的疑问涌了上来，我心里正在琢磨……"智澜是吗？你好！我是吴慧娟，胡老师请你到她办公室去一趟。"一个笑容满面的姐姐迎了上来，我鼓起勇气跟着她走进里间的办公室。"这位就是胡老师。"吴姐介绍道。

　　在见到胡老师之前，我想象过这位领导的模样，觉得一定是那种热衷会议、不苟言笑的官员形象。

　　不过，这位领导热情爽朗，让我眼前一亮。

"智澜你好，尚老师推荐你来。她已经给我介绍了你的一些情况，你还想说点什么？"

我拿出准备好的简历，故作镇静地滔滔不绝，强调着自己的教育背景和既有经历。几个要点刚刚说完，张口正欲继续悬河，胡老师一个问题让我立刻闭了嘴。

"这些情况我都知道了。想必你对基金的情况也做了一些功课，那么你想在基金具体参与什么工作呢？"

"这个，我，呃……"我努力在脑海里回想刚刚瞄过几眼的基金介绍资料，岂料刚才杂念太多，这时心里反而没了主意。

"那我来提示你一下。基金的工作分为募款、宣传、发放执行、理赔支持四大部分，外面那些你刚刚见过的同事们都各有所长，有的同事入职不久就能独立挑起大梁。你有什么想法？"

"这个，我还需要进一步了解……但是不管是什么工作，我都有信心把它完成好……"心里发虚，又没事先和同事们做个沟通，只好模棱两可，我暗自庆幸自己狡黠的回答。

"嗯，基金的工作你可以慢慢了解。你有什么想问的问题吗？"

"我对从事公益慈善工作还有一些顾虑，嗯……比如相关的薪资待遇。"

"你有什么要求吗？"

"您觉得我这样的聪明才智和教育背景，值得什么样的待遇呢？"

胡老师严肃了起来，"智澜，我们会为每一位正式员工提供良好的待遇与福利，作为辛勤工作的回报。具体内容会有专门负责的同事为你进行详尽的介绍。"

胡老师顿了顿，"我了解你的教育背景还不错，尚老师特别交代我，说你是个'天才'，北京市 2006 年高考文科探花。但是我们重能力胜于背景。不过，我喜欢和聪明人一起工作。如果你比我还强的话，待遇就你说了算。怎么样？现在要和我比智商吗？"

我完全蒙了，这当头一棒让我心里隐隐作痛。刚才口不择言，小聪明也不起作用，正哑口无言的当儿，胡老师看着我说："智澜，你考虑考虑，可以先试用三个月。如果这三个月你做得特别优秀，那咱们什么都好商量；否则，你就要老老实实地学习、认认真真地工作。你觉得这样公平吗？"

"嗯……公平。"我心里没了主意，对自己刚才的表现很是羞赧，满口答应了下来。

局促地告别胡老师，我回到基金办公室一阵愣神儿。回味刚才和胡老师的对话，心里有点儿不服，"这里的人哪来的底气，一上来就给我一记闷棍？我倒要看看他们到底有什么本事！"我抓起留在手里的介绍文件，这内容却没有一丝火气，仿佛只是平铺直叙地淡淡介绍着这个不大的项目。

正在发愣的工夫，吴姐从胡老师办公室走了出来，"智澜，你先留下吧，咱们基金这阵子缺人，你先留下来试试，帮帮忙吧。"

神马？缺人，才把我留下来帮忙？！

"嗯嗯，好的……"我还能说什么呢？

"今天要加班哦，你和另一位新同事同时来入职，你们俩谁留下呢？要不你们商量一下，留下一位就可以啦。"吴姐笑着问。

我回头一看，一个萌萌的姑娘正在看着我笑，一头齐刘海儿下面是浓浓的眉毛。"我是万恋，你好！"她伸出了手，我留意到她手里的资料已经被梳理到一个随身的文件夹里，妥妥当当的。我毛毛躁躁地伸出了手，嘴里结结巴巴地问道："你好，咱俩谁留——呃——留下呢，你看？"

"嗯，我和妹妹都刚刚毕业，在北京忙着找工作呢。我研究生，她本科。今天早上出来得急，钥匙还在我身上，要不……"

"哦，那就我留下吧，等你明天早上来了，我给你说今晚上的事，明天你再留。"对突如其来的加班，我着实不情愿。没带换洗的衣服，又不知道自己究竟能做点啥……

三

一连串的疑问把我的心填得满满的，坐在办公室里翻来覆去地看基金介绍资料，仍然对具体的工作不得要领。同事们忙得热火朝天，我只能隐约从她们兴奋的话语中听懂"淘宝""聚划算"这几个字眼。这不是线上商业平台吗？和公益慈善有什么关系呢？这新添的疑问还无暇回答，不知不觉已经到了傍晚。

我抄起电话，躲进洗手间，急急忙忙地和家里通了一个短暂的电话，告诉爸妈我今晚不回家，要在办公室和同事们一起加班。在给家里人的心里也放满问号之后，我挂上电话，暗自腹诽，这到底是什么单位啊，上班头一天就通宵加班，难道我遇到了"血汗工厂"？

心里叽叽歪歪的还没消停，一阵笑声就从办公室里传了出来。我快步凑了上去，好奇心可不允许我错过一丁点儿有趣的事。

一阵围观，我终于明白了大家的任务。基金推出的"孤儿保障大行动"经过阿里平台的层层选拔，成为平台扶持的公益项目。淘宝、天猫的商家可以通过一种叫"公益宝贝"的机制为孤儿捐款，也可以和普通买家一起访问基金的官方淘宝店铺直接捐赠。现在正值"六一"儿童节期间，基金作为聚划算平台"聚爱心"活动的唯一慈善项目，获得了源源不断的捐赠，同时这也考验着基金全体同事们的工作能力。就在此刻，每一位通过旺旺在线留言需要服务的网友都让大家忙得应接不暇。除此以外，由于捐赠是通过拍下虚拟商品实现的，基金工作人员必须从公益店铺后台手动及时点击"发货"，才能保证网友享受到良好的捐赠体验。

一开始，每天数以十万计的发货量让大家压力非常大，直到一位同事学会使用淘宝专属的批量发货软件，工作效率才大大提高。与此同时，另一位同事不堪高峰时期数百位网友同时在线要求回复的压力，以最快的速度从旺旺"菜鸟"使用者进化成为熟手，设置了快捷回复的方式，并教会了其他同事，大大提高了工作效率。

从吴姐口中得知，办公室里最夺人眼球的帐篷已然成为大家晚上临时的"家"。这已经持续快一周了，服务爱心网友的工作压力要求同事们24 小时分批次轮班值守。

旺旺在线回答问题不是一个容易的工作，这意味着，你的工作效率、语言表达能力、个人修养都会在你十分疲惫时暴露在陌生人面前。

线上充斥着各色网友，大家的问题五花八门，只有为孤儿送保障是大家共同的关注点。

在这样一个颇有压力的时刻，胡老师也和大家一起在加班。一台电脑，一把椅子，就塑造出了分享趣闻的源泉。

"怎么让我等了这么久你们才理我啊？震屏也不搭理！"

"您好，抱歉！目前正是高峰时段，我们已经熬夜加班，保障答疑时间了，但我们每个工作人员的旺旺上排队等待答疑的网友还有数百名。"

"哦哦哦，那你们挺努力哈……让你们这么加班，你们领导一定是个坏人！"

"亲，别这么说，我就是领导哦！"

"……不好意思，那，那你们都是好人，我去给你们当志愿者吧……"

……

"你们给孤儿送的是啥保障呀？保险啊？是不是都让保险公司把钱赚走了？"

"亲，我们这是为孤儿赠送的专属大病公益保险，是不营利的。"

"保险公司可都是暴利的，我听说毛利有70%呢！"

"我们这款公益保险产品的价格只是市场同类商业保险产品价格的1/4，照你的说法，保险公司还得倒贴5%才成呢！"

"呃，这样啊，其实我也不太懂。看来你们真是公益的啊……"

……

胡老师分享的旺旺答疑趣闻着实缓解了大家的疲惫。这一晚我只是一个"酱油党"，但我却从每一张年轻的脸上听到了她们的心声。他人都是一面镜子，如果你内心阳光，看到的都是正能量。吴姐很体贴地把自己的洗护用品分给我，又拿来崭新的毛巾被给我用。

实在太累了，来不及多想，我就沉沉地睡了过去，结束了这工作的第一天。

我的师傅"吾会捐"

一

360 余万元善款，60 多万份祝福。

这是如火如荼的聚划算"聚爱心"活动结出的果实。短短五天内，爱心网商和数十万名淘宝爱心买家通过"公益宝贝"及直接捐赠方式，共同创造了线上慈善的奇迹，为基金运营的"孤儿保障大行动"淘宝公益店铺募集了 360 多万元善款，这将为河南、四川两省七万多名孤儿提供一年的大病公益保险。

活动刚刚结束，各项收尾工作还在进行，这天早上，我和其他同事正在收拾帐篷，办公室里突然沸腾起来。不明就里之际，万恋向我喊道："智澜，咱们的淘宝店信誉等级金冠啦！快看邮箱！"我马上打开邮箱，只见吴姐群发的邮件中还专门截取了一位爱心网友的留言："金冠的信用等级啊，一个公益店铺太不容易了！"我又快速访问了我们的淘宝店，更吸引我的是铸就金冠信用背后的那些好评和祝福。粗略浏览，就如同拥有一双透视眼，透过它们，我看到来自这大千世界的微小善意，状似细碎，却闪耀如星辰，通过互联网平台照亮孩子们的心，许诺给他们一个健康的未来。

尽管那段时间的舆论对公益慈善颇有微词甚至责难，但基金为孤贫儿童提供专属的、仅为市场价 1/4 的 50 元一份的大病公益保险却依然被广大网友认可和支持。我们这次活动收获了无数好评，好评率高达99.7%。想到和同事们一起睡办公室的日子里能见证这样的奇迹，我开心极了，多棒的活动呀！在对捐赠人心生敬意的同时，我也忍不住打听，"这聚划算活动为什么选择了咱们呢？"

"这可是吴姐带着大家努力的成果啊！"关舟笑着说，"还不快去取取经！"

原来，基金已与阿里平台合作多年，吴姐也曾多次赴杭州拜访，认真介绍我们的项目。最终经过阿里企业社会责任部的层层评估、筛选，"孤儿保障大行动"成为淘宝"公益宝贝"长期支持的慈善项目。本次聚划算计划在"六一"期间举行线上公益活动，在得到阿里企业社会责任部发出的项目甄选通知后，吴姐熬了一个通宵，连夜准备出了过硬的申请资料，并最终获选。

对于吴姐取得的骄人成果，还有另一个有趣的说法，是基金的资深顾问、《伤痕》的作者、著名作家卢新华老师率先"发明"的。

卢老师通过与基金办公室的多次接触，非常了解基金及其工作团队，当然也包括吴慧娟。

有一次，卢老师访问基金办公室时，看着吴慧娟，忽然笑了。他说："看来就是应该由你来负责为基金募款呀！"当时整个团队的人都丈二和尚摸不着头脑。卢老师接着说："吴慧娟，就是'吾会捐'，我要捐的意思嘛！好贴切的名字呀！"大家都恍然大悟，哈哈大笑。

合作伙伴们也不会奇怪为什么要到分别的时候吴姐才拿出名片。因为当他们拿着她的名片、念出她名字的时候，她就会笑着说："谢谢您啊！请问您捐多少？"

玩笑之余，我还听说，能干的吴姐是胡老师的徒弟，得到了很多"真传"。在工作上，她不仅能够高效地解决问题，是完成任务的铁腕人物，而且还是一个"极其上镜"的漂亮、温柔姐姐。那么吴姐的徒弟会是谁呢？

二

"师徒制"是基金最有效的工作和培训方式。每一位来基金工作的新人都将拥有一位"师傅"。同事们告诉我，这是源自麦肯锡的工作模式，可以帮助新人尽快适应工作环境，最有效地利用别人的经验，快速成长。

那么我的"师傅"会是谁呢？

我觉得师傅们个个都是难以捉摸的世外高人，在我的脑海中，武林高手巅峰对决的情形正在上演：降龙十八掌对天马流星拳——亲，这么想你可就跑偏了！

迥异于武侠小说中神龙见首不见尾的功夫大师，在基金，团队会参照每一个人的特点悉心安排一位合适的前辈，并时时关注新人的成长。

这一天，一个令我兴奋不已的消息传来，我的师傅就是吴姐！我早就攒了一肚子的问题要问，这天中午，我兴冲冲地约吴姐吃饭，打开了我的话匣子，大吐苦水：

"吴姐，我刚来基金头一天就被修理，心里那叫一个痛啊！唉……现在还没回过神来……"

"哈哈哈，该！"吴姐爽朗地笑了，"你被修理的时候我就在场嘛！你这孩子，真是初生牛犊，在胡老师面前还吹什么聪明才智、教育背景。"顿了顿，吴姐神秘地问我："你知道胡老师的背景吗？"

"呃……"

"不知道吧？难怪你敢吹牛呢！胡老师可是个天才，15岁就上复旦大学，21岁研究生还没毕业就站上了人民大学的讲台，曾经是人大最年轻的讲师呢。"

怪不得尚老师之前说胡老师是她在人大时的同事和朋友，我点了点头。

吴姐笑着瞄了我一眼，又说："胡老师还担任过著名的盖洛普公司在中国的首任技术方法总监。"我一愣。

吴姐接着说："后来哦，胡老师又在美国拿到博士学位，然后就去了麦肯锡，一直做到全球副董事。再后来，她回国做慈善，就有了咱们这个基金。怎么样，智澜同学，你现在还想继续吹牛不？"

"我……"

"哈哈哈，胡老师决定让你来做我的徒弟，你踏踏实实学习，一定会有很多收获的。"

"嗯。吴姐，你在基金工作多久了？"

吴姐仰头思考了一会儿，"四年了。从筹备这个项目开始，整整四年了。这里就是我的第二个家。刚来的时候，我和你同龄，那时我还只是一个普通的志愿者呢。"

"是什么支撑你在这儿工作了这么久呢？"

"是梦想吧。"吴姐扬起头，说，"基金见证着我的蜕变。另外，还有一件你不知道的事，胡老师除了带着咱们做慈善之外，她还帮忙管着一家调研咨询公司，用所得的收入支持基金的工作经费，再加上国航等基金发起单位定向捐赠的行政费用，在这里工作的人都感到非常安心。"

"蜕变"的过程必然充满艰辛，我正欲了解更多，吴姐的电话响了，"智澜，我来不及和你多谈了，今天咱们先到这儿。对啦，以前《人物周刊》给我做过一个专访，你可以找来看看。"

《人物周刊》杂志？专访？我竖起了耳朵，终于找来这本杂志，这是有关吴姐的一篇专访文章，题目是《吴慧娟，为梦想每天多做一点》。我仔细地读了起来。

三

故事要从突如其来的 2008 年"汶川地震"开始讲起。

这场浩劫改变了许多人的命运和生活。在吴姐心里，一直难忘当震区那些顷刻倒塌的房屋、痛苦绝望的嘶吼、茫然无措的孩童的画面出现在她眼前时，对自己灵魂的震撼。身为一个唐山人，地震的创伤对她而言是如此的熟悉。

彼时的我还在校园中和同学们一起为灾区的同胞祈福，而年轻的吴姐却不满足于默默致哀，震后重建工作为她加入基金提供了良好的契机。

来到基金，吴姐的起点和现在的我一样。

她负责的工作是整理灾区儿童名单。虽然每月只有 600 元的志愿者津贴，但这份工作却让她分外珍惜：周围的其他志愿者中有来自全球顶级咨询公司麦肯锡、贝恩等的商业精英，有保险行业的资深专家，还有媒体、金融等各行各业的专业人士。吸引他们成为无偿志愿者的理由只有一个：保障因灾害、残障、家庭贫困等各种原因孤独成长的孤儿。

手中握着细碎的工作，名单处理既枯燥又要求精准，在人力不够的情况下，加班成了家常便饭。专家老师们指点年轻的她，"一张卡背后可能就是一个孩子的生命，小吴你一定要负起责任来啊。"

这每月 600 元津贴的志愿者工作，吴姐一干就是一年半，在基础工作的磨砺中有过酸甜苦辣，却从未有过放弃的念头。后来她凭借勤恳务实的工作态度成为基金工作团队的正式成员。

一年半，每月 600 元津贴，吴姐的故事牢牢攫住了我的心。想到我自己在面试时大放厥词的样子，不禁汗颜：成长路上有一道道关隘，如果是我面临这种考验，我能够坚持下来吗？

项目运营之初，吴姐亲自为汶川地震灾区的贫困儿童及地震孤儿每人都送去了一份重大疾病公益保险。

不久后，一个振奋人心的消息传来。

2009 年 7 月，中国儿基会联合民政部启动了"孤儿保障大行动"，通过中国儿童保险专项基金为全国在民政系统注册的 0—18 岁孤儿提供重大疾病公益保险。在我眼中已井然有序的基金，在成立之初，它却仿佛是吴姐眼中的一个幼小孩子，她看着它蹒跚学步，又默默陪伴它向阳成长。

吴姐还设身处地为孩子们着想，仔细查证，排除万难，与承保公司多次交涉，最终为福利院的孤儿争取到了专门的通融承保，让在福利院生活的孤儿的公益保险承保率一举提高了数倍。我不禁感叹，一个年轻的工作人员，何来这样的勇气与执著？我未来会选择和吴姐当时一样，走近孤儿，直接为他们服务吗？我会有勇气改变不尽如人意的现状，坚持自己的立场吗？这些疑问让我的心久久无法平静。

随着时间推移，基金团队许多优秀的工作人员及志愿者陆续赴美留学，宾州大学沃顿商学院、芝加哥大学、加州大学伯克利分校……这些闪亮的名字让团队的每一个人既兴奋又焦虑。他们的离开，意味着更多责任迫切需要承担。成长，就成为吴姐个人字典里排名第一的关键词。

修炼内功，提升能力，她也有为大家分享新年工作计划时的尴尬与迷茫，也有熬夜撰写合作方案时的紧张与疲惫，还有风雨兼程异地拜访捐赠企业时的真诚与坚持，而最终这每一步的历练都成就了一份闪亮的成绩单：

在阿里所属的淘宝、天猫、聚划算、支付宝平台上，百万名爱心网友为孤儿捐赠。数十万家爱心网商通过"公益宝贝"，以平均每笔 7 分钱的捐款，垒起了善款千万元级的爱心高塔。在基金的捐赠人中还有保险行业的资深从业者，每月 200 元的捐赠至今已持续了四年多。在保险专业人士眼中，基金的公益保险设计合理、价格低廉，是对孤儿面临重疾威胁时的最有力的保护。

与此同时，各级媒体也相继报道基金的最新动态。关于孤儿大病公益保险发放的消息共计二十余次入选中国政府网的"中国要闻"栏目。不少媒体人更是自发组织起劝募活动，成为传递爱心的使者。

这些说不尽的故事背后是大家对孤儿无法停止的爱和卸不下的牵挂，聚合他们的信任与奉献是吴姐与整个团队共同筑起的爱心桥梁。

我的师傅吴慧娟，该如何诠释她呢？别致姓名背后的坚强，美丽面庞下的智慧，她就像一个划火柴的人，用她的光和热贯穿始终，让我得以管窥眼前这个平静团队背后的热情。

合上手中的杂志，吴姐忙碌的身影伴着办公室的灯光，成为我脑海中一道独特的剪影。我默默思忖着专访文章中的每一个字，心里暗想着，将来的我会有机会和吴姐一样完成我的那份蜕变吗？我会不会得到大家的认可，让自己的经历也落在纸上，成为时光的纪念呢？

新人培训

一

我在大学的时候，曾深切地感受到理想与现实的落差，这种差距里藏着世间最荒芜的风景。

2006年9月，我刚进入北大时，最让我兴奋的莫过于听说学校要发放"新生奖学金"，以奖励在高考中名列前茅的新生。徜徉在陌生的校园中，几名为高年级师姐募款的同学引起了我的注意。我得知血癌几乎吞噬了这位年轻师姐的生命，只有同学间的友爱是她求生的希望。我当时就暗下决心，打算领到奖学金后就捐给这位师姐。

秋去冬来，这笔奖学金快年底了才终于到账。当我急匆匆地去寻找这位师姐时，却发现她由于病情恶化，早已返乡。

我的心中充满了遗憾。

其后的四年，在熙熙攘攘的北大三角地，我参与、见证了师生们倾力帮助一位又一位校友抵御重疾的威胁——各种病因造成的白血病、生长于各个部位的癌症、不同程度的肾衰竭、急慢性血液病……我在校期间，前后共遇到八位校友遭遇重大疾病的折磨，目睹了同龄人被腰斩的青春，这让我心痛不已。

在2010年毕业前夕，我在熟悉的三角地最后一次为一名陌生的师弟略尽绵薄之力。此时一个问号冒了出来，这些罹患重病的校友尚有同学的友爱和家庭的呵护，如果是一个普通人甚至一个孤儿，在面临大病时又应当仰仗什么力量才能赢得一线生机呢？

毕业后，校园中习得的知识愈渐生疏，但这份抵御重疾时的茫然仍是留在我心底的未解之痛。

我坚信人生总有起伏，而宝贵的生命是实现一切梦想的前提。弱势群体因种种原因丧失治疗重疾的机会，是他们脆弱人生中面临的最大不公。

初到基金，尽管对项目无甚了解，我依然十分兴奋，一个困扰自己许久的疑问终于有了新的模式来缓解。同时，更多的问题也冒了出来：为什么使用保险机制？什么是"公益保险"？这个项目真的会保障孤儿受益吗？

对于这些疑问，在聚划算"聚爱心"活动结束不久，通过一次午间培训，我获得了一些粗浅的认识。

二

在基金，每周一和周四的午餐时间都是收获颇丰的时候。周一是基金办公室的例会，通常会安排和协调整个项目中各位同事的任务和具体完成进度，而周四则会根据工作需要安排各类培训或分享。由于我和万恋的加入，胡老师特意叮嘱在聚划算活动收尾后，为我们安排一次新人培训，对基金进行一个初步的介绍。

我们的项目是什么？做什么？怎么做？这三个颇具哲学意味的问题在这次培训中有了明确的答案。

第一位给我们介绍基金项目的是刘冉姐，加拿大海归硕士，在加入基金成为全职公益人之前，是从事企业社会责任研究的专业人员。

"大家好！今天中午我们安排了基金项目介绍，特别期待新同事们能早日了解基金项目、融入基金团队、获得更多成长。"刘冉姐笑着说，"中国儿童保险专项基金是中国儿童少年基金会的一个重要项目，专注于利用创新的公益保险机制解决儿童大病救助问题。智澜、万恋，你们平时关注儿童大病问题吗？"刘冉姐问。我赶紧点了点头。

对我而言，这是何其熟悉的话题啊。不同于老一辈人生活的环境有青山绿水环绕，在我所处的这个时代里，环境污染、食品安全、不良生活习惯等种种原因，造成恶性肿瘤等重大疾病的发病率持续攀升，而且发病趋势也日益年轻化，未成年人因罹患重大疾病而向社会募捐求助的事例并不鲜见，我们也经常可以从网络、新闻上看到那些患病孩子因为资金问题陷入困境，被迫放弃治疗。

"儿童大病是全社会关注的热门话题。在我国，儿童大病的慈善救助方式主要是临时的事后大额救助，这种方式面临着救助申请渠道不畅、申请周期较长以及募款比较困难等诸多不利因素。"

"基金则是在重大疾病威胁孩子的生命之前，将事后被动救助，变为事前主动保障；将临时应急救助，变为长期系统保障；将集中大额资助，变为广泛小额资助；为不幸罹患重大疾病的孩子们提供及时的经济支持，最大范围地造福儿童。这是一种普惠式的救助方式。咱们优先帮扶的对象是孤儿。"

"活动那几天我看旺旺上老有人提问，保险不是商业机制吗？市面上那么多的保险公司，咱们这个保险怎么就公益了呢？"我听到兴头上，快嘴问道。

"哈哈，好问题！咱们项目的公益性体现在两个方面：第一是公益保险产品本身的公益性；第二是相关服务的公益性。下面我就顺着这两个方面详细说说。"

刘冉姐顿了顿，"基金专属的公益保险是基金办公室在民政部、卫生部和保监会的专业指导下，委托明亚保险经纪公司设计定制的，然后通过社会公开招标的方式，确定了最低廉的公益价格及最合适的承保公司。爱心人士每捐赠50元善款就能为一名孤贫儿童提供一年期保额为10万元，全面覆盖包括恶性肿瘤（含白血病）、肾衰竭、重型再生障碍性贫血、重大器官移植等12种儿童常发重大疾病的公益保险，公益价仅为市场价的约1/4。"

"这12种重大疾病，就是孩子们发病率最高的12种，对吗？"万恋低头翻着手中的保险卡样卡，"我看我们老家的孩子还有被烧伤什么的，咱们这个产品好像没有包括呀？"

看到我们不解的眼神，刘冉姐回答道："那咱们就先来说说，这12种大病是如何选定的吧。"

原来，这12种大病是通过非常严谨科学的流程"筛"出来的！

筛选的过程首先是参照保监会《重大疾病保险的疾病定义使用规范》规定的25种重疾，以及国内市场上儿童重疾商业保险产品所覆盖的其他17个儿童高发重疾病种，初定了42种重疾备选。然后，专门剔除了可由意外伤害导致的包括严重烧伤、失明、肢体缺失等11种疾病。主要考虑的是孤儿群体的特殊性，特别是要规避道德风险。

"什么是道德风险呀？"

"保险中的道德风险特指被保险人或受益人因知道保险合同上规定的赔偿有利可图，而故意违反道德规范，从而人为引发保险事故的行为所引起的风险。重疾险的受益人虽然是被保险人本人，但由于孤儿是未成年人，且监护人通常与其没有直接的血缘关系，情况特殊，更容易诱发道德风险。

"我国有近60万名孤儿。他们中有的因重大灾难家庭破碎，有的因身体上的残障被无情抛弃，有的仅能与年迈的祖辈相依为命。这些孤儿中，有10%左右在福利院集中供养，其余的都处于散居状态。由于孤儿的监护人不可能是其亲生父母，如果覆盖的重疾包括意外伤害，那么出于可能获得10万元理赔金的利益驱使，孩子可能面临被致伤、被致残的风险。这样的事例在保险历史上并不是孤例。咱们基金本着保护孩子健康成长的初心，在确定公益保险病种的环节特别规避了有关的道德风险。"

在聆听刘冉姐回答的同时，我们忙不迭地记着笔记。

"另外，这款公益产品还剔除了未成年人发病率很低的15个病种，比如严重帕金森啦、脑中风后遗症啦、严重阿尔茨海默病啦——别笑！提高保费的使用效率是非常重要的！最后，还根据卫生部医管司就儿童大病发病率的专业意见，删除了四种病种，形成了公益保险最终覆盖的12种重大疾病。"

"那公益价只有市场价的1/4，这个又是怎么来的呢？"我嘴里提着问题，脑海里却回放着胡老师分享过的旺旺答疑趣事。那么理直气壮地回复捐赠人，看来这公益价是低得铁铮铮的。

"这是明亚保险经纪公司帮助基金进行公开招标后确定的。公益保险是根据'公益定价，保本不盈利'的设计原则并参考需要的服务水平确定承保公司的。目前是由人保健康独家承保。"

"那个……为什么要招标呢……"我吐了吐舌头，鼓起勇气问道。"招标"这样的专业词汇在我看来往往和新闻里破土动工的大项目相连，难道一个慈善机构也要招标吗？围观生活里形形色色的公益项目，送物资、送资金、送服务，都不罕见，可招标还没怎么听说过。

"招标的目的就是确定咱们的公益保险一定是同类保险产品中价格最低廉的。投标时，市面上知名的保险公司基本都到齐啦。你们猜猜看，报价最高的是多少？"

"这个嘛，翻一番，一百元够不够高？"

"两百多元，翻了两番还不止呢！所以说，咱们是实实在在的公益项目，它利用了保险的机制，却不是赚钱的营生。怎么样，都清楚了吧？"

我埋头记着笔记，耳朵紧紧地竖起来，生怕漏掉一句话。

刘冉姐继续讲道："产品的公益性大家都了解了。它的配套服务也具有很强的公益性，接下来咱们就说说它特别秉承的公益服务原则。"

刘冉姐推了推眼镜，严肃地说："大家有没有想过，对于孤儿来说，他们是最弱势、最需要关爱的群体，带给他们的爱护一定要落到实处。一方面，尽管是保一年的短期险，我们也希望能让孩子们享有长期的保障。因此，特别增加了专属的保证续保条款，受益儿童在续保出险时也不受常规短期险在观察期不予赔付的限制。至于首次承保的观察期，不仅只有短短的 60 天，公益保险还特别设计有观察期赔付的通融理赔条款。"

"那是不是每一年都需要给孩子们筹集足够多的保费？"

"是的！我们希望一直为孩子们续保至 18 周岁，护佑他们安心成年。募款工作的压力很大，但这正是对咱们的挑战。"

"那……只要是孤儿，咱们都给他们送保障吗？"

"严格来说，能不能给一个孩子承保，是承保公司站在专业角度来决定的。但是，我们希望尽可能多的孤儿能被承保。基金在明亚的帮助下与承保公司协商，专门增加了很多通融核保的操作条款，目前，孤儿的整体承保率稳定在 90% 以上。连联合国儿基会的官员都觉得这么高的孤儿承保比例不可思议呢！"

"那孩子们如果生了病，来理赔，还有什么特别的约定吗？"

"对于孤贫儿童来说，理赔申请滞后的情况是有可能发生的。如果你们将来有机会介入理赔支持工作，就会更加了解他们的生存现状。公益保险中特别约定了'两年追溯期'的条款，孩子如果在保险期间内发生约定的12种重大疾病，在发生保险事故后的两年内，均可向基金办公室或承保公司进行报案，获得理赔。"

"刘冉姐，看来服务好孤儿真不是想象的那么简单啊。除了一腔热情，还要有这么多的专业力量做保证！"我由衷地赞叹。和传统的救助方式大不相同，"事前救助"背后凝聚了许多专业细致的工作，用理性的力量为最需要帮助的孤儿群体撑开了一张保护网。在这张爱的大网上，我将会有机缘编织哪一部分呢？

三

看到我问题多多、感慨不断，师傅走上前来，把我拉回了现实，"智澜、万恋，怎么样，想要全面了解基金不容易吧？还有的是细节等待你们慢慢去体会呢。维持项目运转，咱们也有许多具体的工作要做。一共分四条线：募款、宣传、发卡执行、理赔支持。"

说话间，师傅已经拿出事先准备好的工作单，详尽地介绍了起来。

在基金的工作中，募款是重中之重，和其他的公益慈善项目不同，基金超过80%的捐赠来自于普通公众的小额奉献。

几分钱的硬币掉在地上的声音微不足道，但每天百万笔的微小捐赠累积起来却足以震撼你的灵魂。通过淘宝公益宝贝、支付宝公益、新浪微公益等在线平台，以及基金积累的长期捐赠人，连绵不绝的祝福成就了帮助孩子重生的力量。

除了来自公众的捐赠，中国国航作为基金的主要发起单位，通过在线订票网站、机上募款、里程捐赠等多种方式成为基金最坚实的依靠。如新集团、中粮我买网、中信银行等多家知名企业的持续支持也是不曾停息的关爱源泉。

目前，全国近半数孤儿已然享有这健康的保障；未来，还有数十万颗渴慕真情的童心期待着抚慰。听说募款工作十分不易，我偷偷瞄了一眼师傅，希望有一天能取得像她一样的成绩。

除了募款，对外宣传也对基金工作人员有着非常高的要求。基金成立多年来，一直持续获得各级媒体的关注和报道，许多知名媒体持续帮助基金刊登公益广告。与媒体人打交道我心里着实没底，他们在我眼中个个是伶牙俐齿。师傅提醒我们，与人交往，真诚相待，就总能有所收获。

至于公益保险卡的发卡执行，这项工作实在是既庞大又复杂。几乎每个月，基金就要为一个乃至数个省区的孤儿发放几万张公益保险卡，保险卡与受益儿童姓名一一对应。尽管各级民政对"孤儿保障大行动"都积极支持，但同事们仍需要一丝不苟地核对孤儿名单，层层追踪落实，确保每个孩子都能拿到自己的保险卡。这些将为下一步保险公司为患病孤儿进行赔付提供有力的保障。

与孩子们直接接触最多的工作当属理赔支持，它看上去琐碎、无趣。不过，师傅介绍她自己早年从事理赔支持的经历还是吸引了我的注意。"这是一份对工作能力的全面考验。你要学会和孤儿的监护人打交道，耐心地教他们收集并寄送资料；你要学会沟通协调，让保险公司的商业精英们理解乡土中国的闭塞与无奈；你要懂得时间管理，保障孤儿及时获得理赔金。而且，最重要的是，你要勇于承担责任。"

我若有所思。

师傅继续说道:"这四部分工作,无论做哪部分都离不开努力地工作、聪明地工作。努力当然要靠你们自己,不过在今后的工作中你们会学到许多有效的方法。你们对哪些工作比较感兴趣呢?"

万恋想了想,"我本科和研究生学的都是行政管理,我想先通过做好发卡执行工作来熟悉咱们基金。"

师傅点了点头,笑了,又看了看我,"不错!任何工作都需要从最基础的办公室工作做起,我刚才说的基金工作的四条线中,哪一条线做得好都是好样的!"

在我的理解中,这四条线的工作明显可以分成两大块,不就是一块对外、一块对内嘛。跟着师傅,我怎么能只做对内的工作呢?

"对外,我要去对外!"我仰起头,大声地说。

"智澜买粥"与聪明工作

一

从字面上看，"聪""明"二字都不难理解。"聪"意为"知晓、明了"；"明"，取意"明白、懂得"。但想要做到却绝非易事。

师傅常说，基金团队之所以能够持续发展，并汲取新鲜的力量成为一支充满活力的队伍，取决于基金传承下来的良好理念和工作方法。道、术兼具于心，就能帮助新人擦亮心目，不仅能促使我们努力地工作，更教会我们聪明地工作。

这理念就是我们的工作训导：

为人做事，尽心尽力；

客户至上，专业卓越；

友爱开放，共生同成。

对这短短的六句话，薇薇姐的心得体会最深。薇薇姐，基金人称"朝阳一姐"。北京市朝阳区出生、就学、就业，是基金团队最资深的核心成员。从入职开始，我就一直很好奇她的年龄。"谦和温润"，时间仿佛在她脸上没有留下太多痕迹。细细观察，发现她负责的工作多而复杂，但事无大小她都亲力亲为。随着"生命不息，折腾不止"渐渐成为年轻人凸显个性的座右铭，在一个机构稳定工作数年简直就成了一件不可思议的事。

师傅特别请薇薇姐来给我和万恋详细解释工作训导，我十分好奇这短短的二十四个字为何如此重要。

薇薇姐笑眯眯地看着我们，"智澜、万恋，这是咱们工作的'六句箴言'，仔细体会可保你未来的职涯中全程高能！这第一句把'为人'放在'做事'前面，是因为做人不到位，是不可能把事做好的。与它对应，我们在工作中不仅不能惜力，更重要的是一定要肯用心、会动脑、有担当。"薇薇姐说着，在会议上的黑板上画了一个小圆圈，将一个"我"字圈了起来。

我嘴里应着，心里却打鼓，究竟怎么样才叫用心做事呢？

"除了处理好自己的工作，在工作中我们还要处处替客户考虑哦！咱们的客户就是基金的捐赠人和受益的孩子们。基金之所以能够持久地发展，专业的能力、追求卓越的精神是最有力的保障。"这时，黑板上，"我"字后面静静地多了一个"他／他们"。

我和万恋在纸上奋笔记录，耳边传来薇薇姐严肃的声音，"最终的境界，就是时时开启一扇心门，用开放的心态、友爱的态度与工作伙伴们互相支持，大家一起发展、共同成长。"

"开放的心态，就是做好准备，时时接受批评啦？"我一口咬着笔，疑惑地问。

"一颗能体贴他人的心是最难修炼的，咱们这一代人普遍都是家里的'小皇帝'。理解、共享、感恩，这些大词听起来邈远、做起来更难，大部分独生子女都对这些没有概念。这短短的几句话，从一个小小的'我'启程，明确了对'他人'负责，并以'我们'为依托，最终成就一个大家庭，聚合越来越多的正能量。"

我有些不解。在我出生的年代，计划生育政策在城市里已经普遍推行，"4+2+1"家庭就是我生活的写照——两对老人，一双父母，一个孩子。从小到大，"独生子女病"几乎成了伴随80后这一代人的成长标签。但我心里一直不服气，从不觉得自己身上有什么骄娇二气，只不过是在成长过程中常感孤独罢了，但恰恰也是这种独来独往的劲头给了我更多的空间，让我感到自在。

尽管如此，我还是把这二十四个字抄在了笔记本的第一页。来回念了几遍，略微觉得有点儿拗口，走神儿悄悄打量起薇薇姐来。私下里，我偷偷给她起了一个"不老MECE姐"的昵称。在薇薇姐口中，她谈及最多的并非工作训导，经常挂在嘴上的却是一种被称为"MECE"的工作方法。除了"MECE"外，胡老师和同事们在谈及工作方法时，还常常提及"七步成诗""20/80""金字塔"等等陌生的字眼。我不明就里，只是模糊地知道这些方法与我们能否"聪明"工作有关。

这天午饭时，我向薇薇姐打听"MECE"的意思。"Mutually Exclusive, Collectively Exhaustive"，中文意思是"相互独立，完全穷尽"，是指为了解决一个重大议题，对其进行不重叠、不遗漏的分类，借此来有效把握问题的核心，以找出相应的解决办法。

这完全陌生的方法让我心生疑惑，薇薇姐笑着说："智澜，别担心，你刚来，不会这么快就让你独立承担责任，一定会有人带你聪明工作的，放心吧！"

我有啥好担心的！在我眼中，聪明人本来就能聪明工作。以我这样的教育背景，一直就是聪明人，办聪明事还不容易！

二

"六一"活动的忙碌告一段落后,基金团队的日常工作回到正轨,一切都在有条不紊地运转着。我的心却有点儿急躁,自从有了师傅,尽快开展对外工作就是我的愿望。眼看万恋慢慢适应了办公室的大小事务,我心里怅然若失。

和师傅反复磨了好几次,这一天,我和万恋被师傅叫到了办公室,"智澜、万恋,咱们基金办公室有一个传统,就是新人刚来不久就要负责照顾大家的一些琐事,比如中午订餐。你们两个各值一周,轮流帮大家在周一、周四午餐会前订饭,不懂的地方可以问薇薇姐。你们俩谁先来?"

"我来!"万恋爽快地说。我觉得这工作实在没什么技术含量,也就没跟她争。我暗自安慰自己,来基金工作是为了获得工作经验,今后好去上哈佛,这种琐碎小事不值一提。

订饭这件小事对万恋来说仿佛不是一件轻巧事。周五下午下班前,她就把一摞整整齐齐的外卖单用一个铁夹子夹着,见缝插针地和每一位同事沟通,逐一记下了大家对午餐的喜好。一张环保纸上记满了笔记:素食、忌食猪肉、忌食辣味、爱吃面条……这些繁琐的细节在我眼中分外恼人。

万恋是江西人,普通话讲得没有我标准,每一次打电话她都格外耐心。除了语速稍慢以外,她回应任何来电都平和、准确。即便是拨打订餐电话，她的声音都是那样温柔，从不计较在高峰时段多核实几遍订单。每一次饭菜送到，她总是提前收拾好会议室，将餐食分好，与同事们的座位一一对应摆好。

每次看到她忙前忙后，我都忍不住上去帮忙，心底的小九九也不时会冒出来：为什么要自己做这么多的工作呢？让餐馆送来之前先分好不就得了？

转眼，一周过去，该我来给大家订饭了。手里拿着万恋交给我的菜单，我心里酝酿出一个"聪明"的新办法。

周一总是格外忙碌：

"喂，好运粥铺吗？我要订饭！"

"哎哎是的，您请说……"

"来份粥、一个馒头，外加一份花生米。"

"哎哎。"

"再来份面条，外加一份黄瓜。"

"嗯嗯。"

"再来份粥，一笼包子，配一个咸蛋。"

"嗯？嗯……"

"再来份面条，配一份腐竹。"

"嗯……"

"再来……"

"好了，就这些！你给我重复一遍！"

"那什么，您要了五份粥、五份面条、两个馒头、一笼包子，外加四份黄瓜、三个咸蛋、两份腐竹和一份花生米。麻烦您告诉我地址……"

"你把饭菜按照我刚才说的那样分好了给我们送来。你记一下地址……"

12点前，午饭准时到了，我得意扬扬地拆开塑料袋：嗯，没错，正是我要的。粥、面、馒头、包子和它们的小菜伴侣统统按照最理想的方式各自按组打包，时间一到一屋子人就能准时开饭。

这一天的午饭我吃得格外香，新办法无非就是把工作分给餐馆的大叔呗，有啥难的！

师傅下午要去中粮"我买网"和对方的领导开一个阶段性合作的总结会。我用期待的眼神注视着师傅在办公室里忙忙碌碌，真希望她能带我一起去。

"智澜，来一下好吗？"师傅郑重地把一个U盘递到我手上，"这里面是下午要和'我买网'领导讨论的会议资料，你把它打印出来，一定不能出错，别忘了检查页码。"我飞快地接了过来，师傅低头收拾书包，"打印完就帮我装订好，时间快到了，我得赶紧去。晚了不合适……"

看来师傅不会带我去了。我有点儿小失望，强打起精神，口里答应着，快步走向打印机。打印的活儿虽小，也是我"优化"过的，"聪明"工作嘛。在打印机旁时常摆放着一摞环保纸，以备大家需要打草稿时自取。我发现传真机时常会接收到不明来历的广告，因此自作主张把这一摞旧纸放进送纸口。这样，虽然层层叠叠累加的广告让环保纸颇有"毁容"即视感，但新的纸张却能免于荼毒。

三

不知不觉间，下班时间到了，我的心里也放松下来。"丁零零！"一阵急促的电话铃声响起，传来了师傅严厉的声音，"智澜吗？下班你别走，等我回来！"我心生疑惑。

"啪！"师傅回来把一份文件拍在我面前的桌子上，"你看看！"

我定睛一看，这不是我下午打印的PPT（演示文稿）吗？看到我不解的眼神，师傅说："你把它翻到第38页，你看看那是什么。"

是一页环保纸的背面。

基金办公室有环保节约的意识，如果是内部使用的打印资料，通常要正反面使用。已经用过的打印纸，也会被放回打印机，静待下一次循环利用。但是，对外材料却务必要干净、整洁。这张环保纸和它的前后"邻居"比起来，分外刺眼。

"今天下午的这个会真的挺重要的，这份材料我准备了整整一周，打印版递给对方领导，本来想给人家留存的，这样一弄……唉！还好我随身带着电子版，拷给人家了才没有耽误事。"

"我……"

"你好好地去反省！我知道你想对外，可是这种细节不注意，自己的内功都没修炼好，你怎么能对外？怎么能随机应变地处理问题呢？"

"这……"

师傅沉默了下来，摇摇头，把资料塞到我手里，就头也不回地走出了办公室。

一种巨大的失落感瞬间包围了我，我的心里顿时涌起阵阵痛意。

出师未捷身先死，生活里就是有这么多让人膝盖中箭的悲剧时刻。对外真心不容易啊，连这么一件小事都能出错！

接下来的几天，我常常盯着打印机出神，心里有一股怒气让我对它不依不饶，怎么就能在新纸中混进了一张环保纸呢？怎么给师傅的时候就没有检查出来呢？羞赧、恼怒，不知道哪一个词更贴合我当时的心情。

由物及人，订饭时间到了，我没好气地说：

"粥铺，订饭！"

"嗯……"

"我要一份粥、一笼包子，配一个咸菜。"

"嗯……"

"再来一份粥、一个馒头，配一份黄瓜……"

"等等，小同志，听到你的声音我就头大。我早就想和你商量了。"

"嗯？！"

"你能不能数清楚你们到底要几份粥、几份面条、几个馒头、几份小菜？"

"那你每次不都……"

"俺们这饭馆中午太忙了，不只你一家，好几十家单位都等着俺们送餐呢。我知道你想让俺们把饭分好，但是俺们实在没有那个时间啊。"

"那你也得……"

"小同志，你别嫌麻烦，你算清楚了咱俩就都能快一些。真的。"

放下电话，曾经的成就感荡然无存。这被粥铺大叔教育的窘态几乎让办公室里的同事们都笑翻了天。在基金，每一位同事都有自己的成长故事，但是"智澜买粥"从此就成了最经典的一个。

如何正确买一碗粥，如何正确打印一份文件，所谓的"聪明"让我觉得难堪。我把这些归结为我的坏运气，但心里却隐隐地痛，难以释怀。

每周开会时，薇薇姐的"MECE"还是挂在嘴边，师傅仍然不忘时刻提醒我要把精力优先放在处理重要的事情上。买粥事件发生后，我越发觉得万恋办事妥帖，这一点大家都看在眼里，薇薇姐更乐于把更多的工作分给万恋，师傅也常常在午餐时给她更多的指导。我偶尔也凑过去听，才发现，除了工作，师傅和万恋在生活上也有很多共鸣，她们都是家庭里当姐姐的人，从小就承担起了照顾弟妹的责任，也都是做家务的一把好手。

至于我，后来每次把对外文件打印完毕后，都会翻来覆去地一页一页检查，直到毫无纰漏。但是，究竟什么是"聪明工作"，我心里也并没有明确的答案。师傅安慰我说，这并不是最难的事。现在更重要的，是要把二十四字的工作训导放在心里。不能光是自己觉得"聪明"了，而是要与他人、与整个团队一起聪明工作。

无疾而终的初次合作

一

买粥事件发生后，我一直比较困惑。我跟着师傅心心念念希望做对外的工作，到头来只买过粥，还窘态百出。究竟如何才能聪明地工作？我完全不得要领。从我很小的时候开始，每次过年，"心想事成"都是我最大的新年愿望。

这不，还真来了。

这一天，我接到一个特别的电话，一家儿童游乐园主动联系我们，询问能否一起开展合作，以举办"九一开学季嘉年华"的方式支持基金。打电话的是游乐园市场部的范总。

"九一"开学季是基金除"六一"儿童节外最繁忙的时间点，我们通常会开展各种募款活动，并集中发放大批爱心保险卡，自然得开足马力、加班加点。

范总第一次出现，是主动上门来拜访的。

由于是我接的电话，师傅让我一起参与接待。范总体型微胖，一头精心打理过的卷发下面是爽利、精明的面庞。她环顾四周，开口就像是打开了话匣子，"你们这里感觉不错啊。"她指着基金门口张贴的公益海报说，"这些孩子都是孤儿吗？真是挺可爱的。"

细问下来，原来范总具体负责游乐园的市场推广工作。范总一再表示，她一直热心公益慈善事业，特别关爱弱势儿童。

我兴奋极了，几乎不费吹灰之力就碰到了主动谋求合作的企业伙伴。

范总说，光是自己热衷公益慈善事业远远不够，她还希望推动她们游乐园一起来关注和参与。谈话间，师傅问及范总对我们的了解，她轻松地笑了笑，表示自己一直关注孤儿成长，就在网上搜索了下口碑不错的公益项目，而"孤儿保障大行动"第一个跳了出来，于是促成了今日相见的善缘。

"您希望怎么合作呢？"师傅认真地问道。

"这个具体形式我觉得咱们可以多碰，脑洞大开没准儿就能碰出火花。"

"您这边有什么样的资源可以对接呢？"

"我们儿童游乐园有自己的实体场地，可以承办各种各样的活动，公益活动也可以啊！"

"您是想通过活动来捐赠吗？"

"最终肯定会落实到捐赠上来啊，这个你们放心吧。"

……

送走范总后，我很是开心，兴奋地拉住师傅，想跟她继续探讨儿童游乐园的合作方式。

师傅谨慎地摇了摇头，"智澜，你先别高兴得太早。按照我的经验，这个范总可能不太靠谱儿。"

我不解地望着师傅。

"你看，一家企业，决定做公益慈善，不管是视为长期的企业社会责任，还是想举办某一次具体活动，一定都会有自己的目标和相应的资源配置，但范总的谈话却是空无一物。"

我有点儿失落，师傅看着我，顿了顿，"我觉得这事可能不会有什么结果。"

我沉默不语。

"要不，如果你感兴趣，可以跟她联系，看看她们最后能确定下来什么。"

我立刻来了精神头。

"不过，你一定不能影响咱们的正常工作，不然我不答应。"师傅认真地盯着我。

"吴姐，放心！"我面露喜色，心里想着，多好的机会呀，我一定要抓住，狠狠洗刷一下买粥事件带给我的困窘。

不过，我也有一点儿隐隐的不安，对外合作的机会终于来了，我能不能干得漂亮呢？

二

第一次坐在范总的办公室里，这里和我想象的不太一样。印象中，儿童游乐园是一个快乐的地方，电视里的迪士尼乐园，即便是办公室里也到处是体现理想主义者对动画和对孩子们热爱的各种元素。而这里，给我的第一印象是"经营"。没错，在这个游乐园的办公室里看不到萌萌的东西，也没有我们基金团队的青春活力。

嘈杂的声音，快速移动的塑料黑板，正在目不暇接之际，范总露面了。"智澜你好，特别高兴再次见到你啊，你看我们这儿就是快到月底了，实在很忙。平时也还挺轻松的。来，说说你的想法吧。"

我拿出准备好的基金简介，向范总介绍基金的大致情况。这是我第一次向外人介绍基金，难免有些紧张。好在范总似乎并太不在意我在细节上的失误。

其实，来之前，我已经悄悄准备了好几天。听说，凡是结束实习期的新人，都要在转正之前把基金简介的PPT（演示文稿）讲清楚了，并接受大家现场的问询。今天，是我正式对外的第一次讲解。范总听完我的介绍，笑着说："不错嘛智澜，我确实就愿意和你们这种公开、透明、真心做实事的公益慈善项目合作啊！"

第一次沟通范总就拍板合作，这种迅猛的认可方式还真让我有点儿招架不住。我暗自忖度，师傅还说不会有结果呢，你看，这也太顺利了！

"智澜，我想了想，觉得我们这个儿童游乐园最有影响力的肯定就是门票那个收入了。这样，我们捐赠嘉年华活动的部分门票收入，你看这样好吗？"这回，范总率先表态。

"谢谢您对孩子们的关爱。那您看具体怎么办呢？"

"我认为这是咱们双方需要共同去推进的一项工作，我现在正在筹备嘉年华的事，事无巨细都要靠我来操心，希望能顺利举办吧。"

"您预计咱们活动大概能为孩子们捐赠多少善款呢？"

"这个很难估计哦，要看活动的效果。嘉年华活动的门票一般是100元一张，我们每销售一张就从里面拿出5元来捐赠，这个应该没问题的。"

"每张门票捐赠5元？"

"我们的成本也很高啊，你看我们的游乐园都是欧美进口的超一流器材，前几个月也一直在造势，很多大型活动都由我们这里承办，也有很不错的宣传影响力啊。"

"这……"

"智澜，你放心，我是真心想把这个活动办好的。咱们还可以再碰啊！"

第二天午饭，我兴奋地和师傅汇报了工作，还没等我说完，师傅就打断了我。

"智澜，你愿意下班后外出去谈工作，这一点挺好的。但是我觉得有些关键的问题还不明确。"

师傅眼神复杂地看了看我。

"范总说想和咱们合作，说一张门票捐5元，她有没有提及设立保底捐赠额的问题呢？"

"保底……？"

"对！我的意思是，一家企业邀请我们参与他们的活动，如果真心支持公益，而不是借机炒作的话，他们通常都会设立一个最低捐赠金额，不管活动有没有取得预期的效果，至少都会给孤儿捐上保底的善款。"

"这……"

"她没有，对吗？每年开学季都是咱们非常繁忙的时候，我们没有太多的时间和人力分配出来，单纯只是帮助她们进行商业推广。"师傅盯着我，"这些你都没有考虑过吗？"

我一下子噎住了。

三

在接下来的几个星期里，我继续和万恋一起打理办公室的事务，手中的工作也越来越多。我的工作好像没有太大的进展，刚到基金时的热情也慢慢降了温。万恋似乎不受任何影响，平静得像一泓秋水。

有时，我觉得自己像一个旁观者，总是触及不到基金工作的内核，一个又一个问号在我脑海里浮现。尽管如此，我和基金的同事们相处得还是十分融洽。

只不过，我总在心里悄悄地比较着。

每次从师傅手中领到工作，我总会第一时间围观万恋的工作任务。在完成的进度上，我通常比她快，只是万恋从不出错。每做一件事，我都想在工作中把自己装进去，追逐个性、谋求变化，在我心里根深蒂固，越是简单的工作反而越是让我困惑为难。

范总又打电话来了。"智澜，你大概不了解吧，在我们这个行业里面，和公益慈善相结合的活动少之又少，咱们如果合作就要争取做成业内的典范。我觉得咱们可以再找你的领导谈谈，比方说我们承接线下活动，你们提供一些线上的配合就挺好的啊。我们资源很丰富的！"

时间分秒不停，开学季的各种活动计划已经摆在眼前，师傅经常挑灯夜战。每天早晨看到她熬红的双眼，我都有些心疼，可耳边又时不时响起范总颇具诱惑力的话："行业典范哦。"

在我的一再请求下，师傅百忙之中勉强同意我正式代表基金前去拜访范总，并要求我务必把对方预期达成的目标和配套的资源询问清楚。

这回跟范总见面少了客套和迂回。我开门见山，"咱们的合作意向已经基本达成，您看我们具体采用什么方式？您预先给我透个底，看大概会有多少善款。"

"我的想法是线上线下活动结合在一起。线下嘛，我们的优势是十分明显的。你看我们这么大的园子，很多高端活动都承办过。你们只要帮助联系孤儿院的孩子，让他们来出镜就可以了，《感恩的心》这个他们都应该会唱吧？"

我心里一惊，平时总听基金的同事们说，特别反感有人想让受益的孩子们唱这样的歌，完全不顾及孩子的尊严。我不好意思当面明说，就顿了顿，"孤儿是特别受保护的群体。出于对孩子们隐私的尊重，不能让他们公开出镜。"

"哦。那你们能在线上协调一些资源吗？"

"我们？线上？您什么意思？"

"你们不是跟一个著名的电商网站一起做公益吗？据说好几十万家网商都参与了，你看能不能给我们协调一定的资源，到线上免费做活动，我们也可以献爱心啊，这样可以吧？"

苗头越来越不对，我有点儿急了。

"范总，您一直说热心公益慈善事业。慈善本来就是一种无私的奉献，没有办法和商业一样用对等的资源去交换爱心的。"

范总喝了一口茶，"我是热爱公益慈善的。但是我和你们不一样，我又不是开慈善机构的！我得卖票、得赚钱啊！我提供线下活动场所，你们那边也得努力帮我们卖票啊！"她停了会儿，接着说："还不就是帮我们牵个线、搭个桥嘛。"话毕，她斜眼看了我一下。迎向这冰冷的目光，一瞬间，我曾经的欣喜、师傅熬红的双眼，一股脑儿在我心底翻涌，一种切肤之痛从这目光中直射入我的心。我终于明白师傅为什么说这合作不太靠谱儿了，我的初次对外合作就这样无疾而终。

七步成诗

一

转眼快到九月了。这几天繁盛的雨水细细密密、连绵不绝。看似恼人不堪，却又带来一丝静谧。天气渐渐凉爽，我内心里的急躁仿佛也得以降温。

不久前，从儿童游乐园范总那里回来时，也是这样一个雨天。我看着街上焦急避雨的行人，脑海中冒出一个问号，我究竟是在做什么呀？我自诩聪明能干，却忙忙碌碌地在不靠谱儿的企业身上做了这么多无用功。时间、精力如此有限，在师傅工作繁忙的时候，自己不仅没帮上什么忙，还浪费了她的时间、精力，最后一无所获。来到基金，自己心里一直希望能大展拳脚，却先是被卖粥大叔教育，后来又被范总误导，我还适合在基金工作吗？

那天晚上回到家，爸爸见我闷闷不乐，细问后才知道是工作上的迷惑，"你为什么不主动去和胡老师谈谈呢？在工作上遇到了问题，向领导请教远比自己干着急强得多。"我一下清醒了过来。"金玉其外，败絮其中"，和师傅相比，一种败絮之痛在夜阑人静时啃噬着我的心。

第二天，我早早来到基金办公室，盘算着如何找机会开口向胡老师请教，心里揣着一系列疑问："来基金快三个月了，闹了笑话，犯了错误，胡老师还会再给我机会吗？""为什么其他同事都不犯我这样的错误，我的问题到底在哪里呢？""我和万恋同天入职，人家发展得越来越好，我却……"

正在愣神儿中，一个亲切的声音在我背后响起，"智澜，这么早来，我正想找你呢！"

"嗯，我、我也想找您谈谈。"我嗫嚅着。

"是为了近来工作的事吧，来！"

其实无须赘言，我在基金成长的每一步胡老师都了然于心，包括引人捧腹的订餐电话、乱七八糟的对外文件、误人误己的初次合作，几乎每一个细节都没能逃过胡老师的眼睛。

"智澜，犯错误并不可怕，沉下心来好好总结，避免再犯就可以了。但如果同样的错误犯两次，那可就是傻子；如果居然还犯三次，那就是疯子。这可不是开玩笑，这些年来基金对大家都是这么要求的。"

胡老师看了看我，"我知道你想努力工作，做出成绩，但你还缺少聪明工作的意识和方法。成长是要蜕变成一个更好的自己，而不在于去和别人比。"

我用力点了点头，"那……那您能教我那些方法吗？我常常听到吴姐和薇薇姐她们念叨 MECE 法则、80/20 规则，我都不太懂。"

"嗯。我最近正想着请黄婧来一趟，顺便可以让她给你们做个培训。黄婧是麦肯锡的项目经理，之前是我的徒弟，她对这些方法都了然于胸。"

居然有一个麦肯锡的项目经理能来给我们讲工作方法，我兴奋极了，在办公室里迫不及待地向同事们打听黄婧。

黄婧，基金最初的奠基者和管理者，在我眼里是一个既亲切又逆天的传奇人物。说她亲切，是因为她同样毕业于北京大学，是我的学姐，仅仅比我年长几岁而已；说她逆天，是因为她的人生轨迹普通人难以企及。黄婧北大毕业后在麦肯锡工作了一段时间，又跟随胡老师创办基金，成为最年轻的基金管委会委员。再后来，她接受美国宾州大学沃顿商学院的奖学金，赴美留学，获得工商管理硕士学位。毕业后先在香港工作，最终又回到麦肯锡，现在已经是项目经理了。

即将见到学姐，我心里又兴奋又期待。

二

午餐会前，一个落落大方的姐姐快步走了进来，这就是黄婧姐，沉稳、自信、谦和有礼。

我迎上前去，"黄婧姐，我叫张智澜，是您北大的学妹，您可是我心中的传奇啊！"

"传奇？我不是传奇。"黄婧姐笑着道，"倒是能在基金工作，让我觉得很幸运。"

我愣住了。"北大研究生""麦肯锡""沃顿商学院 MBA"这些闪闪发光的关键词哪一个都足以成为普通人眼中的光环，但黄婧姐却说在基金工作让她感到幸运。其他的事情，在黄婧姐眼中，都不过是水到渠成的结果，与传奇无关。

1999 年，黄婧以优异的成绩考取北京大学经济学院。她最初的梦想是学好专业知识，将来好去海外顶级学府留学，做一名象牙塔里的学术精英。大二时，凭借名列前茅的成绩，她被教授选为助手，参与了"卫生经济学"在中国最早的一批研究项目，并成为相关海外著作最早的译者。

正当她在学术上的成绩让同龄人羡慕不已时，黄婧却在思考校园中所学的知识如何能够在现实社会中发挥作用。"执行力，是我最有效的武器。我总是勤奋努力地去做自己认为最有价值的事。"从大三到研究生，黄婧先后在美国国际集团、中国国际金融公司、贝恩咨询公司这些顶尖的公司实习，逐渐将自己历练成了一名职业的工作者。

"我不认为人生只有一条路，我会去做我认为最合适的事，也许后来会有所调整，但我不会坐失良机。"

北大研究生毕业时，麦肯锡和高盛两个 offer 被黄婧获取，而每一年能获得其中任何一家青睐的毕业生都是凤毛麟角。黄婧最终选择了麦肯锡。这里精英云集，高手如林。在这里，她成了胡老师的徒弟。

2007 年，黄婧放弃了麦肯锡优越的工作，追随胡老师来到明亚保险经纪公司，担任销售管理部经理。在这段创业经历中，勤奋、认真、高效，这些高标准的自我要求一如既往。

彼时，一项前所未有的新机遇撞击着她的心。

中国儿童少年基金会联系明亚，打算为贫困地区的儿童送一份健康保险。胡老师非常认可这一想法，因为保险"助人自助"的内涵本就和慈善相通。如果由专业人士来主导，就能发展成一个创新的长期慈善项目，帮助那些需要帮助的孩子。

随后胡老师个人出资，以明亚的名义捐赠了一百万元启动善款，在中国儿基会下设立了"明亚天使守护基金"。

保险、弱势儿童，这二者的首次结合给黄婧带来了全新的震撼，也给她带来了新的挑战。兼顾明亚正常的业务与明亚天使守护基金创立之初的种种工作，这种压力已经超过了她在麦肯锡时的工作量。

若问这二者究竟有哪些不同，"界限。麦肯锡的工作真的非常忙碌，但是在工作阶段性结束后就可以放松身心。而慈善基金是一个长期责任，需要持之以恒，也让我对自己要求更高，压力和动力也更大。但能够帮助到孩子，这种机缘降临到我的生命里，我无法停止花更多的时间用心付出！"

2008年5月，震惊世人的汶川大地震带来了许多泪水和遗憾，震后四川激增的孤儿数量同样触目惊心。

"这是最弱小、最需要爱护的群体，我有能力和机会帮助他们，这就是我的使命。"

在这个纷繁的时代，欲望和野心总是不费吹灰之力就能攫取我们的目光。各路成功学甚嚣尘上，而使命，似乎早已被人摒弃。在北大，"为往圣继绝学，为万世开太平"的理想差点儿也被我遗忘，学姐却用智慧和一颗柔软的心给出了自己的答案。

明亚天使守护基金为四川全省孤儿赠送了大病公益保险。在孩子们得到慰藉的同时，黄婧却因疲劳过度打起了吊瓶。

"你特别喜欢打游戏吗？你这些症状，和那些熬夜打游戏的高中生一模一样！"拿着病历，医生疑惑地问。

谁会知道，这啼笑皆非的疑问背后是数不清的日日夜夜里高强度的脑力劳动。这些真诚付出只为了无可推卸的责任——关爱需要帮助的孤儿。

2009年，明亚与中国儿基会、中国国航等正式发起成立"中国儿童保险专项基金"，并将明亚天使守护基金并入其中，开始面对社会公募。

"是的，我们把明亚的这个'基金'做'没'了。但是让一项关爱孩子的事业长足地发展下去，这种意义比我们小小的'自我'和付出都更重要。"

比"自我"更重要，这是我从来不曾有过的境界。

在随后的日子里，中国儿童保险专项基金以信任并仰仗公众的力量，一路走来，广结善缘，吸引了社会各界的广泛关注和支持，为基金的持久发展注入了源源不断的活力。

天将降大任于斯人，这天赋大任却远重于斯人。"有的事，不是凭借个人的天赋、勤奋就能够完成。我很幸运遇到了机会和胡老师一起一点一滴地搭建基金。"黄婧说。

"付出这么多的辛苦，你从不计算回报吗？"我忍不住问道。

"计算？"黄婧姐温和地笑了，"我是学经济学的，经济学教会我要计算投入产出比，但是站在更高一层来看，这些可计算的都是人生的'小账'。人生有很多财富是不可能计算的，能够去做好的事，本身就是对我最大的回报。"

上善若水，幸甚矣哉。

这是我听过的对"幸运"最感人的解读。

在生活的习惯里，"幸运"多半和"取巧""侥幸""偶然"，甚至是"不劳而获"联系在一起。一个对生活和工作如此诚恳、勤奋的人，凭借自己出类拔萃的思想和能力获得领先于同龄人的成就，在基金为护佑弱势儿童健康成长付出了如此之多的智慧与辛劳，却感恩他人给予自己行善的机会，这样的"幸运观"让我自惭形秽。联想到自己的所作所为，深深的惭愧刺痛了我的心。

这些年来，无论后来做什么工作，黄婧姐都始终支持基金的发展。

"在国外，公益慈善机构获得高端人才的支持较为容易，但在国内大家往往还没有这种意识。我希望通过我的经历引起更多人投身公益的热情。而我能在从事工作之余参与和协助基金这么有意义的工作，是非常幸运的。我会一直做下去。"

三

听了黄婧姐的故事，我对她肃然起敬。是的，她不是一个能够用"传奇"来描述的人，她的光和热足以消解我遇到的那些挫折和龃龉。我的那些负面情绪和小小自我都是那么不值一提。前辈们用这样撼动人心的经历创建了基金，我却站在他们的肩膀上把工作视为平常。

要传递精神，同样也要传承方法。

"好啦，'小朋友们'，咱们一起聊聊分析问题、解决问题的方法吧——七步成诗。"黄婧姐笑着说。

午餐会前，师傅已经把培训材料帮我们整理好，我也早就浏览了数遍。

"七步成诗，是麦肯锡用于分析问题、解决问题的一套方法。包括：界定问题、分解问题、优先排序、分析议题、关键分析、归纳建议、交流沟通这七个步骤，每一步都需要反复推敲、反复实践才能有所领会，还需要熟练运用 MECE、80/20 等重要法则。"黄婧姐开始了详细的讲解。

黄婧姐最后说："最近这段时间，我又读了一遍《三国演义》。我认为咱们古典文化真是深邃博大，用一个四字成语就能概括我们刚才讲过的一些工作要领，这就是——轻、重、缓、急。"

轻重缓急，这四个字不是老生常谈吗？怎么会有如此巨大的魅力呢？

"前几年，我要兼顾明亚和基金两方面的工作，每天都特别辛苦，两头都不能出错，运用 MECE 法则理清工作要领、抓住关键杠杆就非常重要了。"

"关键杠杆，什么是关键杠杆？"

"我举个例子。2009年的时候，咱们基金在中国儿基会的项目里首个开通支付宝账号。支付宝在当时只是作为满足运营咱们淘宝公益店铺的线上支付渠道。开店的目的，不过是把爱心人士捐赠给咱们的物资通过义卖换成善款而已。最早的时候，咱们淘宝店卖的都是一大堆爱心毛线啊！"

听到这里，师傅和万恋不禁相视而笑。现在，基金淘宝店的日常运营已经相对轻松，通过拍下虚拟物品进行捐赠也被广大爱心网友所接受。在黄婧姐口中堆满半个会议室的爱心毛线已不复存在，基金也极少接受物资捐赠。不过，爱心商家还是可以通过基金的淘宝店来开展物品的公益义卖活动，只需自己负责买家咨询和义卖品物流等相关工作即可。

"当时我们抓住了支付宝、淘宝公益店这两个关键杠杆。大家看看，它们今天已经发展成基金募款的有力工具。淘宝公益宝贝机制更是依托这两者建立起来的，这在事先不能完全估计到。这就像80/20规则体现的那样，80%的成果可能是20%的关键工作取得的。我们要聪明工作，而不是仅仅满足于努力干活儿。"

"黄婧姐，这些都是处理工作的方法啊，再讲讲你申请沃顿商学院的事好不好？听说你还有奖学金呢！"我问道。

"在基金工作，你学到的这些方法是最根本的法则。很多事情都是相通的，于我而言，申请到沃顿商学院，也是一个顺其自然的过程。"

沃顿商学院，常年雄踞全球排行TOP1的商学院，每年录取的学生少之又少。"好多人甚至为了申请把工作辞去来全脱产准备。可我放不下基金，一直全职工作，甚至在拿到offer之后还工作到了赴美的最后一天。"

在黄婧姐的申请过程中，从北京大学到麦肯锡公司，特别是创立基金的丰富经历，成为诸多竞争者中绝无仅有的精彩履历。正是因为这样的经历，竞争激烈、人人向往的沃顿为她提供了丰厚的奖学金，黄婧姐谦虚地把这称为"意外之喜"。可这怎么会是偶然的呢？从事公益慈善事业经历的种种磨砺、体现出的社会责任感，是很多国内申请人目前并没有意识到的优势。

而撰写申请材料，正是一个考验申请人能否高度总结提炼自身所学、讲好故事的过程。胡老师向她传授的分析问题、解决问题的方法帮了大忙。"申请时这些方法我还没能全部融会贯通，但胡老师是解决问题的专家。她教会我，写任何资料，都要把真正想传达的信息准确地传递出去。"

"而且我还获得了一份基金给我的申请大礼哦。"黄婧姐神秘地笑了。原来，黄婧姐的推荐人包括基金的创始人之一、全球知名的市场营销和市场调研专家林英祥博士。林博士是沃顿商学院、哥伦比亚大学、康奈尔大学等十几所美国顶级名校的客座教授。林博士给黄婧的推荐信是这样结尾的："这些年来我阅人无数，黄婧是我遇到的最优秀的年轻人之一。沃顿商学院是全球顶级的商学院，你们致力于培养未来的商业领袖。录取黄婧，你们就多了一个机会。"

"哇！"小小的会议室里，大家顿时沸腾了起来，"黄婧姐你太厉害了！"

"哈哈哈，我不厉害，还是那句话，我的幸运是能够参与创立基金的工作。这已经改变了我的人生。我能够更加宽容地理解别人，感恩生活对自己的馈赠。"

黄婧，我可敬的学姐。天道酬勤与幸运，水到渠成与感恩，无私奉献与责任，七步成诗与人生智慧，这一系列对话让我开始彻底反思自己。

不忘初心

一

　　每月月初，基金办公室都能收到从上海寄来的一份精美刊物。翻开来看，在各种国际著名奢侈品牌的广告之间，期期都能看到"孤儿保障大行动"清新优美的公益广告，这就是高端时尚都市杂志《雅智》。《雅智》不仅热心公益慈善，长期为基金刊登公益广告，还专门开辟了一个慈善专栏。基金以"佳依"的名义，每期为《雅智》撰写一篇专栏文章。

　　这里的"佳依"是刘冉姐充当的。每月月底，无论工作多么繁忙，刘冉姐总能快速地写好稿件。每篇文章虽仅仅一千多字，却总能直指人心。

　　我觉得这不难做到。"佳依"是我熟悉的名字，在基金的官方微博上，我当"佳依"的时间可不短了。刚刚接手运营基金官方微博时，作为一名"微博控"，我自信满满，觉得自己一定会把它办得风生水起。

　　如何吸引粉丝的注意呢？我亮出了自己的法宝：优美的语言。我创下了连续四十天，每天早上发相同主旨、但绝不重样的微博的记录。我用不同的文字和表达方式，把简单、相同的观点反复述说。其实，内容无非就是："早安，期待你的支持。"

两个月内，基金微博的粉丝数量逐步上升。我心里很是得意，虽然之前的对外合作工作没有成功，但我还是很有特长的嘛！以我的文笔，写作可难不倒我。

然而，渐渐地，每天发送的微博内容日益乏味。基金的同事们都是官微的粉丝，大家善意地提醒我需要不时地调整内容，争取让网友们能更全面及时地了解基金的日常工作和整体风貌。我则不以为然。

在这天的午餐会上，针对大家对我工作的意见，胡老师语重心长地说："智澜，我们都认为你的文字水平很高。但是写任何文字，其重点都在于表达思想。你的微博内容在短期内吸引了一些网友的关注，但给人的感觉却好像是要从一条干毛巾里硬拧出水来一样。缺少自己的观点，是写不出好东西的。"

看着我不解的神情，胡老师顿了顿，"咱们每个月都要为《雅智》的慈善专栏供稿，尽管文章不长，但需要言简意赅、观点明确。如果你能写好《雅智》文章，那才是高水平。你要不要写写试试看？"

我赶紧点了点头，心里跃跃欲试。

二

写作，它不可能是我的拦路虎。从小到大，作文课上我的文章都是老师选定的范文，我还是小伙伴们眼里的诗人。我以全北京语文第一名的高考成绩进入北京大学，在中文系念书的四年里又洋洋洒洒地撰写了几十篇各式各样的文章及论文。

短短的一篇《雅智》文章怎么会难倒我？

动笔之前，刘冉姐特地和我讨论，让我自主选择一个感兴趣的话题。只要在两周之内获得她的认可，拿出一篇可用的稿件就成。

我选择的题目是"日行一善"。

在基金的淘宝公益店铺里，每天都能收获许多好评，它们来自五湖四海的爱心网友，所表达的祝福常常令我感动不已。一些网友几乎每天都坚持来奉献爱心，其中时间最长的一位已经坚持两年多，我也关注他很久了。

他的好评内容很有趣，"希望将行善带来的美好回向给所有的孩子们，祝福他们健康平安。"所谓"回向"，指的是佛教修行过程中，一种非常重要的功夫，是将所修的功德，不自己独享，而是分享给芸芸众生。

在他身上我看到笃行善意的坚持。每日坚持行善是何其难得，我思绪大开，脑海中冒出了许多想法。可到下笔时，问题却来了。

淘宝公益店铺的好评的确感人，但我却苦于找不到其他恰当好用的材料来支持对"日行一善"这一话题的更多阐述。上网搜索后，我心里开始疑惑，难道选定的话题不好写吗？这么感人的议题，为什么我就不能论述清楚呢？

我决定多加入一些个人的体验。在我眼中，对慈善事业的奉献多种多样，爱心网友通过淘宝店每天付出的一元钱是奉献，作为慈善行业的从业者，每日付出的时间、精力也同样可贵。"日行一善"也许只是捡起别人脚下的废纸，也许只是对擦身而过的行人报以笑容，也许只是对待亲人温柔和蔼……日行一善存在于日常生活的每一件小事中，大家都能轻松参与。

文章写好之后，我怀着得意的心理，把它发给刘姐，想着她一定看到我真是用心了。

然而，在后续的两周里，这篇小文章，被刘冉姐一再退稿，我重新写了足足六遍。

随着截稿日期日益临近，"抓耳挠腮"差不多可以形容我的状态了。放下手中师傅交给我的其他工作，我忙着在网上反复查找他人的观点，又不惜耗时翻阅典籍寻找前人的描述，并重新搜集了淘宝店铺内网友的好评——可就是无法写出触动内心的文章。下笔无神，宛如隔靴搔痒。

明天就要交稿了，我心急如焚，只得再次向刘冉姐求助。刘姐笑着问我："智澜，这下你能体会到胡老师上次给你的意见了吧？现在你能虚心接受进一步的反馈了吗？"我默默地点点头。

在胡老师的办公室里，她迅速浏览了这篇让我垂头丧气的"杰作"。

"智澜，你这篇文字写得耗时费力，却没有灵魂，没有一目了然的思想，都是一些堆砌的东西，所以刘冉认为这不能代表咱们的水平，没法儿提供给《雅智》。好的文章，一定要用'心'来写。"

用"心"？怎么样才能做到呢？我很纠结，做了这么多功课，还不够用心吗？

"智澜，我问你，你在基金工作的这些日子里，哪件事最触动你？无论好坏。"

"嗯，这个……就是儿童游乐园那次不成功的合作。范总变着法子向咱们索要资源的做法，她太极品了！"

"那就以这件事来说，你能从中提炼出什么样的慈善观点呢？那种触动你内心的观点。"

"这……"我确实没有思考过。

"没有基于既有的经历思考总结出明晰的观点，也没有通过之前培训过的方法搭建出文章的结构，你没法儿写好。"胡老师顿了顿，"这样吧，这次的《雅智》专栏文章还是由刘冉来写。就让她从你刚才说的那件事引申出来，先明确观点，再开始写作。刘冉写好之后，你仔细对照学习。"

　　距离截稿日期只剩一天，我心里腾起一股懊恼的情绪，上次的对外合作就浪费了师傅吴姐很多时间、精力，这次明明有充裕的时间准备，我却在文章反反复复修改仍不可用后，给刘冉姐只留下一天的撰稿时间。可刘冉姐似乎不慌不忙，十分淡定地接下了胡老师临时布置的任务。

　　第二天清晨，一篇题为《不忘初心，不求回报》的文章就摆在了我的面前，然而我也分明看到刘冉姐红肿的眼睛里布满熬夜过后的血丝。仔细阅读了这篇文章之后，对比自己之前写的，我惭愧不已。我一向以为自己文笔尚佳，足以应付工作。但这次折戟带来的失落，痛击着我的自尊心，也叩问着我的心灵：我和别人的差距，怎么就这么大呢？！

三

　　文章的开头是一个犀利的问题。

　　人们行善的初心往往都是为了帮助他人。而被帮助的人，则常常会心怀感恩之情。在传统文化里，"行善"与"感恩"经常作为同时亮相的一组概念，对它们的解读也有不同的角度。

　　早在春秋时期，《左传》上就留下了"结草报恩"的典故，之后还有诸如"投之以桃，报之以李""受人滴水之恩，当以涌泉相报"等有关知恩、感恩、报恩的名言警句。

　　但问题是，施恩行善的人是否就真该期待这报恩的泉涌？

　　读到这儿，我脑海里迅速闪过那位坚持每天捐赠一元钱，并许愿将行善的福报也回向给孩子们的爱心网友。其实，"不求回报"才是他真正的可贵之处啊。

然而现实生活中，我们有时会发现，把回报视为行善目的的大有人在。

曾经有一则新闻报道，某地几名贫困大学生，因受资助期间没有主动与资助者联系，让资助者们寒心并以"我们不愿再资助这些没有感恩之心的大学生"为由，终止了对他们的帮扶。在许多网友嗔怪这几个孩子"没良心"的同时，也有不少人认为资助者应该充分体谅贫困学生的自尊心，维护他们的尊严，而不应站在道德制高点上，理直气壮地"讨谢"。

儿童游乐园范总的要求，不也是发生在我身边的一个活生生的例子吗？

刘冉姐严肃地说："智澜，经历儿童游乐园这件事，行善不忘初心、不求回报，这种善的真谛才是你应该提炼出来的观点。从事慈善事业，我们经常会遇到形形色色的人。有的人会想从慈善上谋求私利，但更多的人就像咱们淘宝店那位日行一善的爱心网友一样，从不求回报。咱们目前已经累计超过一百万这样有爱的捐赠人了，他们的精神才是咱们应该特别珍视的！你知道'文以载道'吧？"

这我当然知道。宋代文学家周敦颐在其著作《通书·文辞》提出"文所以载道也"，意思是撰写的文章需要表达人的思想。

"好的慈善文章在通俗易懂的同时，更要传递慈善的精神。"

刘冉姐告诉我，所谓的"境界"并不脱离生活。只要认真观察，生活本身就能带给我们各种感动。

"你看，'慈善'越来越受到全社会的广泛关注，从普通人到高端媒体都愿意参与讨论，咱们作为慈善工作者，一定要从专业的角度来对现象进行解读，并且把思考沉淀下来，无论是凝练成短短的微博内容，还是一篇慈善文章，都是在积累思想财富、传递正能量呐。"

刘冉姐继续说道："你写文章也好，维护基金的运营也罢，不是为了高高在上帮助别人，也不是为了充当'佳依'满足自己的虚荣心。你回想基金淘宝店里那六十多万个好评，仅仅在这样一个平台上，就有几十万人默默地关爱着孤儿，这难道不能让我们肃然起敬，为他们传递他们想说又不一定有机会吐露的慈善理念吗？"

我想起自己翻阅过的那些动人的祝福，他们说："孩子，我们期望你快快长大，不是为了你的回报，而是希望你健康快乐，长大以后能去帮助其他需要帮助的人。""愿大家多为孤儿献爱心，希望用我们微不足道的光芒温暖他们稚嫩的心！""我不求任何福报，只希望积少成多，让人间少一些病痛。"

此时此刻，这些闪光话语成了我心中无价的珍宝。

慈善，传递着人与人之间的温情与关爱。不忘初心，不求回报，是对慈善最好的诠释。

反思起来，从笔端到内心，我的"初心"就应该是脚踏实地、关爱孩子。

以前总听胡老师说起"空杯"心态。优美的语言曾是我心里念念不忘的优势所在，但现在是时候将我的杯子倒空，从头开始，踏踏实实地学习方法、认认真真地努力工作了。

不忘初心，不求回报，也成了我的慈善座右铭。

Gabe 的奇异之旅

一

在基金办公室，同事们有一个有趣的说法："咱们基金是一株可爱的蒲公英。"

蒲公英？对的，你没有看错。我常听吴姐讲起，每年寒暑假，基金办公室经常有从世界各地来的学生志愿者。他们肤色各异，慈善却把他们聚到了一起。在结束基金的实习后，小小志愿者们就像蒲公英的种子一样飞散到很多地方：美国、加拿大、澳大利亚、日本……

志愿者中有不少人和我一样有赴美留学的心愿。听吴姐说，以前她带过的两位高中生志愿者，充分利用在基金实习的经验，都顺利申请到了美国名牌大学。

这与我的梦想不谋而合，我赶紧向吴姐打听她们的情况。"给！读读她们自己写的文章，你心里就有数啦！"

吴姐给我的是 2012 年的两本杂志：《慈善家》和《雅智》。高中生小雨在文章中分享了她在基金和各国志愿者一起工作的难忘经历。吴姐说，小雨已经申请到常春藤名校。申请成功后又专门回来过一次，感谢在基金的工作经验，特别是胡老师为她撰写的推荐信。原来，胡老师当年在麦肯锡时还曾负责过麦肯锡的新人招聘工作，非常熟悉赴美就学需要准备的各种材料。基金也经常给在这儿实习的学生提供英文的实习证明，甚至英文的推荐信。

想到我在小雨那个年龄时，学业已经让我忙得焦头烂额，哪还有心力顾及公益慈善呢！也更没有想过"帮助别人"还能为学业加分了。

更有趣的当属美国 90 后、志愿者 Catherine。她在申请大学的文章中讲述了自己和其他基金志愿者合作，协助中国西部贫困山区的孤儿完成公益保险理赔的故事。这段感人的经历成就了她的与众不同。在大一那年的感恩节，她特别为基金办公室寄来了贺卡，上面用英文写道："在基金实习期间，表面上看，是我在帮助孤儿。但实际上，我却从这份经历中获益匪浅，它帮助我实现了自己的求学梦。"

这些孩子的成功经历让我感到兴奋，我相信自己在基金的工作一定能在未来为我带来更好的留学机会。同时，我心里又有了新的期待，我会不会有机会和有趣的外国志愿者一起工作呢？

过了几天，一个令我振奋的消息传来，一个美国志愿者要来了！

二

胡老师的朋友、美国加州大学伯克利分校的 Piazza 教授写信给她，说他的侄子 Gabe 是南加州大学的学生，毕业之前想到中国来游历，希望胡老师能帮助他。胡老师就邀请 Gabe 来基金当志愿者。爱旅行的 Gabe 希望在基金的工作经历能够为他带来新的收获。由于他的中文不太好，我就自告奋勇给他当翻译。

来基金办公室的第一天，Gabe 向大家介绍自己。他介绍的方式非常有趣，说是要展示来自世界各地的精彩照片。"大家好，我的名字叫 Gabe，来自美国旧金山，很高兴来基金做志愿者。在开始一起工作之前，我希望大家通过照片了解我。谢谢！"

旅游的照片吗？这有什么稀奇。

PPT 一打开，哇！还是我们眼前的这位 Gabe 吗？

盈尺的积雪，时髦的滑雪服，厚厚的护目镜。骨灰级滑雪爱好者 Gabe 以各种让我们心惊胆战的姿态飞过雪丘，全世界的著名的滑雪场几乎都留下了他的足迹。

"猜猜这都是哪里？" Gabe 兴奋地问。

"呃……你的老家，美国？" 常常自诩"运动达人"的薇薇姐试探着问。

"不是啦！是加拿大卑诗省的惠斯勒，这儿有北美最佳的滑雪场地，而且为各地游客提供不同风味的美食哦！这里的中餐我最喜欢啦。猜猜这又是哪里？"

"欧洲？"

"奥地利圣安东滑雪场！这儿特别漂亮，我都去过好几次啦！"

眼前的 Gabe 手舞足蹈，逐一向大家讲述他在雪地的冒险经历。

"除了滑雪，我还十分关注慈善事业。看！这是我在尼泊尔的儿童之家做义工的照片，这还有在印度特蕾莎修女之家的，这是在泰国照顾自闭症儿童……"

Gabe 继续说道："我听叔叔说，基金用给孩子送大病公益保险的方式来帮助孤儿，这种慈善方式我在其他地方还没见过。因此这里就是我中国之旅的首站，比去滑雪还能吸引我！"

Gabe 独特的自我介绍让我大开眼界。这天晚上，吴姐叮嘱我找个机会和 Gabe 商量，看看他对哪部分工作更感兴趣。我心里很好奇，这个爱冒险的美国大男孩儿会选择什么样的任务呢？

第二天早上九点钟，Gabe 背着自己的电脑准点来到，一进门就主动拉住我，"嗨，智澜，我想和你商量商量我的工作计划！"

"你的，工作计划？"

"对！我有一个主意！" Gabe 信心满满。

原来昨晚他已经阅读完我们为他提供的英文版基金简介，觉得了解的内容很有限，就上网想要浏览基金官方网站。一看才发现基金官网的英文版远不如中文版内容丰富。

"我想把基金官网翻译出一个完整的英文版！这样其他人就有可能通过英文网站更好地了解咱们。没准儿将来好多和我一样的'老外'会选择从美国捐赠孤儿呢！我中文不好，还得请你帮我讲清楚对应的中文网页的内容。"

Gabe 主动提出的主意和吴姐不谋而合。美国亚洲基金会下设的"赠予亚洲"基金已帮助基金开通海外募款渠道，可以为美国及香港等地的捐赠人提供免税服务。为提升劝募效果，基金正好需要完善英文版的官方网站。经过好几个星期的共同努力，一个完整的英文版网站内容终于翻译好了。

为奖励 Gabe 的辛勤工作，同事们在即将到来的中秋节为他安排了一次"皇家御河中秋夜游活动"，从紫竹院到颐和园乘游船、喝茶、赏月。在游船上，Gabe 高兴极了，决定用自己的行动回报大家的美意——教同事们说英语。和学校里大家只会"读""写"而"听""说"不灵的"哑巴英语"不同，Gabe 苦口婆心地动员大家勇敢地开口去说。"我发现，中国的年轻人都特别害羞。我觉得学外语必须张口啊，你看，智澜教我说的'水水'，我就练得不错了！"

"水水？什么意思啊？""他说什么呢？"话一出口，大家七嘴八舌地议论起来，我也丈二和尚摸不着头脑。

"我知道啦！就是'谢谢'嘛！我听 Gabe 没事就念叨，已经练了好长时间了。"胡老师笑着说。Gabe 得意地从兜里掏出一摞写着汉语拼音的单词卡晃了晃。

我们笑得前仰后合，Gabe 却严肃了起来，"我觉得美国和中国的年轻人特别不同。我从来不会让别人的眼光阻碍我去尝试新的东西。"

这次被 Gabe 称为"丛林夜游"的中秋夜圆满结束。不久，Gabe 告诉我，他决定在"十一"假期独自去张家界旅游。

三

转眼之间，"十一"小长假结束。上班第一天，Gabe 强烈要求在午餐会上给我们分享他的奇异之旅。

Gabe 把"旅游"和"旅行"分得十分清楚。在他看来，跟着旅游团，按着行程表的赶场式旅游对增加人生体验意义不大。尽管 Gabe 会说的中文不多，而且还把"谢谢"说成"水水"，但他还是凭借网上的攻略，独自背包踏上了从北京到张家界的旅程。

"中文真难啊！谷歌翻译也搞不定！"Gabe 撇撇嘴，在大家的笑声中继续说道，"不过，在去的飞机上，我成功地让邻座一位去那里度假的外企职员领我到了景点。一路当着免费的口语外教，我也不容易啊！"

张家界风景美好，Gabe 开开心心地疯玩一路，享受了一个美好的假期。不过，在假期临近结束时，意想不到的事情发生了。

Gabe 带的现金已经花得所剩无几。在自助取钱时，他吃惊地发现，自己的银行卡显示无法提现。景区的银行显然无法解决，他只得打越洋电话向家人求助。Gabe 的妈妈反复确认后，发现是儿子银行卡的卡片本身出了问题，即使再打钱给他也是没有用的。Gabe 人生地不熟，"我又要开始一次新的冒险了！"

掐指一算，离假期结束还有两天半，购买机票无望，他用仅剩的钱买了一张从张家界回北京的硬座火车票。晚上和偶遇的"驴友"一起在人家的帐篷里露宿一夜，第二天一早捏着车票上车后，Gabe 的身上只剩下 20 元钱了。

如何用 20 元钱走完从张家界到北京的漫漫长路呢？在火车上还有至少三顿饭要吃，回到北京还要搭乘地铁才能到家，这些问题怎么解决？

聪明的 Gabe 立刻展开头脑风暴。他的底线是不能向人讨要，但如何才能让别人主动注意到他，进而帮助他呢？ Gabe 偶然一摸裤兜，一个美国 90 后火车逆袭的主意诞生了。

接上一杯列车上免费提供的热水，Gabe 一把掏出一路陪伴他的汉语拼音单词卡，开始了他的奇异之旅。

Gabe 身边坐着的是一个三口之家，这家的孩子看上去只有 10 岁左右。Gabe 举起一张单词卡，熟稔地开始念"水水！"孩子就条件反射一样抬头望着他，眼睛里面写满了不解。

"水水！ Thank you！"

孩子拉了拉妈妈的袖子，孩子的爸爸侧头看了 Gabe 一眼。

"水水！ Thank you！"

这三人没吱声。

"水水！Thank you！水水！Thank you！……"

"唉，我说这位国际友人，这个念'谢谢'，不是'水水'。"爸爸终于忍不住了。

"哦，水水你教我！Thank you！"

一旁的孩子和妈妈"扑哧"一声笑了出来。

"妈妈，你看大哥哥'谢谢'都不会念呢！"孩子乐不可支。

"那你教他呗！"对着孩子，爸爸也笑了。

于是，Gabe获得了一位小小老师。一边教着，一路笑着，转眼间就到了该吃午饭的时候。

列车上的餐车晃晃荡荡地推过来了，Gabe瞥了一眼，用生硬的中文问道："多少钱？"

"这个啊，25块钱！"

"太贵了！那个呢？"

"20，20元。"列车员盯着Gabe回答道。

"都太贵了！"Gabe摇了摇头，继续念单词卡。

"哎，服务员你等等。"爸爸叫住列车员，又看了看Gabe，"国际友人，你是不是身上不方便啊？"

"什么是不方便？"

"哎呀，我爸问你是不是没带钱！"孩子心直口快。

"嗯……"

"这样吧，我请你吃饭，下午你教我儿子说英语，你也当一回他的老师。你看行吗？"爸爸笑着说。

"行，水水！"Gabe笑了。

就这样，在接下来的一天中，Gabe成功地用自己的劳动成果换了免费三餐，高高兴兴地回到了家。

"怎么样？我的奇异之旅有意思吧？"Gabe得意地笑了，"去了世界上几十个国家，我不怕在旅途中遇到问题，遇到了就解决，没什么可怕的。"

笑过之后，Gabe 的旅程却在我心里打上了一个巨大的叹号。如果是我，不会说当地的语言，敢不敢到陌生的国度去旅行？如果遇到了困难，我又会如何处理？

想起 Gabe 晒出的那几十张各国照片，挑战极限的勇敢、照顾别人的熟稔、承受压力的乐观——这位比我还年轻的大学生用自己的经历让我看到了自己的差距。在我成长的过程中，我讲究"万事俱备"才敢迈出下一步，却又往往在"计划赶不上变化"的实际问题面前窘态百出。在工作中接触到的方法好像只是用来应付工作的，而 Gabe 却凭借自己的能力独自走遍了世界。看着 Gabe 和大家谈笑风生，我的心里却有点儿失落。

这天晚上，Gabe 特意找我吃饭。他听胡老师说，赴美留学是我的愿望，于是诚恳地告诉我，在我撰写申请资料时他愿意帮我提出修改意见。我也很感兴趣他的求学历程。

"独立，我觉得独立精神是申请任何一所一流大学都需要的重要品质。"Gabe 想了想说道，"从用英语来学习到在陌生的国家生活，你都需要勇敢地去尝试新的事物。不过智澜，你有一个特别大的优势哦！"

Gabe 认真地看着我，"你在基金的工作是一个很好的经历。听我申请到哈佛的朋友说，从事非营利事业，特别是慈善，是一个加分项。这对你的申请会非常有利。我的名言嘛，就是玩得好，工作也要做得好，你要加油！"

送走了 Gabe，一个想法挥之不去，看来想去哈佛求学，不能只凭是个"学霸"，还应该有独立精神，乐于突破自我，勇敢接受挑战。

我决定奋起直追。

50 个被拒电话

一

这天一早，师傅吴姐拿出了一个长长的列表，"智澜，咱们基金每月都需要联系各类媒体帮助咱们发布公益广告，这对你来说是新任务哦。这是 100 家陌生媒体的电话号码，你负责电话联系其中的 50 家，关舟负责其余的 50 家。她比较有经验，你可以多向她学习。抓紧打吧！"

我一直以来都不太擅长和陌生人打交道。一想起和游乐园范总那无疾而终的合作经历，我就没有信心。在我眼中，这 50 个电话号码无异于50 个烫手山芋。我悄悄向关舟打听她陌拜媒体成功的诀窍。"这要看你的沟通能力啦！基金已经获得了好多媒体的支持，和陌生的媒体沟通并不是太难。我嘛，每 50 个电话中，大概有三四个最终都能或多或少给咱们基金提供一些帮助的。"

关舟，地地道道的北京姑娘，满族人，昵称"格格"，长期负责开拓基金公益广告等媒体相关工作。和她分在一组，我既兴奋又不安。兴奋的是，早就听师傅说关舟十分能干，终于有机会与她共事了。至于不安，给陌生人打电话，我心里着实没底。

我决定自己先来试试，于是婉拒了师傅让关舟先带带我的计划。不是说要敢于走自己的路嘛。

不过，陌生的媒体，我该和他们说点什么呢？介绍项目？不对，时间不够。介绍自己？不对，没有意义。手里紧攥着电话，慢吞吞地拨通第一个，我心里只有一个念头：要是电话打不通或者对方不接电话就好了。

说来也巧，连拨了几个，电话都无人接听。这时，关舟回过头来，叮嘱我："智澜，甭着急，现在时间还太早。媒体上班儿时间晚，咱们下午再打。"我如释重负，嗯，那正好可以拖到下午，我先来仔细地思考一下沟通的具体内容。

转眼到了下午，关舟拿起电话，"你好，我是'中国儿童保险专项基金'……"我也抓起了电话，看准第一个号码拨了出去，"喂，你好，我是中国……就是想问您这边能不能帮我们刊登公益广告！"我很紧张。

"没听清！你是哪个单位的？要干什么？"

"就是公益……"

"这个我们不需要！"我话还没说完，对方就不耐烦地挂了电话。

这时，只听关舟说道："好的，没关系的，我理解。还是谢谢您，再见。"

我凑上前去问："你那边，人家也不愿意帮咱们吗？"

"嗯。嗨，这有什么，这儿不还剩49家呢么！"关舟皱了皱眉，在第一家媒体的名字上画了一道红线。

"那……你今天还继续打吗？"

"智澜，你是不是不敢打电话？"吴姐听了我问关舟的话，放下手中的工作，走了过来，"你怕被别人拒绝，就想放弃？"

"没有没有……"

吴姐看了看关舟，搬了把椅子坐到我旁边，对我说："你先仔细听听关舟是怎么沟通的。"尽管基金团队富有活力，大家平时私交很好，但工作起来必须"专业"是对每个人的要求。看得出，关舟已经提前做好了功课，正在不紧不慢地介绍基金的相关情况，娓娓道来。一边听关舟打电话，一边我还在"思考"，吴姐却已经拿起笔默默地写下了对话的要点。

"智澜，拿好。"吴姐把笔记递给了我，"你的问题在于，自己没有想清楚沟通的内容，缺少沟通经验且没有认真地向其他同事学习。"

吴姐继续说："你看，咱们是中国儿基会下的重要项目，致力于帮扶孤儿。从基金成立到现在，《新华每日电讯》《瞭望》等知名媒体都长期帮助咱们刊登公益广告。这个你知道啊！和媒体沟通时，怎么不说这些呢？再试试！"

我勉强又拿起了电话。就这样，两天后，我打完了 50 个电话，像穿越了五十扇门。门后的陌生人有的对我报以善意，有的无情回绝，但是没有一家当时就给了我肯定的答复。

关舟已经获得五家媒体的肯定答复。看她与陌生人沟通时谈笑自如，我心里有点儿失落。这天晚上，吴姐带着我们总结这几天工作的得失。"五十家媒体，没有一家愿意支持。这工作也太难了。"我失望极了。"有没有还可以继续跟进的呢？"吴姐关切地问道。"嗯……有三家媒体说要咱们上门去给他们讲咱们的情况才会考虑。这个……"

我话音未落，关舟抢着说："那就安排时间去拜访他们，我陪你！我以前也没辙，现在沟通的经验多了，心里就有底了。另外，多去拜访媒体，让人家了解咱们，才有可能给咱们支持啊！"

听了我们的对话，吴姐笑了，"积极跟进是对的。另外，我看啊，咱们基金团队的培训又该有新内容了。咱们下次请刘冉姐分享一下，到底应该如何沟通。看看和陌生人沟通是不是就真的那么可怕。"

二

与人沟通是我的软肋。私下里，我向关舟抱怨过很多次。在我看来，沟通的对象有好有坏，哪有什么方法能够一通百通，说清楚这么复杂的话题？

这天中午，刘冉姐的开场白就让我大吃一惊。"智澜，你的专业是中文，你会不会写情书？"同事们哄堂大笑，我的脸"唰"地一下红了。

"看来智澜没啥宝贵经验能跟咱们分享。大家知道吗？中国人写情书和西方人写情书大不相同。"刘冉姐耸耸肩，"咱们中国人呢，非常含蓄，一定要先描述具体的理由，或者其他一些铺垫的内容。比如，有的人说，你是如此善良、美丽、温柔、大方，让我无法忘怀，所以我爱你。"

"哈哈哈，哈哈哈！"

"但是西方人就是另一种思路啦。这是我在加拿大留学的时候，导师专门举过的一个例子。他们会先写出结论，'我爱你'，然后再举出一系列的理由，来支撑这个结论，比如你美丽大方啦、善良勤劳啦。"

顿了顿，刘冉姐继续说道："这个好玩儿的例子揭示了一个重要的沟通方法——金字塔原则。"黑板上，刘冉姐迅速画好一个三角形的结构图，"在工作中，无论是沟通还是写作，大家都要特别注意结构和逻辑。关舟，你先来分享你平时是怎么和媒体沟通的。"

关舟想了想，说："我先介绍清楚自己是公益机构，是中国儿基会的慈善项目，想让杂志社帮忙刊登公益广告。"

"对，你先交代清楚了你打电话的目的。"

"然后通常媒体会主动问一些问题，有时候我也会主动介绍，咱们是关爱孤儿的，已经设计好的广告画面非常精美，而且有许多优质的主流媒体长期支持咱们。"

"不错，这是一系列用来说服媒体支持咱们的论据。"刘姐点了点头。

"电话沟通完，我还会再发一封邮件，把基金的情况详细介绍一下。最后附上咱们的公益广告图片以及刊登所需的资质证明。如果有可能，后续我还会找机会当面向他们介绍基金的情况。"

"很好！这就符合金字塔的沟通原则。智澜，你来反思一下你的沟通办法。是不是有好多问题？"

我点了点头。

刘冉姐继续说道："其实，无论是打电话沟通，还是写文章，咱们都是希望带给别人正面的影响力，对吗？那就首先要说清楚自己的目的，并积极寻找恰当的论据作为支撑。这样人家才有兴趣来接受，才会信服你。"

原来沟通有这么清晰的方法！

"大家记住，我们沟通绝不仅仅是向别人推销，同时也是为他人提供一个向善的选择。智澜，我听你师傅说你有点儿怕和陌生人说话，对吗？"

我重重地点了点头，"他人即地狱啊！哲学家萨特说的。"

"哈哈哈，这话可不能这么理解。我认为萨特的意思是说人的本质是自由选择的结果，人想要追求自由，不在他人身上。"

刘冉姐接着说："无论是针对媒体，还是普通公众，咱们都要有零距离沟通的真心。智澜、关舟，就如同你们去电话陌拜媒体一样，他们也许特别愿意有机会为孩子们贡献自己的力量。但是如果咱们的沟通说不到点子上，就不能把他们良善的意愿变为现实。"

刘冉姐看了看我，接着说："智澜，你听说过著名的电梯实验吗？在乘坐电梯的短短 30 秒之内，向身边的人介绍一个议题。也是同样的道理，我们完全可以运用金字塔的原则，高度提炼浓缩自己想要沟通的内容。这方面你应该主动向关舟看齐。"

刘冉姐别开生面的培训让我认识到了自身的不足。从主观的动机到客观的方法，我意识到自己还有好大的差距呢。

三

刘冉姐讲述的"金字塔"沟通原则，理解起来不难，用它解决实际问题却不是一日之功。

胡老师看我沉默不语，主动说："智澜，遇到困难别轻易就灰心，工作里半途而废更是要不得。今天刘冉分享的内容深入浅出，但是你要把它变成自己的，还需要反复练习。这真的非常有用，尤其是你将来要去美国留学。"

胡老师接着分享了她当年赴美攻读博士学位的心得体会。原来，金字塔原则不仅能提高日常工作的效率，更能广泛地应用于完成美国大学的学术要求上。

在美国念书，学术压力巨大，很多学生不堪重负。但是，无论完成学术论文还是和导师沟通，率先亮出自己的观点，有目的地从文山书海中提取可用于支撑观点的论据，便可造就一篇成功的论文或一次有效的沟通。

我由此想到在大学念书时我的一个恶习。中文系的老师曾经提醒过我，"智澜，如果全系同学本学期只写一篇论文，你会完成得最好。如果写两篇，你的精力就难以兼顾。如果写三篇，我就非常担心你能否如期完成——你写作的方式值得商榷。"

通常，我会一股脑儿地扎进书堆，把能够找到的资料尽可能收入囊中，随后才开始慢慢发现可能出现的结论。然而"金字塔"原则明确地教我：观点先行。

"可是，即便有了一个假设或者确切的观点，我怎么还是觉得自己总也找不到能够支撑观点的论据呢？"我疑惑地问。

"那是因为你积累太少啦！好的方法和用心积累并不矛盾，胸无点墨，自然哑口无言。"刘冉姐笑道。

"积累可以通过平日里用心学习，但是我认为对你而言，更重要的是领会方法。智澜，你的'童子功'不错，运用语言、文字对你而言不是难题，你真正的问题恐怕不在这里。在基金，我们传承的这些方法，是你应该反复操练、努力去学的。"胡老师语重心长地对我说。

"不然啊，在国外留学可和咱们国家念书的方式不一样，你要是还洋洋洒洒地用写诗歌、散文的方式来写学术论文，一定门门'Failed'（通不过）！这可不是玩笑。"刘冉姐严肃了起来，"方法是通的。任何细微的工作都大有学问，现在我和你师傅不仅鼓励你继续打陌生拜访电话，还期待你鼓起勇气，早点走出门，去见一见他们，从陌生人身上学习。"

"没错！我以前也不是个外向的人，但是和别人打交道多了，我觉得能和他们分享自己的观点，这本身就是巨大的收获。智澜，别怕！"关舟拍了拍我的肩膀。

"他人即地狱"，从前的我把太多不成功的原因归咎于别人。害怕自己的自尊心受伤，我倾向于从别人身上找原因。是别人给的任务太难，是别人不够有耐心，是别人不能和我一样善良。这些林林总总的借口背后，都不能掩盖真正需要成长的那个人恰恰是我。我喜欢听到别人夸奖我华美的言辞，享受成为他人写作榜样的快感，却放弃了从普通的言语间理解别人的真诚。

50个被拒电话为我敲响了警钟。痛定思痛，我在心里暗下决心，一定要迈出去，勇敢地走近他人。

志愿者来得恰逢其时

一

拿起一张崭新的公益保险卡仔细端详，你会看到温暖的橘色仿佛记录了和煦的阳光，一双有力的手自由地放飞白鸽，承载希望，也充满祝福。

让一名孤儿准时无误地收到这张能够救命的特殊礼物，不是一件容易的事。

在基金办公室，公益保险卡的发卡执行是一项复杂庞大的工作。几乎每个月，我们都要为多个省区的孤儿发放数万张公益保险卡。每一张卡都有一个专属的号码，对应一个孩子，它表示着一个鲜活的生命已被纳入保障的范畴。

基金后台管理着数十万条由各级民政提供的孤儿信息。这些信息描述着一个个孩子的生存状态，不仅包括孩子的姓名、所属地区、身份证号码、监护人信息、健康状况等等，还包括承保情况、保险卡卡号及密码等有关信息。

为保证不遗漏一个孩子的保障，基金办公室会按照发放计划，至少提前三四个月与相关省（区）的民政厅进行沟通，落实孤儿信息的收集工作。一个孩子的信息会通过村、乡镇、县、市，一直到省厅，最后由省民政厅统一提供给基金办公室。由于承保的孤儿分布在多个省区，在一些自然条件比较艰苦的地方，孤儿信息的收集以及后续的名单核对工作都是个难题。

元旦即将到来，基金办公室正在紧锣密鼓地筹备为宁夏等五省区孤儿发放公益保险卡的工作。吴姐和万恋是负责这项工作的主力，连续几周紧盯着电脑屏幕的紧张工作让万恋的双眼有些浮肿。今晚又是一个加班夜。我心里有些不忍，总劝师傅和万恋要尽量多休息。

打开下一个孤儿名单表格，一个新情况跃入万恋的眼睛。在宁夏一所孤儿学校里，孩子们长期住宿，直到寒暑假才能回山区看望亲人。老师们不知道孩子的身份证号，也一时无法拿到所有学生的户口本，只得让孩子们背出自己的生日作为基础信息提供给基金办公室。按照基金与承保公司商定的通融核保原则，孩子的出生年月日可以暂时作为有效的承保信息，但如果这些孩子在未来出险，一定要提供完整的身份证号码才能顺利完成理赔流程。

对完成手头的工作来说，这样的信息就足够了。但是想到发放公益保险卡最终是为了将来通过理赔救到有需要的孩子，凡是有利于孩子理赔的各项工作，都要力争做到尽善尽美。这是一个不眠之夜，吴姐带着万恋将宁夏地区所有存在类似情况的孤儿信息名单全都捋了一遍，将信息不完整的单独保存。后来吴姐在向保险公司提交初核名单时，特别叮嘱核保生效后有些孩子的信息需要进行保全处理。与此同时，吴姐又拨通了地方民政的电话，询问孩子们的详细信息，以便两不耽误。

竭力争取，尽最大可能保障孩子们的利益，是基金办公室的使命。

初核，就是对信息完整的名单进行整理。万恋，办公室人称"Excel小能手"，而她做的工作却远非图表制作技术操作层面这么简单。由于一些孩子可能出现随监护人迁徙，或被送往孤儿学校等情况，因此户籍信息有时会发生变化，孤儿信息可能会重复提交。为了对孩子们负责，也为了提高善款的使用效率，每次拿到新名单之后，万恋都会通过多种方式进行检查和筛重，确保没有一个孩子的信息有误或重复。

经过初核的孤儿信息在交给承保公司通过核保流程后，保险公司会给基金办公室提供一份最终的承保名单，以及每个孩子的保险卡卡号和相应的激活密码。然后万恋会把这些信息导入基金后台。

保险卡印制是发放前的另一个重要环节。对一张保险卡而言，最重要的信息莫过于卡号、密码及保险期限。当然，捐赠企业、个人或平台还可以定制专属的公益保险卡版本，帮助宣传捐赠者的理念或公益形象。印制好的保险卡需要根据承保孤儿的名单信息，打包分拣，一一对应到乡镇一级的基层民政，快递给指定的联系人，并由他们发给孩子们。

下周，我们将发放几万张保险卡。

二

这天清晨，印厂将整整一推车的保险卡运送到了基金办公室。按计划，这些公益保险卡将在元旦那天零时准时生效。两周后，元旦就要到来，想到这些保险卡承载着那些滚烫的爱，将陪伴孩子们温暖过年，万恋露出了欣慰的笑容。时间不等人，这可是几万张卡啊！今天下午就可以安排发卡任务了。这次任务格外重，还好保险卡来得及时，两周时间，应该没有问题。

辛苦工作了快一整年，印厂的小李也和大家轻松地攀谈了起来。

说话间，万恋撕开一包保险卡进行验收，翻开第一张卡，她紧张了起来。紧接着，第二张、第三张……"小李，你等等！这卡有错！"万恋大声喊道。吴姐立刻跑了过去，"有错，真的有错。这下麻烦了！"我们围了上去，只见她手指着保险卡的生效日期。

"没错啊！这不是今年嘛。"小李还没反应过来。

"元旦就要到了，这应该写明年。不然，孩子们收到的卡岂不都是过期的无效卡！还算什么新年祝福！"吴姐急了。

小李一下子蒙了，"这个，肯定是排版的时候弄错了……就惦记着过年了。哎呀，真是对不起了！这，你看要不我赶紧通知印厂的同事们重新印卡吧！"

"来不及了……那也得马上重印！印好后咱们安排大家加班发卡吧！"刘冉姐站了出来。

就这样，印厂的失误导致保险卡发放工作推迟了一周。

所有负责对外工作的同事无一例外都抽调过来帮助发卡，但因发卡数量庞大，眼看着就不能保证五省区的孤儿能准时收到这份从来不曾迟到的礼物，同事们紧急商量着解决办法。

一直负责企业合作的刘冉姐在微信朋友圈晒出一个"奋斗"的表情，"突发情况，节前要紧急加班发放公益保险卡。朋友们，来帮帮忙吧！"

下午，"丁零零"，刘冉姐的电话响起来了。"我们是明亚的经纪人，看到你说基金要紧急加班发卡，我们来帮忙吧！"

稍后，又有几家长期支持基金的单位也表示要派出志愿者，前来救急。

这些帮助来得真是恰逢其时！

周五晚上，我们的加班内容有了变化。晚餐的时候，吴姐特别为大家培训了如何指导志愿者们正确、高效地进行保险卡发放。"我和万恋已经把最终的承保名单打印好了。明天，我会先给志愿者们讲述保险卡发卡、打包的工作流程。大家请注意，咱们把志愿者们分成几组，每个同事都到一组里充当辅导员。虽然时间紧迫，但咱们一定不能出错。"

第二天清晨，志愿者们准时到来，经过简洁的培训过程，我带着其中一组选了一个安静的角落工作起来。"好细致啊！"承保儿童的名单刚刚展开，一位姐姐就惊呼了起来。

"还真是，你们快看，在咱们组要发的这个乡里，孩子们分别住在好几个村呢，都写得清清楚楚。"

"基金办公室每一次发放，名单都整理得这么仔细吗？工作量真不小！"

"卡和名单都对应好了是吗？那等会儿卡发起来就方便多了，我还以为得一张一张现场去对呢！"

"怎么可能让你一张一张去对！人家这工作干得多细！"

……

这下，大家的距离一下子拉近了。"你叫智澜是吧，我跟你说啊，没事，咱们人多力量大！你们前期准备工作做得这么认真，大家齐心协力很快就能发完。"

我高兴地点了点头。这些爱心志愿者的出现让我十分感动。现在很多企业都有对外捐赠善款的企业社会责任活动，但是主动安排员工利用休息时间，作为志愿者参与基金的发卡工作，确属难得。

发卡的过程十分顺利，我和这些刚刚认识的志愿者们就像开展了一次团队的拓展训练。我们相互配合，把紧张的工作戏称为"流水作业"。几位志愿者还把小组分成了"先生队"和"女士队"。无论哪队领先，我们工作的进度都向前大大推进了一步。

三

到了傍晚，经过一整天的辛勤工作，几万张公益保险卡顺利分拣、打包完毕。看着快递员将所有包裹运走，一股成就感在大家心里油然而生。

"太有效率了！之前我们可真怕发不完啊！真是谢谢大家了！"吴姐长吁了一口气。

"我们今天也是很有收获啊。才一天，咱们就帮基金把几万名孩子的卡都打包好，而且是分到乡镇一级，让孩子们能及时拿到卡，真有成就感。"一名志愿者笑着说。

"每次看到名单上对应的孤儿姓名，我都特别感慨。有一个孩子叫'田命长'，大家别笑，这名字的确有点儿土。可是孩子的父母去世了，不像其他孩子那样有父母疼爱。能够平安健康地长大，就是亲人们对他最深切的祝福。这几万张卡，背后就是几万条幼小的生命啊。"另一位志愿者插话道。

希望每一个孩子都能健康平安、福寿绵长。这不仅仅是基金同事们以及来帮助我们的志愿者的愿景。每一张爱心保险卡都寄托着大家的期盼，也传递着来自社会各界爱的力量。

"我们今后一定发动身边更多的朋友来支持基金的事业。我们能做的事也许很小，但是人多力量大。我们一定要帮助孩子们获得持续的关爱。你们明年给这些孩子发放续期公益保险卡时，我们还要再来！"志愿者们真诚地说。

　　元旦到来，公益保险卡如期发放到五省区的孩子们手中，每张卡上都印有一双放飞希望的手。

　　而卡的背后，是百万颗火热的心，将陪伴孩子们度过接下来的平安四季。

放下自我，用心做事

一

　　转眼之间，我在基金已经度过了半年多的时光。三个多月前，我在午餐会上向大家首次演练讲解基金简介。师傅吴姐说，这是基金团队考验新人是否能够从事对外工作的方式。一心想要对外的我，上回的讲演并不成功，我把原因归咎于临场发挥失误。

　　讲解的失败让我很失落。吴姐安慰我说，每个人都要经历一个成长的过程，要想顺利地从事对外工作更需要历经重重考验。这三个月来，利用午餐会的时间，刘冉姐组织了每一位团队成员轮流练习讲解基金简介，也顺便为我和万恋做培训。

　　现在又轮到我再次"通关"了。

　　我把会议室视为一个特殊的舞台。对这次讲解，我胸有成竹。我早已把基金简介的内容背得滚瓜烂熟，耳机里随时播放的演练录音也给我机会充分学习了同事们的讲解技巧。为避免到时候紧张，我甚至悄悄让万恋帮我做"托儿",讲解时我只要把眼神落在她鼓励的笑容上就万事大吉了。

讲解的内容分为两大部分,先介绍基金本身的情况,再介绍对外合作的主要方式。开始讲解,我刚一张口,"中国儿童保险专项基金是……""慢点,慢点,你语速也忒快啦!"关舟笑着嚷道。

"智澜,慢一点儿。你讲解的目的是为了让陌生人了解咱们基金,进而帮助孩子们。你抓准这个定位,重来一次。"吴姐想了想,很平静地说。

嗯,没错,对待陌生人,我想做的就是劝募或者争取宣传推广方面的帮助,确实应该讲得更缓慢、清晰一些,这样比较好接受嘛。

我清了清嗓子,重新开讲。这回我讲得很慢、很细,刚刚讲清楚介绍基金项目的十多页PPT,时间就已经过去了将近一个小时。每翻到一页新的内容,从标题开始,我不仅讲完了页面内容,还不忘加入自己的很多理解,尽力让内容声情并茂。这一部分结束,我气定神闲地问道:"大家有什么问题吗?"

同事们欲言又止,大家相互看了看,还是刘冉姐最先发了话,"咱们还是让智澜继续把第二部分讲完吧,最后大家再一起给她反馈。"

和上次不同,这回至少没有恶评如潮。我心里有了底,第二部分发挥得就更多了。自从来到基金,从事对外工作就是我的目标。尽管吴姐和万恋需要帮手时,我也必须参与孤儿名单整理、公益保险卡发放等内部工作,但是能够在对外工作中独当一面,这才是我的心愿。"支持我们基金有多种方式啊,嗯,那就由我来详细地介绍一下,希望大家多多关照!"

就这样,似乎越讲就越轻松自如。我觉得自己充满活力,把平时从其他同事那里收集来的案例一一"装"进了我的演讲。不同企业,多种方式,我热热闹闹地完成了全部演讲。

"智澜,和前一次相比,你确实有了很大的进步,但是……"薇薇姐话音未落,关舟就抢着说:"我怎么觉得你像个推销员呀!你看,第一部分你可劲儿说自己的项目多么好，第二部分就玩儿命让人家支持你。我觉得这个方式不对！"

"没错，就是这种感觉。""我觉得我从你的演讲里看到了自己之前准备的内容，可是感觉太'拥挤'了。""听起来好有压力啊！"大家七嘴八舌地说着。我心里一沉，想为自己辩解，却又不知道从何说起。

"我知道你的问题在哪儿。"吴姐看了看我，"从你一开口，我就知道你的讲解很可能不会特别成功。尽管你已经了解了很多基础知识，也不再像上次那样想当然地随意发挥了，但这回你才暴露了真正的问题。你是不够用心。"

吴姐的话一出口，我就立刻按捺不住了，"吴姐，我尽力准备这次讲解，这三个月我连上下班路上都在听大家的讲解录音，怎么还说我不用心呢？"难道我是心有余而力不足吗？我似乎无论怎样追赶，都无法填满现实与目标之间的沟壑。一种从未有过的、力所不能及之痛瞬间占据了我的心。

"小吴说得对。你确实尽了力，但是没有尽心。"沉默半晌的刘冉姐看着我说，"智澜，在这段时间里，你确实通过努力掌握了一些我们教给你的方法。但是你还记得咱们团队的工作训导吗？第一句是什么？"

"为人做事，尽心尽力啊！"我脱口而出。

"没错！做人先于做事，尽心远重于尽力，你背下来了许多事实，参考了他人的经验，我印象最深的却是一个大大的'自我'。这是怎么回事呢？"刘冉姐严肃地看着我。"刚才关舟说得对，你有点儿像一个推销员，你太想一下子就把别人搞定了。"

一连串犀利的评论扑面而来，我正感到应接不暇时，胡老师说："智澜，今天你只能算是勉强通关，大家给你的反馈你可能一时接受不了，但你确实需要仔细思考。你的'获取心'太强了，你应该放下一些自我，才能真正成长。"

胡老师的话我听得似懂非懂。"勉强通关"这个结论太让我失望了。怎样才能算是真正用心了呢?

二

春节即将到来,基金办公室里喜气洋洋。这天,薇薇姐向大家宣布,她为我们准备了一份神秘的礼物。原来,她的一位朋友将要在春节前夕为我们带来一场别开生面的培训——服装搭配和形象设计。这是一位颜值颇高、睿智能干的形象设计师,据说,她的名言是:"女性既要有爱,又要漂亮。"

从学生时代起,我就不爱打扮,理由嘛,是"维护自己卓尔不群的个性"。

这天中午,设计师就要上门赐教,大家都很兴奋。按照和她的提前约定,薇薇姐特别用了一个大拉杆箱把自己的衣服带来,供大家参考示范。我依然还是我行我素,上身套上一件粉红色的运动服,随便配了一条平时穿惯了的西裤。

一个身着灰色外套、搭配着靓丽丝巾的姐姐走了进来。几乎是进门的那一瞬间,她的目光立刻就落在了我身上。四目相碰,短短对视后,她快速地扫视大家,眼神锐利,脸上的笑容却丝毫不减。"大家好,我是形象设计师樊丹,是薇薇的朋友。我希望能用我的专业知识来打扮咱们这些可爱的姑娘们,让大家美丽有爱。"

说话间,她翻开精心准备好的课件,根据不同人的体形、肤色,按服装、发式、妆容等分别做出了丰富有趣的讲解。和大家一样，我听得饶有兴致。正在这时，薇薇姐站到了台上，大方地打开衣箱。樊丹用湿纸巾擦了擦手，从箱子里面细致地挑出几件衣裳，仔细向我们讲解它们在搭配上的技巧。薇薇皮肤很白，穿上明亮的衣服显得人更加青春活泼。"但是，"她说，"也要注意，除了这些颜色丰富的衣裳，还要准备一些黑色或者灰色的基础款。在正式场合，着装的主色不要超过三种。否则，就会显得杂乱。"

"我觉着薇薇姐挺会穿衣服的啊，我呢我呢？"关舟抢着问。"你嘛，个性活泼。虽然没看到你所有的衣服，但是今天这件外套就太时髦了一点儿。你从事的是公益慈善事业，想必很多场合会要求你走优雅、大方路线吧？"樊丹拍了拍关舟的肩膀，"你的身材很好，一看就是长期坚持运动塑形。线条简洁利索的衣服很适合你。"

说话间，樊丹的目光又转到了我身上，"不过嘛，我最感兴趣的还是这位同事。请问，你是怎么想到用这身'穿越装'来迎接我的呢？"

"穿越装"？"迎接你"？说的是我吗？

"你叫智澜对吗？薇薇早就说了，你是我服装搭配的'重点教育对象'。你今天的穿着就像是从80年代末穿越过来的，如果你的年龄已经超过了40岁，那我也无话可说。可是你没有，我对你今天的着装感到很不满意。"

在我看来，樊丹伶牙俐齿，我张了张嘴，却觉得说不过她。

"就像你去洗牙之前肯定会刷牙一样，那是表示对牙医的尊重。穿着运动装搭配西裤来上我的课，这种超越常识的不周到让我觉得很受冒犯。"樊丹收起了温和的笑容。

"我只是先来听听啊！"急了我也不甘示弱。

"所以你根本没有想到自己真的需要改变对吗？那就不必多说了，你这样的话是不可能打扮漂亮的。这不在于你会不会穿衣的技巧，更在于你想不想接受别人的意见。"樊丹不减犀利。

"你这么说，其他同事也还没……"

"别人？本来，我是想带自己的衣服来给大家做个示范的，但是薇薇觉得我太专业了，怕大家收获不大，自告奋勇让我拿她来做展示。是，她比你年长几岁，也不像小关身材那么好，可是人家藏着掖着了吗？"樊丹还没说完，"今天，我想做一名特殊的志愿者，用我的专业能力帮助大家更加美丽。不过，如果你像个蛤蜊一样，总是关着自己的壳儿，那我可就没法儿帮你了！"

壳儿？！我自认为勇于接纳大家的反馈，尽管有时听不懂，但是我才不是什么蛤蜊！正想继续争论，薇薇姐赶紧过来劝解，"都是性情中人，大家别争了。小樊你给我们分享些你工作上有意思的事吧！"

樊丹语气缓和了下来，"其实，塑造形象是由内及外的事。内心开放，善于倾听的人更容易接纳别人的意见。我最需要的配合是敞开你自己，接受我的帮助。没有人能够完全依靠自己来获得进步的。"

樊丹转过头来对我说："智澜，看来在形象改变上，我能给你的帮助比较有限了。不过我给你一个忠告，你需要放下你的'壳儿'，打开自己的心。"

放下"壳儿"，还要打开心？最近怎么得了这么多听不懂的反馈呢？我纳闷儿地想。

三

我从不认为衣着好坏能够反映出人的本质。从小，在我耳边，大人就不停地强调内在美的重要性。注重外表则通常和"虚荣""浮夸""肤浅"等联系在一起。对我而言，文采斐然、思想丰盈，才是最重要的。尽管如此，我也开始认真思考樊丹给我的反馈。

这天清晨，刚刚迈进办公室，同事们一阵欢呼："智澜，快来快来，看看谁来啦！"惊讶之际，吴姐笑盈盈地走了出来，"智澜，基金的顾问卢新华老师来啦。快来认识一下。"

与基金的其他新人不同，"卢新华"这个名字我并不陌生。大二那年，我在北大中文系上当代文学课。老师在黑板上画出了这段文学史上最关键的几个节点，"伤痕文学"让同学们眼前一亮，"什么伤痕？谁的伤痕？"经过几轮阅读、讨论，"伤痕文学"代表人物卢新华在文学史上的地位让我铭记犹新。

今天是我第一次有缘见到他本人，机会实在难得。我急忙打印出了平时写过的两篇慈善文章，自以为佳作在手，想向卢老师请教写作的技巧。

眼前的卢老师和蔼、亲切。他拿过我的文章，快速读完，又仔细想了想，说："智澜，你给我讲一讲，为什么选择来到基金，从事慈善工作呢？"

我愣住了，就告诉卢老师说是对弱势群体的同情，也是对实现自身价值的渴望引导我走进慈善这扇大门的。

听我说完，卢老师摇了摇头，"智澜，我觉得你口中的张智澜和下笔写作的张智澜可不是一个人。你要关注的并非遣词用字的技巧，你的问题在这里。"卢老师边说，边用手抚了一下自己的心。

"怎么会不是一个人呢？我就是我呀！"我大吃一惊，除了不解，还是不解。

"你不能放下自己，因此无论是行文还是做事，你的控制欲都非常强，总把一个强烈的自我硬塞到文章里去，自然写不好文章。好文章不是用笔，而是用心来书写的。我给你讲讲我年轻时的经历。"

原来，学校的书本上只记录了卢老师在上世纪80年代以《伤痕》获得了广泛的赞誉，却没有写下当时誉满天下的他是如何饱尝内心的挣扎。文章一鸣惊人，彼时年轻的卢老师却在思考如何避免昙花一现。《伤痕》已经成为难以逾越的高度，跳出"此山"，放下自我，时刻将自己归零，才能继续向前。于是手握美国加州大学洛杉矶分校的录取函，卢老师来到美国开始了他的旅美游学之行。

　　他蹬过三轮，做过赌场发牌员，卖过废电缆……这些旁人无法想象的经历却成为卢老师人生最为宝贵的财富。"看破""放下"是他口中最常提到的词。

　　"您这算是体验生活吗？"惊讶之余，我小心翼翼地问道。

　　"我不大赞成体验这种说法。无论经过选择还是无法选择，你所经历的生活都是你真实生命的一部分。"卢老师温和地笑了，又说："智澜，你说你对需要帮助的孤儿充满同情，那我问你，你可曾真正走进他们的生活，和孩子以及他们的亲属沟通，关怀他们的内心呢？"

　　"这……还没有想过。我一直想做对外工作。"

　　"我建议你多去做和孩子们直接接触的工作，重新审视你的使命。相信你在帮助他们的同时，一定也会收获他们的帮助。你的心会变得更柔软、更智慧，你的文章也一定会写得更好。"卢老师语重心长地说。

　　本想讨论文章的好坏，我却意外收获了卢老师讲述的关于人生的奥义。不过我心里仍然充满疑惑：孤儿怎么能帮助我呢？

　　这天下午，分别之前，卢老师特意为我题写了四个大字。我仿佛有些理解了胡老师、同事们，还有设计师樊丹之前的忠告。这四个字是：

　　放手如来。

第二篇

成长，就是不断重生

打开一扇窗

一

冬去春来，四季变换，我在基金的成长之旅慢慢进入正轨，师傅吴姐也迎来了人生中的一件大事，再过几个月她就要做妈妈了。吴姐将为人母的喜讯感染着基金办公室里的每一个人。但在喜悦之余，她眉宇间却总隐藏着浅浅的忧虑。

负责基金办公室里众多重要的工作，吴姐最放心不下的是报案理赔支持。在基金发放的那张橘红色的保险卡上，清晰地印着基金办公室的办公电话。项目覆盖的全国各个省区的孤儿在领到公益保险卡后，如果发现罹患大病，将在监护人或者地方民政工作人员的帮助下电话报案。这几年来，电话的接听者一直是吴姐。

在我看来，报案理赔支持工作是最为繁琐庞杂的。电话那头，从吉林到西藏，从内蒙古到海南，各种南腔北调的口音，不分时间段地传来。有时刚好是在午休小憩时，有时是在傍晚正欲出门赶地铁回家时，更多时候，是其他工作交织并行最为紧张的时间节点——无论何时，吴姐都会第一时间拿起电话，所有的疲惫和压力都不会影响到那专注的回复："您好，这里是中国儿童保险专项基金，请问有什么可以帮您？"

接下来就是回应报案人提出的各种问题，并协助他们准备一系列材料，在这个阶段，吴姐的自我要求是"对答如流"。公益保险卡的实质是一份正式的保险合同，按照合同规定，理赔手续需要患儿监护人提供一系列与身份、病情相关的证明文件。吴姐总能用最精短的话语快捷地完成沟通。我悄悄向她打听这里面的诀窍，她只是笑盈盈地告诉我："我在家里是姐姐啊，带弟妹看病，帮父母报销，准备这些看病相关的资料我都门儿清啊！再说了，实在听不懂，还可以简单地重复，再跟报案人确认呗！"

敬业态度搭配独门技巧，两项法宝在手，这么繁琐的工作，吴姐总能举重若轻。而现在，难题摆在面前：这项每天都在更新进展的工作，要求一位全职的工作人员接手。吴姐想过几套处理方案：

方案一，交给沟通能力很强的关舟。关舟是大家公认的"金嗓子"，不仅歌声甜美，与人沟通时也能迅速会意。在她的努力下，许多媒体都愿意帮忙为基金刊登公益广告，把爱的声音传递得更远。但是，如果由关舟接手，她的时间精力有限，相关的宣传工作就会受到不小的影响。

方案二，交给温和踏实的万恋。万恋对待办公室工作细心周到，再复杂冗繁的任务交给她，她都能管理得井井有条。但是，万恋承担的发卡执行工作已经非常繁重，如果同时再承担报案理赔的工作，恐怕不能兼顾。

方案三，招聘一位新同事专门负责这项工作。但是新人来到基金要经过一段时间的适应，接受培训和考验。短期之内难以承担责任。

最终，刘冉姐提出了一个可行的方法：由吴姐先带着我上手，并仔细梳理报案理赔支持流程，在吴姐休产假期间就正式把这项工作交由我来负责。

我勉为其难地接受了这个艰巨的任务。

吴姐早早为即将到来的孩子起好了名字，希望他愉快幸福、茁壮成长。她也牵挂着近六十万失去父母的孤儿。在吴姐眼中，这些幼小的生命都需要我们的呵护，而帮助每一位患儿及时获得公益保险的理赔，是自己肩上义不容辞的职责。

而一向期待从事对外工作的我，心里却着实没底。一方面，协调对外对内这多项工作同时进行，是对我工作能力的巨大挑战；另一方面，协助为患儿申请理赔对工作人员的沟通能力有很高的要求。前有被卖粥大叔教育的经历让我刻骨铭心，后有50个被拒电话又刷新了我沟通不力的新纪录。与人沟通可不是我的强项。

在吴姐的指导下，我只得"赶鸭子上架"，开始了直接服务患儿及其监护人的历程，这段全新的工作经历每一天都牵动着我的心，我不再只为自己心痛。

二

在这段时间里，我总回忆起在北大中文系念书的日子。我的专业是古典文献学，涵泳于古书甚得我心。不过即便我热爱自己的专业，但跟汉字语音相关的内容却难以引起我的兴趣。其中，一门"方言学"就彻彻底底是我的死穴。我在北京长大，常常向同学们自诩我的普通话标准无误，为了保证语言规范，说话间甚至尽量不夹杂京腔。偶尔碰到不擅普通话的同学，他们难免会被我取笑一番。

念书时要好的同学们，现在很多已经在国内外大学研究汉学。我想他们一定想象不到，此刻的我正通过一部电话，接听来自全国各地的方言，迷茫得像个小学生。

"你好，这里是中国儿童保险专项基金。请问有什么可以帮您？"

"喂，喂，喂，小同志你看看我上周寄的资料中不中？"

"中什么？"

"就是能用不能用啊……"

……

"喂，张同志，医院的病历俺们给整丢了，你看俺自己写个情况说明呗，这样式儿的行吗？"

"不行，不行。您得去医院病案室重新复印。"

"你说哪儿？啥玩意儿？"

……

"བཀྲ་ཤིས་བདེ་ལེགས།"

"您好，我听不懂，是藏语吗？麻烦您找个会说汉语的人和我通话好吗？"

……

一路磕磕绊绊，每次接电话都是一场耗心费力的挑战。和我想象的不同，报案理赔支持工作根本不是体力活。吴姐了解基金的全部工作内容，患儿监护人或相关人员遇到的问题她都能娓娓道来，工作还尚且给她带来一些压力。而我想在短时间内追赶和她的差距，几乎是不可能的。

为帮助一名患儿理赔，患儿监护人或亲属需要准备如下材料：患儿的公益保险卡卡号，以便确认他确实是公益保险的受益儿童；由县级以上医院开具的诊断证明和完整的病历资料，用以确认患儿的病情；患儿及其监护人的身份证复印件；能够证明患儿及其监护人监护关系的相关文件；患儿本人姓名为开户名的银行账户复印件，上附监护人的亲笔签字授权。

我把这些材料要求汇总起来，配上文字说明，总结成一个专用文档。

每当新的报案电话来临，我都对照这个专用文档耐心讲解。如果语言实在不通，我就主动查找为患儿发放公益保险卡时经办的民政工作人员电话，联系民政部门第一时间给患儿亲属提供帮助。

这个专用文档着实好用，有了这个帮手，我回答问题更加准确，工作效率也逐渐提高。

转眼间，吴姐必须住进医院待产了，她恋恋不舍地同我道别，叮嘱我："在任何时候，遇到任何问题，务必给我打电话！"

我也的确是这样做的，直到吴姐进产房的前两个小时，我还在和她通电话。直到不得不离开师傅的帮助，我才开始独立承担责任。

三

时间在我眼中有一种特殊的神性，它含有无法改变的过去、转瞬即逝的当下、不可预知的未来。我没有想到在从事报案理赔支持工作的这段时间里，我会感受到种种如此不同的心痛。而我，也终于长大。

此刻，如果你问我心中的愿望，我希望在每一位公益保险卡受益儿童的生命中仅仅是一个旁观者；我希望自己和他们永不相遇，我的电话中绝不会传来他们的求助；我希望我们为他们送上的保障最终只是一份无用之物；我希望自己在他们的生命中无限缩小，直至不在他们童年的生活中占据一丝一毫。

然而，人生总有起伏，我还是在他们性命攸关的节点，与他们相遇了。

总有人问我"孤儿"究竟是什么样的孩子。我的回答是，每一个孤儿都是一个悲剧的既成结果，又是一个新启的生活希望、一个未完结的人生故事。我们承认人人的生命中都有悲喜交集，孩子们的重生历程就是一个个"人"的故事。

一张小小的保险卡，一根细细的电话线，让我走入了孩子们的人生。我看到了河南大地上小松和小晴的康复，又在小民的人生里见证了他的重生；大伟和晶晶的故事让我感动不已；青海的艾草和叔叔阿古是我心底的牵挂；走进天津，乐乐的生命里承载着太多人的关爱；内蒙古草原上，舍我其谁的燕子和侄女娜娜共同迈向光明的未来；走入西藏，生命本身的力量就有神圣阳光的意味；来到宁夏，我和马涛一家一同收获了爱的果实。

天地之间，一个大写的"人"字正是万物的尺度。

自幼失怙、家境贫困、突发重疾，这些已然发生的困境，都不是一个人倒下的理由。

我和孩子们的监护人，以及他们身边的相关人士组成了一个特别的团队。在我背后站立着数以百万计的捐赠人。怀揣着他们的祝福，我成为一个使者，见证孩子们历尽艰辛抵御病魔侵袭的过程，从他们的监护人、亲属、老师、民政工作者手中接过继续前进的接力棒。一次又一次履行职责，一次又一次经历悲喜，我开始理解"责任"二字的意义。

每一个孩子的故事也都让"当下"显得分外珍贵。见证每一段艰辛的重生历程，我的心为他们而痛。在寻常人充满惯性的生活中，一个孩子经历的生死浩劫往往超乎我们的想象。分分秒秒，身体上近乎极限的病痛，正带给一个幼小的孩子即使是成年人都难以承受的考验。对于孤儿的监护人而言，这也是对人性的一场考验。孤独与守护，求助与奉献，困难与希望，所有善缘在此刻聚集，所有努力都为着一个健康成长的希望。

在未来，我期待有一天，已然渡过难关的孩子们会向周围的人讲述他们童年的故事。我相信，这些和爱有关的记忆将弱化病痛本身，而这勇敢应对困境的经历将化为他们最宝贵的财富。有一天，他们会将心里的爱继续传递下去。在这条接力的路上，将会洋溢着说不尽的真情和温暖。

一路走来的每时每刻，我的内心深处都充满感激。

在我的生命里，我那颗骄傲的心终于收敛起了任性，让我开始张开我的双臂，去拥抱那些深邃的生命。一个由爱心织就的更广阔的世界，已经在我眼前徐徐展开。

这是围绕着孩子们发生的故事，也是我能想象的，世间最真实、最美好、关于"人"的记录。

感恩命运安排给我的这些相遇。

永不言弃

一

虽然我打算在基金工作两三年之后再申请哈佛，但我一直在关注申请美国大学的各种要求。其中，撰写文书就是非常重要的一项。学校经常问一些与个人经历相关的问题，诸如"你人生中最有价值的一次冒险经历是什么""你认为对你影响最大的一个人是谁""你人生迄今为止最大的收获是什么"，等等。对这些问题的回答见仁见智。如果问我前半生中接到过的最重要的电话是什么，我能肯定地回答，它来自一位河南的农民。

这年元旦，老严在确认侄子小松的账户收到了 10 万元的保险理赔金后，给我打来了一个电话。"张同志，谢谢你们给俺侄子的救命钱。你不知道，俺曾经真的很想放弃，要不是小松这孩子太乖了，俺可能确实就放弃了。俺实在是舍不得这孩子啊！"

在后来很长的一段时间里，我不断地想起这通电话，往事历历在目。

河南温县，陈氏太极拳的发轫地。时光变迁，从历史重幕中走出来的古城温县并不富裕，在这太极拳的故乡，也并非每一个孩子都拥有健康的体魄。

老严第一次给我打电话的时候，他刚从田地里回来。他浓重的河南口音考验着我的听觉。

"严先生您好，我们已经确认小松确实是公益保险的受益儿童。您是说他已经确诊了终末期肾病吗？那您赶紧遵照医嘱，带孩子去医院做透析治疗。"

"透析？不中。俺们村的人都说了，不能透析。该多去进进香，庙里的娘娘保佑，孩子自然就好了，他爹就……"老严嗫嚅着。

"严先生，小松的病情已经这么严重了！您还是听医生的话好，赶紧带孩子住院！坚持治疗，公益保险卡才能给孩子理赔啊。"孩子病情危急，老严这种态度让我很着急。"我可以协助你，但现在需要您帮孩子准备一些材料，包括……"

"张同志，慢点，你说慢点。俺在乡下，白天得下地，没法儿一下子准备好。俺一样一样慢慢地给你寄去行不行？"老严小心翼翼地问。

"好的，您是小松的监护人对吧？麻烦您先去找民政给孩子开一张监护证明。写上您和小松的身份证号码、姓名，证明你们的监护关系就可以了。"

"监护人？对的，俺就是的。从他爸走后，俺就管着他了。俺去开吧。"

二

五年前，老严的弟弟因肾衰竭去世，临终前，老严答应他认真抚养侄子小松。因为穷，失去父亲没多久，小松不得不和母亲作别。改嫁，在山村里也是不得已的选择。

在村口送别母亲，小松唯一的依靠就是老严和老严的女儿妞妞。妞妞也没有母亲，小松的到来，重新凑成了一家三口。

那时，对待生活，老严并不感到灰心。民政找他谈，说从此以后他就是小松的监护人了，得对孩子负责。他一口答应，觉得自己又多了一个儿子。为抚养两个孩子长大，老严早出晚归。务农，是他唯一所长。翻开土地，那些大地上裂开的笑容里孕育着的是孩子们生存的保障。他一直认为苍天有眼，小松这个孩子特别听话。农忙时节，农活累人，看着陪自己辛苦了一天的小松，恍惚间仿佛是逝去的兄弟又回到了自己身边。

在县民政局，老严默默地看着办事员忙前忙后，"同志，除了你们给俺侄子送的那个保险卡，还有什么人能帮俺侄子吗？""要不我给您电话，联系这些慈善机构看看，也许能帮点儿忙。"

老严取了监护证明，走在回家路上，怕碰见熟人，他换了条人少的小路。自从小松病了，村里人开始时不时地提醒他，"老严，你对娃不错了，娃他多就是这病走的，你掂量着来，治得差不多就得了。"

"那透析一次得花好几百吧，你一个农民怎么能给孩子治得起这种富贵病呢！"

"怎么不多想想你那亲闺女！本来就没了娘。"

……

每每听到这些善意的提醒，老严的心里都有说不出的痛。闭上双眼，侄子、闺女，两个孩子的面庞总萦绕在他的眼前。

"张同志，监护证明俺开好了。你还要什么？嗯嗯，说慢点。好的，县级以上医院开具的诊断证明和完整的病历？这娃有，在郑州呢，俺让人帮忙去取。"挂了我的电话，老严叹了口气，在郑州他唯一的亲人就是女儿妞妞。

妞妞刚满20岁，是村里为数不多的大学生，也是唯一的女生。两年前，她考取郑州市一所高级职业学校学习财会，开始了自己的梦想之旅。

目前在河南全省，高职、大专、本科三者的综合升学率已经颇高，上学似乎不是什么难事。但对妞妞来说，这求学之路却并不平坦。家乡温县并不富裕，妞妞也说不清经济上的落后和教育的欠发达到底是哪个影响了哪个，求学对她来说就是一件奢侈品。中专毕业后，通过半工半读的补习，她终于圆梦郑州。听老师说，在郑州念完书，找到工作，她就有机会留在城里了。

在郑州上学对妞妞来说并不轻松，高职的学费、生活费，是一笔不小的开支。妞妞常常想起接到录取通知书那天老严难以掩饰的兴奋。然而此刻，小松的一纸诊断证明让全家陷入了绝境。妞妞感到很煎熬，她在心里算着一笔账，小松治病借的好几万块钱，不可能靠家里种几亩薄田的收入来偿还。可是即便毕业找到工作，自己又要替人记多少账才能还清家里的债务？夜阑人静时，这些烦恼常令她辗转难眠。

这天，她替老严来到省儿童医院为小松复印病历，临走前，医生特别叮嘱她一定要尽快安排小松进行透析，否则孩子将有生命危险。老严准时收到这份厚厚的装订完整的材料，妞妞在电话里让他放心，自己白天上课，晚上就去打工挣钱，一定要让弟弟坚持治疗。

老严心里百感交集，小松的病情恶化很快，如果没有规律性的透析治疗，不久就会有生命危险。

在医生的办公室里，老严反复和医生确认孩子的治疗情况。小松的身体虚弱极了，不仅话少，而且总是心事重重。透析从两周一次，到每周一次。现在，每周有三天，从县医院回村的路上都沉重地压上了叔侄俩的脚印。

"大伯，俺是不是不行了？医生说俺和俺爸得了一样的病。"小松靠着老严低声问。

"瞎说什么！大伯有钱，一定想办法给你治。治得好的，别怕。"老严有些生气了。

"俺不怕，如果治不好，俺就去找俺爸了。"孩子把头往老严怀里拱了拱，老严紧紧搂住了他，那种说不出的痛再度涌上心头。

每每想起这段叔侄间的对话，老严就不能停下继续为孩子寻找生路的历程。随着理赔材料日益齐备，我告诉他为孩子办理一张银行卡，在复印件上签字按手印，和其他材料一起寄给北京的保险公司就可以划款了。

"张同志，你说什么时候能有人给俺家孩子打钱来？"

"严先生，您别着急。我会叮嘱保险公司的工作人员尽快办理。您照顾好孩子！"

手握着薄薄的银行卡，看着小松蜡黄的脸，老严心里没底，他决定试试看还有没有其他机构能够帮助小松。辗转联系多家事后救助的慈善基金会，对方一听是终末期肾病就表示爱莫能助。现在，社会上针对先天性心脏病、白血病提供救助的机构较多，但是小松罹患的这种重疾需要长期治疗，不易在短期内治愈，所以并没有太多的社会力量参与救助。

按照河南当地的医疗政策，小松是农村孩子，同时也是新型农村合作医疗的受益者。但是，温县当地的医疗卫生条件有限，医生提醒老严，如果想让孩子及时获得更好的治疗，最好的办法就是尽快转院去其他医疗条件更发达的城市。只不过，按照相关政策，异地报销医药费的时间会拖长，报销比例也会相应降低不少。现在最能救命的，就是钱。

老严的经济负担越来越重，他尽可能在孩子面前表现平静。小松却总是能瞧出端倪。好几次，老严四处借款，从外面风尘仆仆地回到家中，小松都已经默默地准备好了简单的饭食。活下去，成为他们共同的信仰。

借遍周围的亲友，老严再无所获。缓缓地走在回家的路上，在村头的广播站，他站住了。

广播站占据着村里的制高点。一步一步，他要爬上那个窄窄的小隔间。每爬一步，他脑海里都是三张最亲的人的面容：侄子小松、女儿妞妞、逝去的弟弟。此时正是春寒料峭，老严身上的棉衣还是多年前媳妇在世的时候为他缝制的。今年是他48岁的本命年，常年的辛勤劳作已经磨损了他的膝盖。他步履缓慢，觉得自己越来越像个老人了。

一阵北方大地吹来的劲风刮掉了他的薄帽。顾不上去捡，老严把头缩进了领子，凛冽的寒风在他的眼角又平添了几道褶皱。老了，俺老了，他在心里喃喃自语。

站在四面漏风的广播站上，老严顾不得冷，用双手紧紧握住这铁皮的喇叭。平日里，婚丧嫁娶，在这广播站上放声一喊，乡亲们就都能知晓。

冷风迎面吹来，老严抿了抿皲裂的嘴唇。从未有过的孤独和无助感席卷着他的喉咙，他艰难地翕动着嘴唇，"乡亲，乡亲们，俺是咱们村的老严。俺侄子小松，得了大病，需要很多钱。小松，小松就像俺自己的孩子一样。请大家借给俺钱，俺一定还……"

万籁俱寂，天地间仿佛只剩下这个小小的土坡。

没有一个人回应。猎猎的北风呼啸而过，深深的无助再次刺痛了老严的心。

三

帮助小松收集资料不是一件容易的事。老严有点儿怪，每一次发短信给他，都不见他的回复。直到理赔材料收集好，他才会电话知会我。

这天，保险公司的工作人员给我打电话，"智澜，小松的资料终于收齐了，不过还打不了钱——他的账户复印件上，没有监护人签名，名字是用电脑打印出来的。"

小松病情危急，这回发过短信，老严依旧没回。我终于生气了，抓起电话，"严先生，我给你发短信，你到底为什么不回？！"

"那个……俺不识字。"

"不识字？！"我惊讶极了，"那我让你收集的材料，你是怎么收集齐的？"

"俺能看懂字，就是不会写。俺的记性好，嗨，文盲都这样……俺上市场上卖粮，靠的也是记性。"老严有点儿不好意思地说。

"那你为什么不在账户复印件上签字？谁叫你打字的？"

"你们是文化人，俺写名字歪歪扭扭的不好看，怕你们觉得俺不够尊重你们，不高兴，俺专门央求医生帮俺打印的名字。"

我没法儿再说别的什么。不过，老严终于重新寄来了有自己亲笔签名的孩子账户复印件，公益保险卡的理赔金为小松治病提供了救命款。老严收到钱后专门打来了道谢电话。

这通电话中，老严激动得声音发颤。他向我诉说内心的苦楚，那种痛也深深感染了我。其实，我觉得是我应该感谢他。

言而有信，见利思义，是以为人。在人群中，这些孤儿和他们的亲属都是如此平凡，平凡到和我们每个人一样，受困于生死、聚散。但他们又是我眼中的超级英雄，他们在困境和战栗中做出了一个又一个坚强的选择。

知其不可为而为之，是为英雄。能够在他们前进的路上服务他们，是我能想到的最荣耀的事。

每每闭上眼睛，老严在广播站的情景就会浮现在我眼前。

捧起那个铁质的喇叭，老严的声音能传多远呢？而小松和所有孤儿手中那张小小的橘色卡片，却是数以百万计的捐赠人通过互联网从四面八方点滴汇聚而成的。

老严并不认识捐赠公益保险的爱心人士，基金的百万捐赠人也无法了解小松和老严的痛——然而，我都懂。

人们常说，我们生活在互联网这个伟大的时代。在我看来，互联网最伟大之处在于让这个社会最弱小、最需要帮助的群体因为网络获益，让最为弱势的群体不会被排除在这个日新月异的时代之外，而关爱的心声能从五湖四海化为一份绵长的爱意陪伴孤儿左右。

我见证了素不相识的人们因共同的目标聚合在一起，让原本微小的力量汇聚，在老严一家最需要帮助的时刻提供了及时的支持，化为巨大的改变。

小松的父亲已经逝去，无法重生。但这一张小小的公益保险卡却让一位执著坚强的伯父，和数以百万份的关爱一起，用共同的力量让"父亲"的角色勇敢重现，在孩子最危难的时刻释放出挽救生命的力量。

父亲，这样一个在孩子生命中最重要的角色，由老严和无数与老严一样的普通人为孤儿小松共同充当。

成为连接他们彼此的桥梁，我感恩老严帮我"看见"。让平庸的我看见貌似平凡的工作背后，每一次雪中送炭都蕴藉着善的力量。老严和小松共同与命运抗争的经历是我前半生学到的最为重要的内容——永不言弃。

在帮助小松之后，我又陆陆续续地协助来自全国各地的孤儿办理公益保险理赔。每每接到新的报案，听着孩子的监护人倾诉自己的艰辛，我都会回想起老严最后的那通电话。

正因为有太多孤儿监护人及亲属和老严一样知识水平有限，收集理赔材料困难，我对照之前为辅助自己工作总结出来的理赔专用文档，从保险公司扫描了他们认为最规范的孤儿理赔材料，把这些扫描材料做成图示，配上简单的文字说明，制成了一个电子文档，起名为《理赔帮助包》。一接到新的报案信息，我就立刻把理赔帮助包发送给对方，收到《理赔帮助包》的人就能"照葫芦画瓢"，迅速准备好理赔所需的材料。

《理赔帮助包》给了孤儿监护人相当的便利，也大大缩短了我们沟通的时间，让需要帮助的孩子们更加及时地获得了保险理赔金。

等师傅休完产假回来，一定会夸我的。哈哈，聪明工作嘛！

小晴又站起来了

一

又要发公益保险卡啦！每次发卡都是大家团队合作最热火朝天的时候。与很多致力于事后救助的慈善项目不同，基金通过承保地区的各级民政为孤儿赠送重大疾病公益保险，办公室的日常工作本身并不直接接触孤儿。

给孩子们发卡是一个完整而精细的流程。为保证不遗漏一个孩子的保障，基金办公室会按照发放计划，至少要提前三四个月与相关省（区）的民政厅进行沟通，落实孤儿信息的收集与核对工作。孩子的信息会通过村、乡镇、县、市，一直到省厅，最后由省民政厅统一提供给基金办公室。再经过保险公司核保、公益保险卡配号后，才会进入保险卡印制环节。印制好的保险卡需要根据承保孤儿的名单信息，对应到乡镇一级的基层民政，分拣打包，快递给指定的联系人，并由他们"一对一"发给孩子们。

对于大多数孩子而言，我只能在发卡时，从名单上看到他们的名字，在心里默默祝福他们在新的一年平安健康。只有当重疾来临时，我才能走近孤儿和他们的监护人，并深深感受到那重生之路上的痛和爱。

亲眼见证一个孩子摆脱病魔的威胁，重获新生，对我而言是莫大的荣幸。每次，当得知一个孩子来北京看病，我都要前往医院探望，希望能帮忙快些收集好材料，以加快理赔流程。

得知小晴来北京治病的消息，我担忧她的病情，便迫不及待想去探望她。

不久前，小晴的叔叔为她报案，说小晴已经在病床上躺了三个月，背部的一个肿物时时压迫着孩子的脊柱。如果病情继续恶化，她就可能再也无法站起来。叔叔常年在北京打工，陪伴她治疗的，只有年迈的爷爷。

由于小晴病情复杂且肿物生长的位置十分凶险，儿童医院的医生一时难以确诊，只能先进行保守治疗，等时机成熟时再进行手术切除。所谓"保守治疗"，就是在孩子的背部插上一根管子，以导出脊髓积液。

如果在这一年的夏天，你去过儿童医院住院部，在那条稍显幽暗的楼道里，一位黑瘦的老人一定会引起你的注意。小晴的爷爷总是端端正正地坐在楼道的长凳上。

常言道："人过七十古来稀。"爷爷老了，却依然有着敏锐的听力。由于在京治疗费用高昂，且只有他一个人陪伴小晴，爷爷白天守在孩子身边，晚上就坐在楼道里过夜。好多次，小晴脊椎上的肿物压迫神经，孩子疼得夜半醒来，似乎也没有大声呻吟，爷爷却总能在第一时间出现在她面前。

爷爷个头儿不高，脸上总是带着憨厚的笑容。我的心里却有些忐忑，一个被重疾折磨这么久的孩子，我真担心自己的出现也难以缓解她的痛苦，更无法分担这份幼小的孩子本不应该承受的生命之重。

小晴，人如其名。晴朗如她，就像雨后晴空的一道彩虹。

一进门，就见一个皮肤苍白的孩子躺在病床上，手里紧紧抓着一个布娃娃。看到我进来，孩子脸上绽放出纯真的笑容。对，是笑容！爷爷走到孩子床边，用大手摩挲着她的笑脸，嘴里叮嘱着："小晴乖啊，你看看你多好，有阿姨来看你了！"

孩子挣扎着想要坐起身来，却并不成功。她稚嫩的手肘还没有足够的力量能支撑起她的身体。但这不要紧，孩子为自己的失败感到一丝羞怯，又再次试了一下。我有点儿紧张，赶紧走近，想帮上一把。小晴却再次倒了下去，爷爷不慌不忙，"再来，再来，还不行。咱们不着急啊，明天就一定行了。"说话间，他用双手稳稳地托起孩子的双肩，慢慢地扶她坐了起来。小晴笑了，脸上又是那可爱的笑容，之前两次失败的尝试对她而言只不过是两次小小的插曲。

"娃娃老想自己坐起来，脊柱吃不了力，还不行。"悄悄地，爷爷叹了一口气。坐起来的小晴让布娃娃坐在自己身边，苍白的小手向我摇着，"阿姨，阿姨好！"我拉着她的小手，小晴稳稳地握着我，另一只手把布娃娃送到了我的怀里。"这孩子特别亲人，以前在学校里老师都喜欢她。要不是得了这个病，不能下地，家里来了人，早就拉着一起玩了。现在，已经躺了三个多月了，也不知道还能不能好。今天又该换那根导管了。"说话间，爷爷起身去叫医生。

小晴却不理爷爷口中的这些艰难，她亮闪闪的眸子满怀笑意地望着我。我把带来的苹果放到她手里，她回报我一个牢牢的握手。我笑了起来，"小晴，你喜欢苹果吗？"

"喜欢！等俺好了，摘好多好多果子给爷爷。"这黄澄澄的苹果，仿佛是从遥远故乡采来的甜美果实。

"那就赶紧把病治好，治好了病咱们就能摘苹果了。"

"治好了就可以站起来，就可以回家摘果子喽……"在小晴手里，布娃娃立了起来，紧紧地抱着苹果。

站起来，这个简单的动作，就是孩子最大的心愿。

二

困在病床上的这三个多月里，小晴最难熬的就是抽取脊柱积液的时刻。一根细细的管子插在背后，稍一拉扯，孩子颈部就承受着巨大的拉力。然而若不排除积液，孩子稚嫩的脊柱将无法继续承受压力。站起来，对小晴来说似乎是一个遥遥无期的梦想。

每当这时，小晴的眼泪就夺眶而出。痛，是孩子的身体最真切的感受，而年迈的爷爷能给的安慰就只有"别哭！别哭！"。

沉默，是10岁的小晴与众不同的呐喊。

爷爷的心里也在默默地流泪。一场车祸让大儿子在盛年离世，这几乎摧垮了一家人生活的希望。在山村，育有两个儿子的老人在过去几十年中被人羡慕，刚过耳顺之年就享有孙辈承欢膝下的天伦之乐。然而，让他满意的大儿子却不幸早逝，小儿子则常年外出打工，不仅收入微薄，又还透着一层疏离。

大儿子去世后，爷爷主动承担了抚养小晴的重任，"不拖累别人，孩子俺来抚养！"小晴患病后，爷爷拿出了庄户人的倔强，一定要救孩子！从河南到北京，爷爷用老迈的肩膀背起小晴穿过山川河流，在人声鼎沸的大城市，他要让小晴重新站起来。

今天是小晴走进手术室、取出背后的排液管、更换新管的日子。由于孩子年幼，麻药剂量有限，疼痛分外剧烈。"妈妈，妈妈，俺要找妈妈！"小晴的喊声在护士的安慰声中间歇传来。

爷爷紧紧盯着手术室的大门，"孩子的爸爸去世后，她妈妈就又嫁人走了。难过的时候，这娃念叨的还是她妈妈啊。"

妈妈，是人间亲情中最为温暖慈爱的化身。如果孩子的妈妈还在身边，此时该是多么希望她亲爱的孩子能够摆脱病魔的折磨，能像每一个健康的孩子一样，用自己的双腿有力地站在脚下的土地上，用舞步、用歌声，来诠释内心的幸福。然而，对小晴，这一切是那么的遥不可及。

"哗"的一声，手术室的大门打开。"谁是这孩子的家长？"医生焦急地问道。原来，小晴的病情不宜再拖下去，需要尽快进行手术，取出肿物。

手术，就是这手术！但是，钱从哪里来？

爷爷默然地看了看医生，徘徊在这条长长的走廊，口里低声地背着孩子叔叔的手机号码，却迟迟不肯拨号。正在这时，爷爷的电话却响了起来。"你说啥？你这哪成？你别管，俺和你妈再去借。喂……"电话挂断了，爷爷摇了摇头，坐了下来。

"是孩子叔叔吗？"我放心不下。

"手术费，孩子她叔叔说能给交上，不知道从哪儿弄的钱。俺老了，管不了这么多了，娃能治病就好啊……俺也对不起他。"爷爷叹了口气。

离开医院，我拨通了小晴叔叔的电话。

"俺刚办了个信用卡，钱能交上。"他说。

"信用卡？你怎么还呀？"我很吃惊。

"俺又找了一份工作，俺们厂子新接了一批活儿，夜里赶工就行。不耽误白天上班……"说话间，叔叔无法掩饰疲惫。

"你不要命了呀？"我着急地说。

"没事儿！这算啥，总不能再让孩子爷爷奶奶干着急。张小姐，保险那套俺不懂。手术结束后，还麻烦你拿着病历帮俺们家小晴跑跑这事。孩子太小，俺又嘴笨，还是等她将来长大了再让她来谢你。"

"我会尽最大努力，你放心吧。"我坚定地说。

三

小的时候，家里人总教我要坚强。然而，只有直面一名又一名年幼的孩子，看着他们勇敢地向疾病宣战，我才理解承受生活带来的剧痛时还要持守"坚强"二字的艰难。

自从接手了报案理赔支持工作，每一天，都有需要帮助的孩子纷至沓来。而坚强乐观的小晴、慈爱隐忍的爷爷、从早到晚打工忙个不停的叔叔，他们始终是我内心的牵挂。每次去医院，护士们总悄悄议论，说院里有规定，亲属不得在非探视时间长时间逗留在病房，可是谁也不忍心赶走小晴的爷爷。

爷爷和小晴之间，总有一种沉默的力量把他们紧紧相连，这些关联是深入骨髓的，就如同沉默不语的大地和亘古不变的星空之间的连接。

小晴在历经三次大手术后终于摆脱了积液的困扰，成功地取出了肿物。公益保险的理赔金顺利为她支付了后两次大手术的费用。遵照医嘱，她将随爷爷回到河南老家慢慢休养。至于什么时候能够重新站起来，还是未知数。

转眼之间，秋天到来。电话这头，再也没有传来小晴的消息。

一个周五，我处理了手头大大小小的事，正在反复思考"多线工作"

的内涵，心里又在责怪自己工作效率低下。这时，手机亮起了短信提示。我有些不耐烦地翻看起来。

是小晴的叔叔！彩信的标题叫"小晴又站起来了"！

我赶紧翻看，"张小姐，俺是小晴的叔叔。小晴这孩子回家之后就一直在康复。刚才她爷爷跟我说，这孩子扶着墙能慢慢站起来了。站的时间还不长，下一步就盼着她能走一走了。俺嘴笨，就不给你打电话说了，这照片是俺邻居帮忙拍的，你留个纪念。"

小晴又站起来了！这是深秋里我听到的最振奋的消息！我举着电话，从办公室这头跑到那头，胡老师、刘冉姐、吴姐，每一个人，我和每一个人分享这激动人心的消息。照片上，小晴胖了、黑了，脸上还是一贯的纯真笑容。在一间堆满玉米秸秆的屋子里，小晴伸出圆胖的小手，一手扶着炕，一手拉着秸秆，笑盈盈地站在屋里。一束阳光从窗外透了进来，照在她的脸上，也照在我的心里。

疾病，和很多突如其来的灾难一样，难以用寻常的理由来解释。对于一个患病的孩子，谁能为他／她打开困局，迎来新生？

我曾经以为是弱小仰赖强大、平凡衬托伟大，直到我贴近这些孩子和他们的家庭，我才看见什么是生命的顽强。这世间原本就没有什么绝对的强弱。

面对困难，一个平凡人的努力似乎微不足道。然而这些都如同小晴一家人教会我的那样，尽管生活的艰难让心灵备受煎熬，但只要你下定决心，就能迎接挑战。

不需花哨的语言带来精神上的鼓励，也无须赞誉和鲜花指引你接纳自己的任务。在语言的尽头，那些有力量的人会面对丧失亲人的痛苦，接受重疾的挑战，在重重压力下过关斩将，绝不放弃，直至迎来重生。在与命运抗争的过程中，无论多么幼小，孩子的重生都仰仗他们强大的内心。

小晴用自己的双腿重新站在了生养她的河南大地上。疾病可以摧残她的健康，却从未剥夺她重新站立的希望。这片土地也是她的亲人们世代居住的地方。无论命运曾经带来哪些重创，重新站起来，就意味着重新开始新的旅程。我期待着有一天小晴能走出自己的路，为她的人生做出各种精彩的抉择。这其中一定会有贫穷和富贵的起伏，也会有不幸和顺遂的交织，但只要不是裹足不前，内心的力量就不会让人停滞，崭新的阳光就会天天照在脸上。

　　"站起来"，这个常人只要三秒钟就能完成的动作，小晴却用了整整六个月。这背后也是她整个家庭默默崛起的希望。

　　祝福小晴！

我不是骗子

一

从事理赔工作一段时间了，每当在确认罹患重大疾病的孩子及时拿到理赔款的时候，我的心情都既激动又满足。

但我发现这工作也比较折磨人，因为患儿的亲属往往会选择在他们自己最方便的时间来与我沟通，让我的时间极易碎片化。我心里颇感矛盾：日常工作这样琐碎，我将拿什么时间来专心致志地准备申请材料呢？

这天下班回家的路上，我一如既往地在公车上看手机，一条短信跳了出来。

"小张，我问你，你是骗子吗？"

我定睛一看，那熟悉的青海手机号，是阿古。怎么会这么问？！我心里一沉，赶紧回复："当然不是了！"

隔了一会儿，看他没有回信，我一个电话追了过去，心里默念：阿古啊阿古，我怎么会是骗子呢！咱们反反复复沟通了这么多次，我是来帮你的啊!

在等候电话接通的几十秒里,一个念头拂过。我一直以为,信赖是人与人友好相处的基本原则,而这原则在我和阿古之间却并非天经地义。我前前后后与百余位孤儿的监护人沟通过,只有这位来自青海循化撒拉族自治县的阿古始终不肯信任我。每次沟通,他的态度都是说不清道不明的犹豫。距离他第一次给我打电话已经一个多月了,他怎么还不把侄子艾草的资料寄过来呢?万一孩子得的是重疾,病情恶化,即便十万元理赔款也无法在第一时间给他切实的帮助,这对我而言将是最大的遗憾。

"喂,阿古吗?我是小张。"

"嗯,我看到你的回复了。可是,可是我还是不能相信你。"阿古结结巴巴地说。

"为什么,你凭什么怀疑我是骗子?"

"骗子,骗子太多了。我,不敢再相信人了。"阿古的声音低了下去。

"阿古,我真的不是骗子。你侄子艾草到底得了什么病?"我有点儿急了。

"他……"其实,弄清楚艾草得了什么病,阿古也很费了一番周折。

故事,还要从遥远的青海循化撒拉族自治县的一个小村庄说起。千余年的沧海桑田,这个平静、简朴的小村落完整地保留了撒拉族传统的语言、风俗和顽强的生命力,这里也是阿古和家人世代居住的家园。曾经,阿古和哥哥是村里有名的致富能手,两个正值壮年的撒拉族汉子尽管没有太多文化,却凭借跑运输这项好生计,让家里的生活日益红火。一个雾天,在盘山公路上,一场车祸却让这一切化为泡影。哥哥当场去世,阿古身受重伤。在那之后,家境一落千丈。受生活所迫,嫂子改嫁出走,倔强的阿古独立承担起家长的责任,抚养侄子艾草。康复后的阿古和其他村民一样靠养殖家畜谋生,凭着勤恳的劳作,日子勉强过得去,直到艾草病倒了。

艾草得了怪病，孩子没有任何外伤，只是日渐消瘦。慢慢地，孩子总喊头痛，开始是零星的梦呓，后来就是没由来的剧烈头痛。周围的人常窃窃私语，说艾草得的是绝症，和村里之前的有些孩子一样，得了这样的病就休想生还。

阿古并不认命，他抱着艾草去镇上的卫生所求助，年迈的医生束手无策，只给开了一些白色的药片，说是止痛药，叮嘱阿古说孩子只要喊疼就吃这些药，睡着了就不疼了。

夜幕降临，看到孩子吃的药越来越多，整日昏睡，阿古难以入眠，他把孩子抱去村里最有名望的长老家，老人也只能默默祈祷。

在大城市打工的村民小何告诉阿古，孩子持续剧烈头痛可能不是小病，一定要去大医院看看才行。

一筹莫展之际，阿古求助于乡民政干部。民政干部小心地拿出替他保管着的一个橘红色的小本本，告诉他说，这是从遥远的北京寄来的，是"公益保险卡"。有了它，孩子生了重病就会有陌生人送来救命钱。

左看右看，汉语不佳的阿古也弄不清楚啥是"保险"。他觉得，更靠谱儿的办法是变卖家里的牛羊家禽，自己收拾行囊，带着艾草去西宁治病。

在西宁的种种遭遇让阿古至今难忘。

此刻，电话那头，阿古缓缓地吐出几个字："瘤，医生说，是脑肿瘤。"

二

在西宁的儿童医院里，拿着艾草的病理报告，医生耐心地向阿古反复解释孩子的病情。最后不得不用笔在纸上写上"瘤""手术""钱""快"等字样，阿古勉强看懂，一下就沉默了。

好不容易，碰到一个会说撒拉语的护士，她告诉阿古，艾草病得不轻，是颅内长了脑肿瘤。尽管目前看来还未恶变，可是小孩子的病情变化很快，谁敢保证以后还是良性的呢？需要尽快手术治疗，大概要花好几万块钱。

好几万块，这需要卖多少牛羊啊！难道就没有别的办法了吗？

阿古摸了摸干瘪的钱袋，蹲在医院门口，不知道如何是好。他慢慢地捡起地上别人随手扔下的小广告，上面五颜六色的汉字分外夺目。上面写的，是真的吗？

第二天，阿古的背包里就装满了大大小小的好几包药丸，听卖药的人说，这些都是祖传秘方制成的，不用手术，好多和艾草一样的孩子吃了这药就痊愈了。急匆匆地，他跑进病房，用水冲上了一碗神药，就要给艾草灌进去。"哎，你干什么呀你？给孩子喂的是什么呢？"一位严厉的护士几步走了过来，"这你都敢给孩子喝！他不是你亲生的呀？"护士大姐不由分说夺下药碗，扒开他的背包，"瞧瞧这写的，'包治百病'，你到底识字不识字？这你都信！"护士大姐嗤之以鼻，"你啊，赶紧筹钱给孩子动手术是正经事！外面这么多骗子，专骗你这种病急乱投医的家长！唉。"

买了假药被骗走了钱，还被护士大姐抢白了一通，阿古垂头丧气。在他心里，艾草尽管不是亲生的儿子，却也是他最亲的人。

最终，阿古还是回家拿出了所有的积蓄作为艾草第一次接受手术治疗的费用。

望着空空如也的抽屉，里面只剩下那张橘红色的小本本。"公益保险就是如果病了就会有陌生人给孩子送救命钱"，想起民政干部的话，阿古就气不打一处来，亲人们都不肯再借钱出来，陌生人凭啥给钱？

艾草出院前，医生反复叮嘱阿古尽快筹集好后续的治疗费用，艾草还需要进行二次手术。

万般无奈之际，阿古终于决定联系基金办公室试试看，看这份"保险卡"到底能做什么。以前受骗的经历让他分外警觉。

"上回！你说给你们北京寄去材料，就有人给艾草治病钱。这不是骗人的是啥？你们凭啥给钱？不能相信你！"电话里，阿古的声音提高了八度。

"阿古，保险可不是什么人病了就有人送钱来的本本，保险是一种机制！是有很多你不认识的好心人提前给你家艾草捐了这份公益保险，如果孩子患了大病，而且病情符合理赔条件就能给钱！"

"机制？理赔？你什么意思？"阿古继续吼道。

"我的意思是……哎呀阿古，你到底怎么才能信？"我说了半天，他都不买账，我终于急了，嗓门儿也绝不输他，一时间车厢里的乘客都纷纷侧目。

"不行，不行，我不相信你！我不能就这么把艾草的材料给你，除非……我的朋友小何在北京打工，我让他去找你！他看到你，我才能相信你！"阿古固执地说。

"你！喂，喂喂……"阿古挂断了电话，我狠狠地瞪着屏幕，最近正是工作忙的时候，这不是给我添乱嘛！

三

转眼就是周六，早上，我正在网上浏览申请学校的最新信息，手机铃声大作，是一个陌生的号码。

"小张你好！我是小何，阿古的朋友，你们的事我都知道了。你现在有空吗？"

我们的事？我们有什么事？还不是我想帮阿古却又帮不上嘛！等等，现在？"今天是周六，我们不办公的。你周一来我们办公室好吗？"

"不行，不行！我今天一定要见到你。我在北京打工，只有周六有假，请你一定要来！"小何的口气和阿古一样倔。

"那好！"我的倔劲也上来了。我冲出了家门，一路上，和阿古沟通以来的种种委屈涌上心头。基金办公室的工作最近颇为繁忙，好不容易有一个休息日，师傅都还没让我加班，你凭什么把我拉去办公室自证清白呢！

去的路上，我心里早就组织好了语言，准备用最快的速度把"中国儿童保险专项基金"和"孤儿保障大行动"详详细细地给他讲个透彻，直到他哑口无言为止！

小何生怕我不来，一路打了三个电话确认。我心里早就盘算好了，如果道理讲不通，他敢有任何过激行为，我就第一时间打电话给楼下的保安。

出了电梯，拐过曲折的楼道，远远地，我就见到了他。这样的碰面让我终生难忘。

小何体型消瘦，头上整整齐齐地佩戴着穆斯林的白帽，正蹲在基金办公室的门口，两手拢在袖子里，默默地等我。我以为他抽了烟，但地上却没有烟灰。看样子他已经等了很久，一看见我，他立刻露出了憨厚的笑容，"小张，是小张不？我就是小何！"

打开办公室的门，我把他请进屋里，递给他一张公益保险卡的样卡。小何显得有些不好意思，拿起卡来反复看，"艾草的那张也是这样的吧？……"

"小何，我真的不是骗子。"我告诉他，青海全省的孤儿都连续多年获赠公益保险卡，艾草罹患的良性脑肿瘤就是承保的十二种重疾之一。如果材料齐全，孩子将获得10万元保险理赔款。

"我问你，我们的公益保险卡是通过民政员发放给孩子们的，怎么可能是骗子呢？"

小何叹了口气，"小张，听你这么说，我就踏实了。我信你，你别怪我们小心。艾草治病太需要钱了！为了给他治病，我们全村人把能借的钱都借给阿古了。之前我也觉得民政员发的东西不可能有假，可是阿古受骗的次数太多了，他非要我来见见你。你等着，我这就跟他说！"小何说着就拨通了阿古的电话。

电话通了，阿古的嗓门儿真大，透过听筒他急切的声音就灌入了我的耳膜。小何一开口就是陌生的撒拉语，我有些疑惑，阿古能被说服吗？

小何叽里咕噜地说着，十分钟的对话，我一句也听不懂，只有一个词，"BAOXIAN（保险）""BAOXIAN"，频繁地出现在他们的撒拉语对话中。这是我唯一能听懂的词。原来，在古老的撒拉语中，"保险"作为外来词没有对应的翻译！

看着小何逐渐舒展的眉头，我心中积压已久的气愤与委屈顷刻间烟消云散。我理解了那对在牧区生长的叔侄和他们那古老民族的谨慎。正是这公益保险，把不同民族、不同地域、不同境遇的我们紧紧相连。

随后，阿古以最快的速度将艾草的理赔材料完完整整地寄了过来。10万元的理赔款成为了艾草治愈的最有力保证。

这年九月，阿古寄给我一封信，里面只有一张照片。上面的他和艾草站在学校门口，两人脸上挂着同样甜美的笑容。原来艾草是这么漂亮、精神的孩子！照片背面用歪歪扭扭的汉字写着："艾草又上学了，谢谢！"

撒拉族孤儿艾草的理赔工作圆满结束。在工作中我处理的很多小事看似平凡，可当我抽丝剥茧，就会发现其中蕴含的有益启示。

我们常常用语言划分文明的种类，这种划分使得文明之间的壁垒难以消融。然而这张小小的保险卡背后，是"保险"这一现代商业文明的伟大发明，它承载着关爱，深深地影响了生长于传统农业文明地区的小艾草。如果没有它，囿于生活环境的局限，小艾草很可能无法获得及时的救助。

传统农业文明与现代商业文明相互碰撞，怀疑、试探都是我们各自身处的环境所带来的小插曲。时代的车轮并不可逆，信赖最终成为我们相互依傍的臂膀。有人问我，如果阿古没有及时打来电话，在家乡为艾草借到了足够的费用，最终完成了全部的治疗，这份公益保险卡还能帮助他吗？

答案是能。公益保险有两年的追溯期，符合理赔条件的患儿在确诊患病后的两年之内，监护人都可以凭借理赔材料为孩子理赔。最大程度地保障孩子，就是这张薄薄的保险卡所承载的使命。

碰撞最终成就文明的交融，这不仅帮助艾草坚强重生，更帮助我们勇敢突破各自环境的局限，让善意引导我们跨越人海紧紧相依。一份爱的保障，就是文明之间"包容"的化身。

语言并不是文明之间相互沟通的壁垒，贴近真实的世界，用自己的方法和情怀去多做一点儿、多改变一点儿。我想，这也就是为什么哈佛肯尼迪学院要求申请人具有丰富的工作经验的原因了。其实，并非经验本身完美了申请人，而是申请人用行动重塑了更好的自己。

否极泰来

一

　　端午节前，我接到了河南省信阳某县民政局老袁的报案电话，他是为孤儿小民打的这个电话。老袁告诉我，没有人比他更了解小民和他奶奶的故事。

　　小民的人生是在一个垃圾箱边开始的。17 年前的初夏，还是新生儿的他与时年 50 岁的崔奶奶结缘。崔奶奶儿女双全，也已有了孙辈。生活并不富裕，老人靠捡拾垃圾补贴家用。从年轻时起，老人就勤劳能干，用一根扁担帮助挑起一家人的生计。

　　这天大雨倾盆，崔奶奶在县人民医院后门的垃圾箱旁边发现了这个初生的婴儿。孩子的小脸被冻得发紫，先天性唇腭裂造成的缺陷仿佛已经解释了他被遗弃的原因。想到自家孙女活泼的笑容，老人抱起孩子，决定暂时收留他。

　　这样的举动让家里其他人颇有微词，崔奶奶解释自己只是出于同情，担心孩子活不下去，等孩子稍大一点儿就把他送到福利院去。

光阴似箭，转眼间小民一岁了，家里人强烈反对崔奶奶留下他。孩子与大家没有血缘关系，唇腭裂又让他的相貌受损，将来上学、就业都会受到影响，很可能会成为一家人的拖累。但崔奶奶和小民的感情已日益加深，舍不得送他走。崔奶奶说自己有点儿积蓄，还能靠捡垃圾补贴生活，完全有能力继续抚养孩子。

几番争执之下，崔奶奶留下了孩子。孩子稍大些，崔奶奶带着孩子赶赴医院，进行先天性唇腭裂修复手术。由于情况比较严重，孩子陆续进行了多次手术。

崔奶奶收留弃婴并多次为其治病的消息传遍了整个县城。这小小的县城就是乡土中国的缩影。在这里，扶困济贫是传统，更是美德。最先关注这个消息的是县民政局的小袁。

彼时年轻的小袁刚调到民政局工作不久。作为基层民政工作人员，他为需要帮助的乡亲们处理大大小小的事情。在公事公办之外，他也希望用自己的心力尽可能帮助乡亲们渡过难关。孤儿，是他工作中的重中之重。

算起来，小袁还是崔奶奶的远方表弟。论辈分，崔奶奶的儿女要喊小袁一声"袁叔"。看着崔奶奶家的经济收入不高，如果再抚养一个有病的弃婴，生活的重担就会更加沉重，小袁决定帮助她。综合考虑国家对孤儿的相关政策，小袁为小民办理了孤儿注册手续，此后小民就能享受国家对孤儿的所有福利了。小袁还为崔奶奶正式办理了孩子的寄养手续。孩子被纳入崔家户口本的那天，小袁亲自上门劝导一家人接纳孩子。但崔奶奶的心情却并不轻松。为办理户口登记，小袁陪同她去医院为孩子进行全面的身体检查。此刻，命运再次显露了它的无情。

除了先天性唇腭裂，检查还发现小民同时患有严重的先天性心脏病。虽然这属于手术能治愈的疾病，但花费巨大，而且必须在 10 岁前完成治疗。崔奶奶义无反顾，决定拿出自己的养老积蓄为小民治病。

出生被弃，唇腭裂，先天性心脏病，小民的成长之路布满荆棘。陪他渡过难关的，是年迈的崔奶奶。崔奶奶既心疼小民，也不忍拖累家人，于是重拾年轻时的行当，拿出一根窄窄的扁担，为这个命途多舛的孩子挑起生活的重担。扁担柔韧，担负它的，却是一个坚强的肩膀。整整九年时间，三千多个日日夜夜，白天菜场卖菜，晚上夜市卖凉皮，除了用去一生积蓄，这个乡村老人用自己辛勤劳作换取的零钱支撑着一场生命长跑。从信阳到郑州，出河南赴湖北，一根扁担，无数辛劳，历经七次大手术，孩子终于赢回了一颗健康有力的心脏。

小民经受的病痛终于告一段落，崔奶奶心里无比宽慰。就这样，命运把孩子带到一个残酷的起点，却让另一个善良的生命帮助他续写了生命的篇章。

二

转眼之间，17岁的小民即将成人，勤奋乖巧的他获得了崔家人的认可。在小民身上，"家"的意义超越了血缘的关联。和蔼宽厚的伯父，开朗活泼的姐姐，家的温暖让他的心热乎乎的。在他眼里，奶奶就是他真正的亲人。快快健康长大，孝敬奶奶是他的心愿。生活的甘甜终于要眷顾小民了。

直到厄运再次降临。

崔奶奶把收留小民的那天定为他的生日。在17岁生日之前，一家人计划着为孩子送上一次愉快的庆祝。意外的是，最近孩子无精打采，持续低烧，这让崔奶奶放心不下。

在县医院，一张"疑似白血病"的诊断书无异于晴天霹雳。崔奶奶立刻想到向小袁——现在已经是老袁了——求助。时过境迁，老袁凭借自己对工作的责任心和良好的口碑已经擢升为县民政局低保股股长。放心不下孤儿工作，"孤儿保障大行动"为县里孩子赠送的公益保险卡都由他亲自指导发放。每年"六一"，老袁都会亲手把小民的那张卡送到崔奶奶手里。

老袁及时给我打来了报案电话，《理赔帮助包》成为他帮助孩子的指南针。不相信命运的残酷，崔奶奶坚持让孙女带小民远赴湖北省儿童医院再次诊疗。每时每刻，崔奶奶心里都在祈祷孩子平安无事，希望是县医院误诊。

此时在崔奶奶家里，一场激烈的家庭会议正在召开。小民一旦确诊，孩子康复路上最大的障碍将是高昂的治疗费用。由于之前已独立负担小民七次手术的费用，崔奶奶的积蓄所剩无几，她努力说服自己的儿子伸出援手，帮助小民再次渡过难关。儿子面露难色，儿媳则明确拒绝这一请求。几番争论过后，一家人不欢而散。

很快，经过一系列详尽的病理检查，小民被确诊罹患急性淋巴细胞白血病，病情来势凶猛。好端端的孩子才几天时间就病容满脸。老袁得知病情紧急，一边催促崔奶奶的孙女联系湖北的医院提供详尽的病理报告，一边动员民政局的几位同事到处为孩子募款。好不容易，好心的人们拿出自己的工资，七拼八凑为孩子募到了一万块钱。将这份沉甸甸的心意送到崔奶奶手中那天，她的儿子终于决定伸出援手。

由于异地治疗费用巨大，小民返回河南，暂时在县医院医治，计划筹集到足够的钱就带他赴郑州进行后续治疗。

在老袁的帮助下，孩子的理赔材料陆陆续续地寄向北京。孩子的伯父也主动给我打过多次电话，每次他都不断推算着理赔款到账的时间。

情况紧急，我特意与保险公司确认理赔材料细节，由于提供了小民本人的银行卡信息，理赔款只要支付就会实时到账。

鉴于小民在多年前进行过先天性心脏病手术，在报案理赔时，保险公司要求提供小民先心病手术的相关病历。这无形中延长了审核材料所需的时间。

我向老袁告知这一情况，忙碌了一整天的老袁声音中透着疲惫，"小张，我理解保险公司有工作流程。可这孩子的命也确实太苦了。请你们一定要帮帮他！"

等待理赔材料审核的这几天里，崔奶奶总是不忘抚摸那根陪伴了自己大半辈子的旧扁担。从年轻的时候起，用一根扁担讨生活的回忆总是挥之不去。生活的重担早已压弯了她的脊背。早年陪伴小民治病的那九年里，每一天都充满艰辛，也充满希望。每年存下的钱都将作为小民下一年的手术费。然而现在，短短几天之内，老袁送来的善款和儿子提供的积蓄都迅速消耗殆尽，孩子使用的药品又经常需要完全自费。自己的家人在接纳小民的过程中历尽艰难的心路历程，现实里经济上的压力不仅让自己无从喘息，更考验着亲人们的耐心。她悄悄听到儿子和儿媳商量，如果民政局的老袁再不能及时为小民找到更多的钱治病，他们就要动身去县政府上访。说到底，小民是个孤儿。想到尽心尽力帮了自己十余年的老袁，崔奶奶心里真不是滋味，沉默良久，她只能怨自己年迈的肩头再也挑不起这根窄窄的扁担了。

第二天一早，老袁又给我打来了电话，"小张你好，请你一定帮帮小民，再问问公益保险理赔，啥时候能到账？"

"请您让孩子家属再稍等一两天，钱很快就会打过去！"

"快等不了啦。小民的伯父伯母已经来到县政府门口要找县长上访告我，如果再不能提供额外的治疗费用，他们还要去省里告县长。"老袁无奈地说，"我们这里是贫困县，除了协助你们发放这份公益保险卡，县里也没有额外的经费为孤儿治疗大病啊！现有的孤儿政策能做到的只是为孩子发放基本的生活费。作为民政，作为乡亲，我能想到的办法都已经试过了，随他们去吧。"

"您先别着急，我马上和保险公司再联系下！"顾不得多想，我赶紧拨通了保险公司的电话。他们告诉我，保险公司已经优先处理了小民的理赔申请。就在刚刚，10万元理赔款已经支付给小民的银行卡，他的亲属应该能实时收到银行的提示短信。

我立刻拨打了小民大伯的电话，10分钟……20分钟……我心急如焚，直到一个小时之后，电话终于拨通了。

"您好！是小民的大伯吗？我是中国儿童保险专项基金的小张，小民的银行卡应该已经收到了10万元的公益保险理赔款！"

大伯的声音气喘吁吁，粗着嗓子说："10万块钱到账了？我怎么不知道！"

"您的手机上应该有银行的提示短信！"

"你等会儿！我，我要看一下……怎么刚才没发现呢。"大伯嘴里嘀咕着。

"刚才您忙着吵架呢吧！"

"10万元，真的，真的是10万元！谢谢，谢谢你们！孩子真的太需要钱了！我们真的没有钱再帮这个孩子治病了。"孩子大伯的声音难掩激动。

"您还在县政府门口吗？回去吧，您赶紧拿钱带小民治病吧！您到县政府上访，对老袁的影响肯定不好！要不是他帮忙，可能我们根本就不会获得小民这个孩子的孤儿信息，也不可能连续为他发放了四年的公益保险卡，更不可能在他生病的时候帮他获得救命钱。"我劝他说。

"唉，你说我们不找政府找谁呀！小民是孤儿，生了病不能光让收留他的好心人负责啊。我们，我们也很感谢老袁，但谁让他们这些干部代表政府呢？我们也是经济压力实在太大了，不然也不会……"大伯说着说着声音低沉了下去。

当天下午，崔奶奶陪伴孩子赶赴郑州到省医院进行治疗。经过及时诊治，小民的病情得到迅速的控制，摆脱了生命危险。

后来，我问老袁，是什么让他这么多年坚持帮助小民和崔奶奶？

老袁平静地说："我们县城这么小，抬头不见低头见，什么干部不干部的，他们都是我的乡亲啊。说实话，给小民凑的那一万块钱，里面还有我的一千块呢，快到我月工资的一小半了。我也希望孩子好啊。"

"你这么帮孩子，他的大伯、伯母还去县政府上访告你！"想起老实、敬业的老袁经历的遭遇，我心里隐隐作痛。

"这都是没有办法的办法，谁让大病能把一家人拖垮呢，我理解他们。我手里还管着两个新来的大学生，如果没有尽力而为，就没法儿给年轻人做榜样，也没法给他们提要求。"老袁顿了顿，"小张，要是没有你帮忙，我差点儿就成了一个笑话啊！唉，都有人在说我好心没好报了。我真的非常感谢你。"

三

小民出院那天，一向沉默的崔奶奶坚持用儿子的手机给我打来了电话，她浓重的河南口音只说了一句话："姑娘，俺谢谢你，俺也谢谢小袁。"

老袁的的确确值得感谢。至于我，我试着跟她解释是公益保险的捐赠者帮助了小民重生，也不知崔奶奶是否能明白。

我的心久久不能平静。在小民的生命里，有两颗星照亮了他的成长之路：一颗是崔奶奶，另一颗是老袁。初生时，崔奶奶用慈悲之心挑起他生存的希望；及近成年，老袁又用仁爱之情护佑他渡过大劫。

但在这大爱乐章中却出现了"上访"这一个不和谐音符。我曾经以为，矛盾的双方中必然有一方强势，以致给另一方造成了不公，才会有人上访。可当我渐渐长大，才发现看问题时不能忽略现实矛盾本身的复杂性。我心疼小民遭受的磨难，理解崔家上下的种种纠结，更敬重老袁长达十余年的倾力付出。

花开两朵，人活佛魔。

人都有善恶两面。没有任何外力能够强制人们一生之中只保留善，而根除恶。引导人们弃恶扬善，让心中的善念生根发芽，是一个好机制应该给予社会的。

在小民的故事里，崔奶奶的辛苦劳作、老袁的友爱情谊和现行的孤儿福利政策都无法完全担起一个孩子重生的希望。古老的乡土中国需要一个创新的机制为善的传统增添更大的力量。否则，珍贵的善意极易被无情的现实摧折，这对人性的探底足以让我们陷入深深的纠结与心痛。

常常有人问我，为什么要用"保险"这样的机制来帮助孤儿抵御重疾。我的回答是，帮助孤儿，更要珍惜他们身边人心存的善念。一念之善，万物皆感。公益保险机制就像一张大爱保护伞，无论它保障的是哪一个孩子，无论孩子在童年的哪一种境遇中与病魔不期而遇，及时的经济支持都将避免让重疾挑战人性的底线。

公益保险机制提供的不仅仅是经济上的保障，更有一份对人与人之间真情的呵护。公益保险，守护着人间那些本无须怀疑和试探的爱。

胜似亲人

一

父母与子女的亲情是人们与生俱来的情怀。前世因缘让我们今生与自己的父母相遇，血脉相连。我们的成长路上，也充满父母、亲人的呵护。但基金优先帮扶的孤儿却往往缺失父母亲情的护佑。

我国有近 60 万名孤儿，约 90% 散居民间。儿童福利院则承载着其余的孩子们对"家"的渴望，这里的孩子们总是让人特别关注。

我曾经查看过孤儿的承保名单，发现很多承保的生活在福利院里的孩子疾病缠身。我问过师傅吴姐，为什么这些福利院里已经生病的孩子也能获赠公益保险卡，重疾保险不都只覆盖健康孩子吗？

听吴姐说，早在 2009 年"孤儿保障大行动"启动之初，她就遇到过一个巨大的挑战。在"孤儿保障大行动"首批公益保险卡发放前，吴姐发现，按合同约定，承保公司仅对身体状况标注为"健康"的孩子进行了承保。虽然和亲属生活在一起的散居孤儿承保率达 90% 以上，可福利院孤儿的整体承保率却只有20%左右。在核保审核表上，"唇腭裂""脊柱膨出""足内翻""眼球发育不良""硬肿症""脑瘫""唐氏综合征""小头畸形"……这一系列可怕的字眼，瞬间击中了吴姐的心。

吴姐与基金的其他专家型志愿者一起，把没有通过核保的孤儿身体状况上标注的疾病、残障类型和残疾等级等都一一进行了详细的查询，认真分析了这些疾病与孤儿保障大行动承保的重大疾病的关系，最后找到了承保公司的领导。

吴姐在承保公司分享了基金办公室的分析结果，希望保险公司能对福利院的部分非健康孤儿通融核保，让他们也能享受到公益保险的保障。承保公司起初表示这种统一费用标准的重疾保险从来都是只承保健康个体的。吴姐毫不放弃，又向他们诉说孤儿的种种不幸，说得自己涕泪涟涟，也感染了承保公司的领导和工作人员。最终承保公司基于孤儿的特殊情况，特别补充了"肌理可保"的通融核保原则，使得肢体残疾的大部分孤儿也能享受到基金专属公益保险的保障。从此福利院孤儿的整体承保率一举上升到70%以上。

吴姐当时还仅仅是一名年轻的志愿者，但她的勇气和执著却为许多福利院的孩子带去了切实的保障。

后来，当天津市儿童福利院的赵老师为乐乐打来报案电话时，我分外庆幸乐乐是通过通融核保成为"孤儿保障大行动"受益儿童的。"乐乐"是赵老师为孩子取的昵称，她告诉我，这个孩子从小就是福利院老师们心底的牵挂。

五年前的初春，元宵节刚过，正值春运返程高峰，天津火车站里熙熙攘攘。这天清早，天还没亮，月台上就挤满了看热闹的人——有人发现了一个初生的婴儿。在人头攒动的火车站里，始终不见她的父母。最后，是派出所的民警把孩子送到了天津市儿童福利院。在这里，她有了一个家。

孩子的身体似乎不太灵活，但却并不影响她表达对外界的好感。天性乐观，她的眉眼间都写满了笑意。守护她的赵老师在福利院已经工作了二十多年，她总说，即便是一个幼小的婴儿都有性格，都会表达自己内心的情感。每次当赵老师温暖的手抚过孩子的小脸，孩子都会绽放出暖心的笑容。

在正式办理入院手续时，体检报告显示，孩子可能属于早产，四肢先天性发育不良，这意味着她的童年很可能要在卧床治疗中度过。"小娃娃也得快快乐乐地长大啊，就叫你'乐乐'吧！"赵老师笑着逗弄孩子，乐乐则伸出小手用力握住了老师的手指。

二

赵老师给我打来报案电话时，乐乐的病情尚未得到控制。原来，几个月前，悉心照顾乐乐起居的赵老师发现一向活泼爱笑的孩子总是表情痛苦、食欲不振。仔细一看，发现孩子的肚子慢慢鼓了起来。这种可疑的现象引起了赵老师的警觉，第二天，她带着孩子赶赴天津市肿瘤医院诊治。在等待诊断结果的几天里，孩子鼓鼓的肚子越来越可疑，赵老师心里隐隐害怕。

病理报告显示，乐乐鼓起的腹部里盘踞着病魔的身影，恶性肿瘤正在吞噬孩子的生命。由于乐乐年龄太小，身体发育尚不完全，医生建议先对孩子进行化疗。化疗？这两个字让赵老师心里一颤，这种治疗方式将大大消耗孩子的体力。在儿童福利院工作的职业生涯中，很多孩子在治疗过程中忍受的痛苦都让赵老师记忆犹新。

望着乐乐脸上无邪的笑容，她最不愿意看到的，是病魔改变这份与生俱来的乐观。于是，赵老师决定陪伴乐乐开始一场别样的治疗历程。

第一件事，就是剪头发。

乐乐快五岁了，已经有了爱美的意识。为了不让化疗带来的脱发影响到孩子治疗的心态，赵老师提前给孩子把头发剃光。抚摸着自己娇嫩的光头，乐乐刚要表示抗议，一顶漂亮的小花帽变魔术似的摆在了她眼前。"乐乐你看，昨天看病的时候大夫表扬你特别听话，让老师特别送你的哦，其他小朋友还没有呢！咱们戴上这小花帽，以后漂漂亮亮地看大夫去！"赵老师循循善诱。

每天早上，戴上心爱的小花帽，乐乐都会乖乖地和赵老师一起到医院接受治疗。因为医院的环境与福利院大不相同，孩子显得有点儿不适应，总是吵着要回"家"去。赵老师不慌不忙，又拿出了新的法宝——讲故事。她的故事与众不同，故事的主人公"微笑公主"是一个可爱乖巧的孩子，为了寻找宝物，她要和妈妈一起经历一场精彩的探险。首先，她们要到达一个陌生的地方——讲到这儿，全神贯注的乐乐早已忘了来医院的原因。

每天下午，结束一天的治疗，孩子显得格外疲倦，早早就在赵老师背上沉沉地睡去。睡前，故事中"微笑公主"也一定克服了一个新的困难，和妈妈一起度过了快乐的一天。回到福利院，才是劳累了一整天的赵老师开始动手整理材料的时候。

化疗过程中，很多孩子因为强烈的药物反应无法进食。乐乐却给了赵老师一个特别的惊喜——她胃口不错。孩子仿佛并不介意病痛的折磨，也几乎没有呕吐反应。大家都说，秘密就在爱心饭盒里。每当治疗间歇，孩子感到疲倦时，赵老师就拿出精心准备的小饭盒，一场美餐正式拉开序幕。没过几天，在护士们口中，"爱吃的小丫头"就成了乐乐的写照。

因为先天性发育不良，乐乐看起来身材格外矮小。但在赵老师眼里，她却仿佛是一棵茁壮成长的小树。雨打风吹，都不能改变她挺拔向阳的姿态。

乐乐第一阶段的化疗结束后，我敦促保险公司尽快为孩子审核理赔材料。新春佳节即将来临，工作的劲头绝不能放松。几个工作日后，乐乐的10万元理赔金就支付到位。后来，保险公司告诉我，这是他们收到过的所有孤儿理赔材料中最完整、整理得最清晰的一份。赵老师不仅按照《理赔帮助包》整理好了全部材料，还额外附加了一页白纸，上面整整齐齐地打印着所准备材料的目录。

确认理赔款到账那天，乐乐刚刚度过了5周岁生日。赵老师欣喜地告诉我，因为身体康复状况良好，最新的病理报告显示，乐乐腹部的肿瘤正在逐步缩小，不日就能接受肿瘤切除手术。公益保险卡的10万元理赔金将为孩子的后续治疗提供有力的支撑。

一个月后，春回大地，乐乐接受了肿瘤切除手术。"肾母细胞瘤"这个高发于5岁以下孩子的恶性肿瘤入侵了孩子的肾脏。为增加孩子的生存几率，医生决定为孩子摘除一个肾。

手术进行之前，赵老师心中没底。接受重大器官摘除手术，对成年人而言尚且都是莫大的挑战。幼小的乐乐格外让人心疼，她能够经受住这样的考验吗？

乐乐入院接受手术期间，为避免感染一直住在特护病房。与她分开的每一天，赵老师的心里都惴惴不安、充满牵挂。在赵老师看来，福利院里的几百名孤儿每一个都如此特别。命运带给孩子们不同的考验，又将陪伴他们的重任放在了赵老师和她的同事们肩上。

乐乐手术成功后被转移到普通病房的那天，赵老师迫不及待地前去探望。意外的是，护士们提起乐乐都掩饰不住笑容。一进门，孩子的精气神不减一分，反而多了一个可爱的举动——叫妈妈。无论是前来诊治的医生、照顾孩子的护士还是隔壁床送给她水果的陌生阿姨——在孩子口中都是"妈妈"！这个温暖的词浓缩了乐乐对关爱和真情的理解。看到赵老师，孩子在病床上挥舞着双臂，这一声"妈妈！"叫得格外清脆响亮。

又过了一段时间，赵老师给我发来信息，说乐乐已经顺利出院，再经过一段时间的化疗，孩子也许就能康复。回到福利院这个"家"里，乐乐还是那个最活泼可爱的小朋友。照片里，病床上的乐乐笑容满面，正张开双臂，期待着一个温暖的拥抱。

三

转眼之间，一年过去了。元旦过后，新春佳节又要到来，我忙着给支持"孤儿保障大行动"的爱心媒体发送新的公益广告图片。在今年的新春画面里，美丽的烟火映衬着福利院里孩子们的笑脸。

忙忙碌碌中，从一个熟悉的电话号码中传来了赵老师的声音。

"小张吗？你好！我是天津市儿童福利院的赵老师。我想告诉你一件事，乐乐走了。"

走了？我下意识地问："是去寄养家庭了吗？"

"上周，孩子的腹部再次出现腹水的情况，送到肿瘤医院时，大夫发现孩子的肿瘤已经扩散到了全身。乐乐已于昨天在医院病逝。"赵老师的声音有些哽咽，"小张，感谢你们给孩子的帮助。那些理赔款一直保障乐乐接受了及时的治疗。在最后一期化疗结束后，大夫说隔三个月再来复查，确认没事乐乐就完全康复了。可没想到，还不到两个月孩子的病就复发了。"

我想说点什么，张了张嘴，心里却被难以言说的痛充满，怎么也发不出声。赵老师继续说道："我在福利院工作二十多年了，陪伴乐乐治病的时间是我经历过的印象特别深刻的一段日子。现在我闭上眼睛，眼前都是孩子的笑容。乐乐的逝去没有带给我太多伤感，希望你也不要太难过。以后，咱们还有机会一起帮助其他孩子。"

乐乐去世的消息，在好长一段时间里，每每想起，泪水都会充满我的眼眶。

直到春节前爱心媒体为我寄来新的样刊，在这印刷精美的新春公益广告画面上，闪亮的烟火组成直击人心的标题——让爱心照亮孩子天空。

其实，孩子也照亮了我们。在乐乐短暂的生命中，她经历的跌宕起伏远胜于我的儿时。老旧的火车站曾是她被遗弃的地方，儿童福利院里充满着她对家的渴望，在医院里她最终平静地结束了未满 6 岁的人生。

可只要换一种眼光，就能发现这故事的另一面。在尚未与乐乐相遇之前，为帮助像她一样的孩子们争取健康的保障，年轻的吴姐竭尽所能用善意影响他人；当重疾来袭时，乐乐的乐观鼓励着赵老师用心关爱，陪伴着她一路披荆斩棘，与病魔抗争；当她走了，和其他曾出现在乐乐生命里的人们一样，我脑海中只留下了她快乐的样子。

在见证乐乐与病魔斗争的历程中，基金团队、福利院的老师、医生都竭尽全力，不是亲人，胜似亲人。了无遗憾，笑对人生，是乐乐留给我们的财富。

乐乐和其他需要帮助的孩子们一样，改变了我，用他们的信赖塑造着我的灵魂，引导我珍视彼此间的善缘，在悲喜交集中淬炼自己的内心。他们的存在追问着我们对善意的信赖，鼓励我们直面困难绝不放弃，唤醒我们勇敢前行。

是他们，让我走出自己狭窄的内心，让心底的真情为这人世间增添更多的善意。是他们，敦促我成为更好的人。

直到生命的尽头，直至分离，我的心里不必有太多遗憾，只要继续带着这些他们教会我的东西去帮助其他更多的孩子。

尽管今生相聚的时光是这样短暂，在回忆中，我却能与乐乐跨越时空，时刻团圆。未来，有一天，我们天上再会。

我要做她的监护人

一

究竟谁会做娜娜的监护人？

这个问题困扰我好几天了。

初冬，内蒙古呼伦贝尔大草原，草枯叶黄。为娜娜报案的是她年仅17岁的姑姑燕子。姑侄俩都是孤儿，都在今年"六一"首次获赠公益保险卡，成为"孤儿保障大行动"的受益者。这份特殊的礼物着实让人兴奋，在燕子的记忆里，几乎从来就没有收到过什么礼物，只有娜娜和自己互换过亲手制作的节日小礼物。

燕子和娜娜分别由家族中不同的长辈监护。三个月前，在寄宿学校里的一次意外摔伤让娜娜腹部的一个囊肿破裂，腹腔中快速聚集的积液成为困扰孩子的顽疾。在省医院，医生告诉燕子，娜娜罹患了一种不易确诊的恶性肿瘤，必须赴北京治疗。燕子几次恳求娜娜的监护人带她离开草原，去北京接受治疗。但娜娜的监护人却坚称孩子是在学校发病的，理应由老师负责，自己毫无责任。

无奈之下，燕子拨通了远房表姐雪林的电话。一开始，雪林只答应照顾娜娜几天。在医院里，娜娜严重鼓起的腹部令她触目惊心，雪林终于决定带孩子赴京治疗。燕子则负责在家乡帮助娜娜准备公益保险的理赔材料。

燕子的 QQ 签名里写着这样一句话："守护娜娜，是我的责任。"每天，我都要尽量掐准时间，在燕子中午下课时拨入电话，和她沟通材料准备的最新进展，不然她"上课不能接电话，不管是啥原因，老师都要没收手机"。下午下课后，燕子就可以赶在其他人没有下班时跑去办理各种手续。每次跟燕子通电话，我都仿佛回到了自己的学生时代。除了准备理赔材料，燕子还开始在网上帮助娜娜筹款。每一天，她都坚持更新善款的最新募集情况，以及娜娜病情的状况。

有阳光，就总会有阴影。燕子在募款时也曾被误认为是骗子，被网友要求她自证清白。更有趁火打劫者，冒用她的信息骗取他人信任，令她愤慨不已。在这过程中，燕子每天都要兼顾学业。今天考试，明天实习，忙得不亦乐乎。她告诉我，明年职高毕业后她将成为一名护士，"就能挣钱，就可以让娜娜跟着我啦！"

这天，燕子焦急地告诉我，理赔所需的户口本复印件，竟然被娜娜的监护人藏起来了！娜娜年幼，监护人手里的户口本是孩子唯一的身份证明文件，这对理赔中确认被保险人的身份至关重要。

我拨通监护人的电话，一阵嘈杂之后，一个不耐烦的声音响起。

"公益保险？那个俺知道！就是你们给钱给娜娜治病呗！要俺户口本？这个不行，万一你们把它拿走卖了俺的房子呢！"

"怎么可能？公益保险理赔只需要户口本上娜娜和您户口页的复印件。娜娜病情危重，请您马上把户口本交给燕子，或是您去复印好给她。要是因为材料不齐，影响了理赔进度，耽误了孩子治疗，恐怕您作为监护人也负不了这责任吧！"我严肃地说。

"负责？谁能让俺负责？娜娜这个女娃，本来就是没有爹娘管的，我让她跟着我们过就不错了，她治病关我什么事！"

"孩子是孤儿没错，但这并不意味着她没人关心！公益保险卡是通过你们省民政系统下发的。民政和我们都关心她。要不我让民政的人来取？"

"那你干脆让民政把她的户口迁走得了！这个监护人我早就不想当了！"话不投机，娜娜的监护人猛地摔了电话。我立刻联系基层民政，要求他们取到户口本之后帮助娜娜重新换一个监护人。

民政工作人员的语气中透着为难，"小张同志，你也知道，孤儿得了大病，不仅治疗需要花很多钱，监护人的误工费、交通费等等都会带来沉重的经济压力。很多监护人不愿再对孩子负责。而且，谁给孩子当监护人，我们还得问问监狱里的那位同意不同意呢……"

监狱里的那位？"是孩子的父亲，因为家庭矛盾伤人致死，被判了无期徒刑。在我们这样的小地方，这种杀人的事方圆百里都传遍了。他的孩子，谁还愿意管呢。"顿了顿，民政小声说，"被害人就是孩子的母亲。"

我心里一颤，只听民政喃喃地说："唉，这孩子真是命苦。我和他们家里人再商量一下。"

之后的几天，燕子多次问我："我能当娜娜的监护人吗？"

我总是说："你还小，你还需要别人做你的监护人呢。再说你还没毕业，哪有能力照顾娜娜，也不可能陪娜娜到处看病啊！"

几天后，燕子寄来的理赔材料上，监护人一栏写的是雪林。

二

一个月后，在北京儿童医院，经过多次化疗的娜娜病情缓解，并被最终确诊罹患"横纹肌肉瘤"。雪林在电话里向我诉说这个拗口的名词，我的脑海里对"恶性肿瘤"的认识被再次刷新。我们常常认为癌症距离我们很遥远，然而，中国儿童恶性肿瘤患者数量正在逐年上升。北京儿童医院肿瘤科里，熙熙攘攘的家长和孩子们，让我发现癌症低龄化的现实就在眼前。除了公众熟悉的白血病之外，"神经母细胞瘤""横纹肌肉瘤""恶性淋巴瘤"……它们在娜娜获赠的公益保险卡上统称为"恶性肿瘤"，是公益保险所覆盖的 12 种重大疾病之一。儿童恶性肿瘤已经成为仅次于意外伤害的第二大儿童健康杀手。与成人肿瘤不同，儿童肿瘤主要源自母体或基因缺陷。每协助一名患癌孤儿申请报案理赔，我对儿童恶性肿瘤高发的认识就更深一层。

很快，保险公司为娜娜支付的 10 万元理赔款到位，孩子后续的治疗将获得及时的经济保障。但我更关心的是，亲人之间的龃龉是否会伤害她幼小的心灵，新的监护人会善待她吗？

在病房里，我第一次见到了娜娜和她的监护人雪林。

在法律上，雪林和孩子的监护关系已经确立。但在感情上，她们还是熟悉的陌生人。

持续的化疗让孩子食欲不佳，雪林端着饭碗，绕着病床，"唉，吃一口吧，尝尝那个鸡腿。要不，吃口菜吧？"孩子把头埋在了被子里，没吱声。

"她不想吃。"雪林无奈地摇了摇头。

雪林对我说，自己的每一天都只能用"如履薄冰"来形容。原来，在娜娜原有的监护人放弃监护权后，家族里的人围绕娜娜病情的讨论同样戛然而止。大多数亲人都只愿意"帮帮忙"，提起做娜娜的"监护人"，谁都避之犹恐不及。只有燕子在不停地嚷嚷着要做娜娜的监护人，但燕子自己还是个孩子，根本就没有资格。无奈之下，民政见雪林照顾孩子尽心尽力，就动员她承担起这份责任，并将社会多方救助孩子的善款统一交由她管理。对娜娜而言，救命款暖心；但在雪林眼里，这钱却是沉甸甸的责任。

这其中的一份关爱，来自大漠中一座封闭的孤城，娜娜的父亲和其余三千名重刑犯在这里服刑。自幼辍学，贫穷和冷遇让愤怒融进他的性格里，娜娜的父亲承认自己的罪行，却无法解释为何将拳头挥向自己的妻子，一切似乎都发生得太快了。法律不容践踏，铁窗隔绝了他与外界的联系，剥夺了他的自由，但对女儿的牵挂仍然萦绕在他心头。在监狱里，监狱长是第一个知晓娜娜病情的人。安排好民政和娜娜父亲的通话以确认新的监护人后，监狱长做了一个特别的决定。短短一周的时间内，在这座关押重刑犯的监狱里，狱警和三千余名犯人为帮娜娜治病一共捐赠了四万多元善款。

当监狱长把这笔善款交到雪林手中时，雪林惊呆了！她不仅无法想象犯人们为娜娜捐钱治病，也难以理解监狱长为什么要组织大家帮助娜娜，因为雪林知道孩子的父亲即便在监狱里，都是有名的"刺儿头"，并不太服从管教。

监狱长的话让雪林记忆犹新，"我是想让娜娜的爸爸明白，人与人之间还是有温暖、有关爱的。而且，我也希望能给其他的犯人们一个机会。对这三千多名犯人来说，法律不能完全约束他们，赎罪也不是仅靠坐牢、劳改、接受思想教育就能完成的。哪怕这些人都十恶不赦，哪怕对他们的余生而言这只是仅有的一次，我也希望给他们这个向善的机会。"

"法律是有局限的。"这句话，从一个执法者口中说出，让雪林心里百感交集。在她和娜娜之间，一纸薄脆的证明，又何尝不是如此。

雪林把自己的两个孩子委托他人照顾，带着娜娜到北京治病。

公益保险卡的理赔金和多方的救助款在短时间内为娜娜提供了及时的经济支持。在北京看病的日子里，雪林小心地收好每一张票据，为了"将来回草原，我得跟大家有个交代"。凭着一股倔劲，不大的行李包里，整整齐齐地叠着几万元钱的发票，有的是看病时的高昂住院费用，有的仅仅是街头小饭店的一餐午饭。

而对娜娜，雪林多少有些束手无策。大人的世界，无论充斥着怎样的矛盾、偏见、伤害，都不应该在孩子的心里留下伤痕。雪林说，她最大的愿望就是帮娜娜治好癌症，一起回到草原，重新开始一段普通人的平静生活。

似乎是一种莫名的缘分，在雪林眼中，娜娜也是一个倔强的孩子。医生越是担心孩子熬不过复杂的化疗疗程，孩子的腹水越是奇迹般地消减。尽管身体骨瘦如柴，孩子却从不忘记她的理想——像妈妈一样成为一名草原歌手。

"娜娜，你听话，好好把饭吃了。姑姑知道化疗难受，可你吃了饭，病才能好啊！"雪林端着饭碗，不厌其烦地劝道。孩子勉强吃了一口，雪林立刻从包里掏出一颗奶糖，"真乖！这是姑姑奖给你的。你看，这不就是进步吗？来，再吃一口……"

娜娜出院这天，年末的北京，寒风刺骨。雪林紧紧地牵着孩子的手，在医院门口，一个行乞的老人引起了孩子的注意。

她拉了拉雪林的手，"姑姑，我想给他一块钱。"

"为啥？"

"今天的奶糖不吃了，给他一块钱。"孩子从雪林手中接过钱，认认真真地放到老人面前的搪瓷杯里。

"乖孩子。"雪林喃喃地说。

在回乡的路上，孩子紧紧靠着姑姑。夕阳里，望着窗外的飞鸟，雪林轻轻说道："娜娜，咱们回家好好休息，才能继续治疗。治好了，就能唱歌了。"

三

岁末年初，除夕将至。雪林和燕子不约而同地都给我发来了祝福信息。燕子更换了 QQ 签名："新的一年，愿所有以梦为马的人，都有一个有光的未来。"

娜娜的身体恢复良好，燕子原本计划在春节继续打工，但在雪林的一再坚持下，燕子和娜娜来到雪林家度过了一个真正的团圆年。

除夕夜，燕子给我发来她们的团圆合影。照片中，娜娜因化疗裸露的光头慢慢长出了头发；雪林和她自己的两个孩子站在一起，另一只手却紧紧地牵着娜娜；燕子站在他们中间，露出满足的笑容。电话里，燕子悄悄问我："张姐，你说雪林姐给娜娜当监护人当得好不好？"

"她很负责啊，你看有她照顾，娜娜恢复得多快啊！"

"那……那你说我还能当娜娜的监护人吗？"燕子小心翼翼地问道，"明年我就成人了，是大人啦，我要做她的监护人！"

"我要做她的监护人"，这是我听过的最动人的一句告白。真正的关爱并非来自法律的约束，更可贵的是内心的渴望。无论现实在我们面前展露怎样的荆棘之路，努力前行，总有人为我们提供了正确的答案——承担责任，用心关爱。

我常说，孤儿就是一个悲剧的既成事实。可当我直面娜娜和燕子，我仿佛看到命运之手将她们紧紧相连，又鼓励她们坚定地一起走上一条独特的成长之路。在这条路上，她们经历的黑暗与磨难远远超过常人的想象。在困境中，正是那些心底最纯粹的善意照亮了她们前行的道路，甚至包括那些法律的标准所不能衡量的、人性中最深处的真实，如果给一个向善的机会，它也会释放出能量。

我期待着在不久的将来，娜娜病愈后重展歌喉，开启一段新的历程，拥有一个有光的未来。

舍我其谁

一

在我眼里，青春总是和无忧无虑联系在一起的。每天打开电视，媒体会告诉你90后的"新新人类"们多么青睐不拘一格，"个性""自由""快乐"才是他们的追求。就像刚满20岁的大伟所说，如果弟弟没有生病，自己可能已经是一名摇滚歌手了。

18岁那年，大伟从职业高中毕业，一心追求摇滚梦想的他决定早点开始独立生活。刚过完生日，他就离开河南老家，启程去四川打工。白天开挖掘机维持生计，晚上四处寻找演出机会。身为摇滚乐队的主唱，大伟的人生才刚刚拉开精彩的序幕。

然而很快，大伟的字典里就迎来一个新的关键词——"责任"。头一年父母不幸双双去世，留下三个尚未成年的弟、妹，成了孤儿。尽管奶奶没对大伟提出什么要求，但大伟心里总觉得自己的青春逍遥时光快到头了。

一个月前，在河南老家，大伟一向体弱的弟弟小二突然腹痛，年迈的奶奶以为孩子吃坏了肚子。眼看村里的卫生员们都束手无策，奶奶急忙让堂叔带孩子去县医院就诊。拿到诊断证明，堂叔立刻给大伟打了个电话，只说了一句话："你的二弟得大病了，你赶紧回来！"

急返家乡，等待大伟的是小二罹患肾衰竭、需要长期进行透析治疗的消息。回到破旧的村庄，生存的压力扑面而来。远离县城的这个小村庄是远近闻名的"移民村"，为配合南水北调工程，几年前，刘家一家老小搬离故土，在这里开始了新生活。大伟的爸爸选择跑长途运输来改善生计。由于路况不熟，一场车祸带走了这位四个孩子的父亲。天塌下来了！可谁知祸不单行，孩子们的妈妈突发脑溢血撒手人寰。年逾六旬的奶奶成了一家人的主心骨。除了大伟在外，这几年，都靠老人家来照顾其余的三个孙辈。

小二病了，一家人的生活陷入困境。大伟给我打来报案电话时，像个小学生一样用笔记下我说的每一句话，直到看到《理赔帮助包》里丰富的图片，他才稍稍感觉自己有信心帮弟弟收集齐理赔材料。他迷茫地问我："张姐，你说哪里治肾病好？我上网查了好多医院，不知道选哪一个……"

最终，大伟决定带小二赴省儿童医院进行治疗。

在医院里，医生说的专业术语让大伟听得一头雾水，除了一摞打印版的公益保险卡《理赔帮助包》和打工积攒下的一万元钱，他囊中空空如也。

"大夫，你就告诉我，我弟弟多久能把病治好？"

"从医学上讲，孩子需要长期进行透析治疗。病人个体情况存在重大差异，目前还不好判断你弟弟未来的身体情况。但是，他还未满十岁，如果能及时进行治疗，他还有可能恢复身体机能。就看你能不能负担得起治疗费用了。"

"能，我一定能！"一想到父母早逝、奶奶年迈，大伟决心承担责任，帮助弟弟渡过难关。他主动和我商量收集理赔材料的事，然而好几次我主动联系他时，大伟的电话却总是无人接听。

"大伟，你怎么不接我电话？"有天晚上大伟来电话时我急忙问他。

"张姐，我在郑州找了份工作，上班的时候老板不让带手机。我刚刚下班，正准备去医院看小二。"大伟的声音里透着疲惫。

"上班？我让你寄的材料你寄出来了没有？"我急了，生怕大伟耽误了小二的理赔进度。

"从早上七点到晚上七点我都得打工。张姐你别急，明天我跟老板说，让他允许我带手机，我就可以及时给你回信息了。"大伟的语气中充满了歉意。

"一天工作 12 个小时，你受得了吗？"想到大伟也才刚刚成年，就要承担这种重担，我实在有些心疼他。

"这是我应该做的，要怪就怪我自己以前不好好念书。学历不高，找不到更赚钱的工作了。"大伟笑着说。

大伟一周工作六天，通过和工友调休，把仅剩的一天用来收集材料。大伟说他仿佛又回到了自己的学生时代。曾经，老师的耳提面命让他厌烦，繁重的课业简直就是束缚青春的枷锁。而今天，为了帮弟弟办各种手续，医院、银行、民政、新农合，都留下了大伟匆忙的脚步。哪一份文件需要对方盖章，哪一个手续需要奶奶亲笔签名，都写在他随身带着的小本子里，记得密密麻麻、整整齐齐。大伟发现，自己慢慢变了。

这个曾经渴望自由的摇滚青年告诉我，堂叔几次找到他，叮嘱他小二的病不能拖垮全家人。如果大伟把自己累垮了，奶奶和余下的弟妹就更没有依靠了。堂叔说，小二的病，如果实在负担不起，就只好随他去了，"要怪就怪这孩子命不好吧！"

"命？他是我的弟弟啊！爸爸妈妈都去世了，照顾弟弟就是我的责任。如果可以，我就把自己的肾脏捐给他！"大伟坚定地说。

在持续进行规律性透析三个月后，小二的病情逐渐稳定。公益保险的10万元理赔款成为孩子持续治疗的经济保障。中秋节那天，大伟给我打来电话。我问身在异乡打工的他，想不想家。

"想啊！可一想到我在广东打工，以后能存更多的钱给小二康复，我工作起来就有劲！"

"现在还想着当摇滚明星吗？"

"哈哈哈，我这么年轻就能养活一家人，还能给弟弟治病，比当歌星酷多了！"大伟笑了，"明星可以有很多，可照顾弟弟的就只能是我啊！"

和大伟一起帮助小二是我宝贵的经历，大伟的勇气破除了我对90后的偏见。大伟和小二血脉相连，手足之情让他放弃自己的梦想，承担父母遗留下的重担。其实，在任何年龄段，都不乏主动承担责任的人。这种承担，令我心生敬意。

二

圆满协助小二获得保险理赔后不久，一阵急促的电话铃声让吉林孤儿小萌成为我心底最大的牵挂。

为她报案的是乡民政的老蔡，"小张同志，小萌这个孤儿命苦，就指望着你们这个公益保险卡救命了。你说准备些啥，我记下来！"

"请您给我一个电子邮箱，我马上把理赔所需的详细材料及说明发个电子文档给您！"

"上网吗？这个我不会。而且要是需要给孩子准备好几样材料，我恐怕要把乡里其他的工作安排安排才能来处理这事。"老蔡为难了。

"小萌家里有没有什么亲人能帮她准备材料呢？"

"唉，她家还有一个晶晶……就算是小萌的姐姐吧。不过她不一定愿意回来帮忙啊。"老蔡叹了口气。

在老蔡眼里，如果不是刚刚成年，晶晶也同样是一个需要关爱的孤儿。在她很小的时候，母亲罹患重病，撒手人寰。父亲几年后再婚，又有了妹妹小萌。

小萌生得粉雕玉琢，又有母亲疼爱。晶晶看得心生羡慕，她多么希望也有妈妈的疼爱啊。但很快，继母让晶晶包揽了大大小小的家务活。

从那时起，在学校里，"知识改变命运"的标语对晶晶而言就不仅仅是一句劝学的口号。听老师说，只要把书念好，将来就能离开家乡到外面去生活。晶晶牢牢记在心里。每天干完家务，在昏暗破旧的厨房里挑灯赶作业时，晶晶都憧憬着赶紧长大，快点离开这里。

小萌5岁那年，在一次剧烈的争吵之后，父亲失手将继母推下楼去。警察逮捕父亲时，全村老幼都看到了这一幕。

从此以后，晶晶和小萌就背上了"杀人犯的孩子"这一重负。家里的生活也困窘不堪，年迈的爷爷成为晶晶和小萌唯一的依靠。家里的一亩三分地根本无法养活两个孩子，老人靠捡废品补贴家用，勉强维持生活。而除了老蔡，几乎就再也没有人上门关照过这一家三口。

这一年，小萌还很懵懂，而晶晶已经初中毕业了。她竭尽全力，把流言蜚语抛在脑后，考上了县里的高中。因为家庭贫困和成绩优异，她一直是学校资助的对象。

天道酬勤，高中毕业后，晶晶如愿考上一所在长春的知名大学。上大学之后，她就很少回家，也不愿回家，学费和生活费都靠自己勤工俭学来挣。

缺少关爱的童年，历尽艰辛的求学历程，让晶晶具有了独立、自强的优秀品质。她的经历也让我格外心疼这个女孩儿。可现在，同父异母的妹妹需要帮助，她会伸出援手吗？

手里拿着老蔡给的电话号码，我第一次给晶晶打电话时，心里很纠结，"晶晶，小萌现在得了肾衰竭，病情很危重，她需要你帮忙。"

"帮忙？我能有什么办法呢。我觉得我还是留在城里打工吧，也许还能给她寄些钱去。"晶晶回答得很勉强。

"我们'孤儿保障大行动'给小萌赠送了公益保险卡。急性肾衰竭是公益保险覆盖的12种重大疾病之一，如果理赔顺利，小萌就能得到10万元的救命钱。你只要帮助她收集报案需要的理赔材料就行！我可以教你怎么做！"

晶晶犹犹豫豫地答应了下来。我急忙把《理赔帮助包》发给了她。几天之后，我再次接到了老蔡焦急的电话，说仍然不见晶晶回乡帮忙，而且晶晶也不再接听他的电话了，老蔡问我能不能再劝劝晶晶。

无奈之下，我只得又拨通了晶晶的电话。

"张姐，我真的太为难了。前天，我刚刚收到了去上海实习的通知。要是顺利的话，我毕业后就能留在那里工作。这个机会是我通过三轮面试，好不容易才争取到的。抱歉，我真的没有时间回去，就这样吧。"

"晶晶，收集材料没有那么难的。"我着急了。

"张姐，我问过爷爷了，小萌在县里、市里好几个医院都看过病，收集材料太耗时间了！我现在恐怕帮不上忙。"

"可小萌的病不能再等了，晶晶你看能不能……"

"不能，我真的做不到！"晶晶告诉我，尽管小萌的病情让她心生怜悯，可是只要想起童年时的痛苦经历，心里的伤疤就隐隐作痛。"张姐，我是真的不想回家。你不知道，为了离开那个家，我吃了多少苦啊！再说，在法律上，我也不是她的监护人，根本没有责任管她！"

"晶晶！我理解你。可是现在你爷爷年纪大了，老蔡又要照顾全乡需要帮助的人。只有你才能帮助小萌了。"我诚恳地说，"我请求你站在小萌的角度想一想，如果是你生病了呢？难道不希望自己的姐姐，哪怕只有一半的血缘关系，能够伸出援手吗？"

"可我……我没有那么大的能力承担这些！这对我来说，真的太为难了。"

"晶晶，我给你讲一个故事吧，这也是我刚刚才经历的。"我把大伟的故事讲给了晶晶。

大伟和晶晶是如此的不同，一个是从小贪玩、长大后在城市打工的农民工，一个是从小努力好强、渴望凭借自己的努力成为都市新贵的大学生。尽管如此，苦难的家境是他们共同的遭遇，亲情缺失既是他们心中的痛，也是他们成长路上挥之不去的牵挂，区别只在于他们是否愿意主动承担父母遗留下来的这份责任。

听了大伟的故事，晶晶默默地挂上了电话。

三

一周之后，老蔡欣喜地给我打来电话，说晶晶已经回到村里，开始一样一样地帮助小萌准备材料。很快，一包整齐的理赔材料就寄到了北京。

在理赔款到账那天，晶晶给我打来了一个长长的电话。她告诉我，几年没有回家，她发现家里的老屋还是一样破旧。不同的是，爷爷更加老迈，小萌也长大了。看着躺在病床上的小萌，就回想起自己童年时的种种无助。帮助妹妹，就在那一刻，成了晶晶自己的愿望。除了收集公益保险理赔材料，晶晶还主动拿出自己打工存下的积蓄，想先应个急。但爷爷却拒绝了。爷爷告诉他，两个孙女，一个饱受重大疾病的折磨，另一个遍尝独立成长的艰辛，都同样让他牵挂。他既希望小萌早日恢复健康，更希望从小懂事的晶晶能过上属于自己的幸福生活。临走前，在送晶晶到火车站时，爷爷叮嘱她不必挂念家里，亲人绝不会成为她的负累，希望晶晶照顾好自己的身体和学业。

晶晶说，她对自己的刻苦勤奋一直引以为豪，然而直到这时，她才真正找到了自己努力的意义。成长不仅仅是为自己谋求利益，更是要让身边的亲人获得幸福。大伟的故事深深打动了晶晶，"小萌是我的妹妹啊！爸爸妈妈都去世了，将来只有我和她相依为命。我不要她再过我小时候那样艰辛的日子。张姐，你放心吧，将来我一定会照顾妹妹和爷爷！"晶晶坚定地说。

无论是和大伟一起，主动帮助小二迎接病魔的挑战，还是鼓励、陪伴晶晶拾起责任的重担，我都由衷地感谢他们对我的信赖。

我是他们成长过程中的亲历者，更是见证人。在这个过程中，我学会了抛除自己的偏见，走入他人的内心，理解别人的情怀，发现人性里最深切的善意。

人们常说成长没有直线。然而，当突如其来的重大事故发生在自己的生活里，只有毫无保留的爱能够帮助我们透过生活的风风雨雨，放下那颗也许曾经反复纠结的心，用一种更强大的力量来承受生活的洗礼，才能实现青春的蜕变。

我相信，最终沉淀下来的这颗包容与责任之心，已然学会为他人而痛。这也是我获得的、独一无二的成长礼物。

尼玛之光

一

随着留学生人数的日益增多，留学生低龄化逐渐成为一种潮流。我的表弟今年 17 岁，打算申请暑假赴美参加夏令营。如果一切顺利，这将成为他未来申请赴美就读本科的亮点经历。

申请文章的题目是："请描述对你影响最大的一个人，并阐述理由。"这可难坏了他。据说，那些强劲的竞争者们不是写陪伴自己环游中国的父亲，就是写身为著名高校教授的母亲。一筹莫展之际，我问他，在他的成长之路上，到底谁对他最为重要？"当然是我奶奶啊。可是这又有什么特别的，亲情那些事还不都大同小异。写奶奶，真没什么可写啊！"

亲情到底有什么特别的？这个问题如果问一问表弟的同龄人、藏族少年永措，答案就一定会截然不同。

在遥远的西藏林芝地区，永措和奶奶顿珠多年相依为命。从永措很小的时候起，奶奶就是他的依靠。走过高高低低的山坳和一望无际的草原，只要牵着奶奶温暖的手，永措幼小的心灵就感到踏实和宁静。

每天早上，奶奶用勤劳、厚实的双手端出浓香的酥油茶，唤醒贪睡的小永措。这双手干燥、皲裂，常常在灯下缝补着孩子身上厚厚的冬衣。最让永措好奇的，是奶奶手中那串油亮的佛珠，珠子每次转动，都伴着老人口中虔敬的唱诵。永措问奶奶，为何每天早上都要唱诵，奶奶笑着回答他，这是为了向佛祖祈祷，护佑永措能健康长大。奶奶告诉永措，等他将来长大了，就把这串佛珠传给他。

时光荏苒，转眼之间，永措长成了一个17岁的挺拔少年，而他的奶奶则越来越衰老了。在草原上，已经难以见到顿珠的身影，只有永措在放学后和牛羊相伴。每天清晨送别孩子，顿珠都叮嘱他早点回家。

永措明白奶奶的心意，也把奶奶唱诵的经咒早已熟稔于心，饥饿时羊皮口袋里香甜的糌粑还凝聚着奶奶的牵挂。牧区卫生条件差，永措常常要和牛羊共饮水源。由于家境贫困，永措除了照看自家的牦牛外，还帮助相邻的牧民放牧来换取粮食。这放牧的辛劳对于永措而言实在不值一提。快快长大，孝顺奶奶，是永措最大的心愿。

开春以来，永措总觉得疲惫、浑身乏力，以往回家的路上他都不忘捡拾牛粪，仿佛有使不完的力气。然而最近，持续的腹痛让永措苦不堪言。奶奶向寺庙中的喇嘛寻医问药，永措的病情也未见好转。

顿珠感到自己是那样无力，她天天祈愿佛菩萨能够保佑孩子渡过此劫。

永措病重的消息迅速传到了村长次仁那里，他急忙陪顿珠一起带孩子去拉萨看病。在去拉萨的路上，顿珠抚摸着孩子的额头，口中还在不停地祈祷。很快，在西藏军区总医院，永措被确诊患有寄生虫病，严重感染到肝部，引发了重症肝炎。面对病重的永措，奶奶焦急万分，她告诉次仁，除了自己手上的佛珠，和心里的祈祷，她几乎一无所有。

次仁想起年初给永措送去的一张橘红色卡片，模糊记得那是给孤儿的大病公益保险卡，回去以后就请顿珠找了出来。由于奶奶不识汉字，次仁为永措拨打了报案电话。电话里，我叮嘱次仁务必为孩子收集完整的理赔材料。

在陪伴永措治疗的日子里，次仁忙前忙后为永措办理各种手续，奶奶告诉他，如果永措治病需要，自己愿意变卖祖传的佛珠，作为孩子持续治疗的费用。

"不用！请老人放心，我们发给永措的公益保险卡就是在孩子得了重病时为他提供经济支持的。一定会及时帮助到他！"我对次仁说。

在公益保险的理赔款到账那天，顿珠托次仁给我打来了一个长长的电话，告诉了我关于永措的故事。

"什么？永措不是顿珠的亲孙子？"听我讲完永措的故事，表弟惊讶地问。

"是的，顿珠说，永措是她多年前偶然拾到的弃婴。和孩子相依为命一定是佛祖对她的启示。从捡到永措开始，她就每日为他诵经，希望菩萨保佑这个不幸的孩子能健康成长、平安无虞。"

"不是亲生的还天天为他念经？这得多么难坚持啊！"表弟很感慨。

"这就是顿珠对永措的祖孙亲情，是否有血缘关系并不重要。现在，难道你还觉得自己和奶奶的故事没什么可写的吗？你再想想！"我启发他。

二

送走了表弟，永措的故事在我心底徘徊不去，又一个西藏孩子闯了进来。

在藏语中，"尼玛"是"太阳"的意思，也有"光明""神圣"之意。在西藏那曲地区的尼玛县，卓玛就是小央金的太阳。

转山路上，虔敬的朝拜者，五彩的玛尼石，随风飘扬的经幡，似乎处处都隐藏着神迹。在卓玛看来，作为虔诚的佛教徒，无论是否有神迹的提醒，她都将时时尊崇佛祖的教诲。向善、行善，这是她一直坚持的原则。作为牧民，她既坚持精耕细作，同时也深入牧区用良好的价格收购其他藏民的牦牛肉、蜂蜜、花椒，并把这些上好的土特产品销往内地。相比其他牧民，财富的积累给予她更多的机会实践自己内心的信仰。

五年前，在一次转山途中，一件意想不到的事发生了。五彩的经幡下，一个盖着哈达的纸箱里传来莫名的响动。天气寒冷，卓玛赶紧上前，纸箱里竟然是一名初生的婴儿。孩子的身边放着少量的衣物和一包奶粉，一张字条上记录着她的生日。卓玛用自己的衣服将孩子紧紧包裹，急忙赶赴最近的卫生所。

医生告诉她，据孩子的身体情况判断，除了略微的营养不良，并没有诊断出其他的问题。卓玛很是欣慰，她主动联系县民政局，申请由自己来抚养这个弃婴。在卓玛的精心照料下，孩子的小脸渐渐红润，清脆的笑声在卓玛怀里时时响起。她给孩子取名"央金"，寓意吉祥如意，宛如妙音天女。

小央金渐渐长大，性格活泼喜悦，在卓玛眼中，她无异于自己的亲孙女。无论卓玛到哪儿，孩子都紧紧跟随，用欢乐的歌声常伴左右。

在一次探访牧区的过程中，这歌声却戛然而止。小央金先是感到胸口憋闷，很快，孩子大口喘气却无法顺利呼吸。牧区的卫生所难以诊治，卓玛又急忙将孩子送到市里的医院去。这一次，小央金真的病倒了。

据医生诊断，原来是肺部感染让孩子情况危急，而那曲地区的高寒气候更加剧了孩子的病情。医生建议尽快带央金赴内地进一步确诊、治疗，以防孩子并发其他疾病。

在卓玛看来，为防止病情恶化，陪伴小央金治病是责无旁贷的大事。但她心里也很纠结，因为还有其他亲人以及家里的事需要照顾。

卓玛最终变卖家里的牦牛，将多年的积蓄分给老母亲和几个子女，嘱咐亲人们继续帮助牧区的乡亲们销售土特产，并安排好了相应的事。然后，她独自带着央金去了四川成都——朋友口中最好的疗养胜地，而且离藏区也不太远。

临行前，乡里的民政赶来送她，叮嘱她务必带上县里给孩子发的公益保险卡，说全西藏的孤儿都有这份来自遥远内地的保障。如果央金在四川确诊患上了大病，说不定这份保险带来的理赔款，能给卓玛减轻经济上的负担。

一路上，卓玛挂念自己的亲人，又担心自己在人生地不熟的成都难以负担照料孩子的重任。想起民政发来的公益保险卡，她决定先问个清楚。

在电话里，我向卓玛详细介绍了公益保险卡覆盖的 12 种重疾，既希望这份健康的保障能帮到她和央金，又担心如果孩子罹患的疾病不在承保范围内，卓玛将面临巨大的经济压力。我问她，如果遇到这种情况，还会不会坚持为央金治疗。沉默了一会儿，卓玛平静地说：“这个孩子是我的责任，无论如何，我都会坚持！”

“你对她的责任是因为宗教信仰吗？”我禁不住多问了一句。

“在我们藏族人看来，信仰是非常重要的。佛陀对我的教诲早已在经文中传达，这个孩子就是在考验着我能否奉献关爱、实践我的信仰。”

和卓玛的对话，让我由衷地敬佩她对央金的关爱。我联想到在几年前阅读的《特蕾莎修女传》中，记录着这位以仁爱济世的圣贤留下的深刻思想。在她眼中，每一个贫苦的人都是耶稣基督的化身，时刻提醒着她用心去关爱这些需要帮助的人。而我，因为对宗教的不理解，一直难以完全接纳这位圣人的信仰。

直到遇到卓玛，我才发现不同的宗教在仁爱方面并无什么不同。止于至善之境，源于神明的教诲，直指的更是内心对自己的要求。正如特蕾莎修女所言："即使把你最好的东西给了这个世界，也许这些东西永远都不够。不管怎样，把你最好的东西给这个世界。你看，说到底，它是你和上天之间的事，而绝不是你和他人之间的事。"心中有爱，力所能及地实践善念就是信仰的核心。

神迹离我们也许很远，但是生活之中，真正感动我们的是人性之善。

几天后，卓玛再次给我打来电话，她欣喜地告诉我，据医生诊断央金只是肺部发育不良，不能适应西藏的高寒气候。只要坚持长期在内地生活，孩子自然就会痊愈。卓玛打算留在成都，开一个小小的店铺，专门售卖西藏的土特产。

卓玛感谢佛祖对孩子保佑，更感激这段经历带给自己的考验，让她决意陪伴央金历经磨难、健康成长。

卓玛是小央金的太阳，而这个孩子更是她心中的光明。

三

一个月后，表弟再次来拜访我，我又给他讲了卓玛和央金的故事。

我告诉他，血缘和宗教都不是人与人之间缔结亲情的唯一途径。是心中的爱引导人们经历生活中的种种磨难，它比血缘更牢固，比宗教的影响更深远。

对表弟而言，尽管他的奶奶只是一位普通的老人，人生鲜有传奇，对表弟也只有来自寻常生活的种种照顾。但正如顿珠之于永措、卓玛之于央金，老人对孩子的爱是绵长细微的。亲情，在每一个人心底一定都留下了独一无二的烙印。

"姐姐，照你这么说，我也不用编造那些没有经历过的事情，就动笔写下小时候奶奶最触动我的事就行了，对吗？"

"对啊，关键是你受到了触动。亲情，这是很大的话题，但这也是我们每个人共有的情感。讨论奶奶对你的影响，通过你怎么理解你和奶奶之间的亲情，学校就会了解你究竟是怎样的一个人，你如何看待人与人之间的关系。"

仔细思考过后，表弟决定写自己幼年时，奶奶无论严寒酷暑，每天坚持天不亮就早起去菜场购买蔬菜。当时家里还没有冰箱，为避免新鲜的蔬菜打蔫儿，老人总是忙个不停，尽快把它化为健康的美食。时间，对菜、对老人、对年幼的孩子都是挑战。而在争分夺秒中，爱总能突破种种局限，化为孩子及时的营养，老人也用身体力行，给了孩子宝贵的教诲。

现在，表弟一天天地长大，眼前的世界更加精彩。奶奶也真的老了，已经慢慢听不太懂孙子口中的那些话题。但是无论走得多远，奶奶从未缺席的关爱始终是表弟行囊里的珍宝。是这份爱助他健康成长，也时刻提醒着他，把关爱作为自己的礼物，传递给更多需要的人。爱是通过人与人之间的互动来传达的，别人传承给我们的，终将成为我们心中的种子，再被我们奉送给他人。

表弟后来如愿收到了夏令营的录取通知，踏上了他的美国之旅。

防人之心不该有

一

　　元旦佳节刚过，在从银川回小镇的火车上，熙熙攘攘的乘客渐次稀少，艾米尔的心里也变得空落落的。尽管她的书包里还塞着好几瓶钙片，但她知道这些恐怕都无济于事，侄子小涛的病情凶多吉少。

　　两个月前，小涛的爷爷给正在银川上大学的艾米尔打来电话，说她的侄子小涛总喊腿疼。今年刚满 10 岁的小涛正是长身体的时候，家里人刚开始还以为孩子是缺乏营养，叮嘱艾米尔从大城市多买些钙片寄回家。孰料，钙片还没寄到，小涛的膝盖就从轻微的不适逐渐转为剧烈的肿痛。心急如焚的爷爷和叔叔急忙带孩子赶赴市医院治疗，又让姑姑艾米尔在元旦假期回家帮忙。

　　每每想到侄子小涛，艾米尔心里就挥之不去大哥的身影。两年前，大哥因恶性肿瘤去世，嫂子随后就改嫁了，一家人格外疼爱这个失去父母关爱的孩子。得知侄子生病，艾米尔在心里千万次向真主祈祷，祈愿一切都只是虚惊一场。

回到家，孩子的爷爷正在四处筹钱，叔叔已去市里医院取最新的检查结果。看着小涛虚弱的样子，艾米尔心里异常酸楚。帮侄子收拾东西时，她意外发现一张橘红色的陌生卡片。问小涛，说是乡民政干部前些日子送来的。艾米尔仔仔细细地阅读了卡片里的内容，发现这原来是一份重大疾病公益保险卡，受益的孩子如果得了保险覆盖的12种大病，就能获得理赔。紧紧攥住卡片，艾米尔心里更祈祷侄子的病只是小恙，与重疾无关。

不料第二天，噩耗传来，孩子的叔叔说病理报告已经拿到，小涛确诊罹患骨肉瘤，宁夏的治疗条件有限，需要尽快赴北京做手术，替换膝盖骨。

"骨肉瘤，什么叫骨肉瘤？"艾米尔着急地问道。

"就是恶性肿瘤的一种。咱们小涛还这么小，怎么就得了癌症啊！"话语间，孩子的叔叔抑制不住心里的难过。

放下电话，孩子的爷爷连声叹气，艾米尔想到了侄子的公益保险卡，"爸，你还记得这张卡不？小涛说是民政送来的，大病保险卡，也许小涛看病用得上！"

艾米尔第一时间拨打了报案电话，把侄子的情况一股脑儿倒给了我。"张姐，你看我侄子在市医院已经确诊了恶性肿瘤，公益保险卡的12种大病里第一种就写着'恶性肿瘤'呢！这公益保险能给小涛赔10万块钱吗？"艾米尔焦急地问。

"艾米尔，你先别着急。公益保险的理赔需要审核小涛完整的理赔申请材料，请你快点帮他准备好。如果小涛的情况符合理赔条件，就能获得赔付。"小涛是宁夏第一位因恶性肿瘤申请理赔的孤儿。艾米尔一家靠种植枸杞为生，我心里特别希望能为这个遭遇不幸的家庭雪中送炭，赔付10万块钱。

"艾米尔，你问问你二哥，小涛是什么时候确诊的？"我隐约有点儿不放心。

"我哥之前说，就是元旦那几天。具体日期我再问问！张姐，要是能赔10万块钱，可就帮我们大忙了，我代表我们全家先谢谢你们！"像抓住了救命稻草，艾米尔放下我的电话，转头去联系孩子的叔叔。

再次仔细核对了小涛的保险卡信息，我猛地发现这个孩子是去年宁夏地区新增的受益孤儿，也就是说他的保险卡在今年1月1日凌晨才真正符合全额理赔条件。"元旦前后的话，千万不要……"我在心里默念。

电话再次响起，"张姐，我确认了，是去年的12月31日！"

我心里一沉。

听着电话里艾米尔渴望帮助的声音，我深吸了一口气，缓缓地对她说："如果是去年12月31日确诊，那小涛获得的理赔款可能就只有5千元了。"

"什么？5千元？"

原来，小涛去年年底才首次获赠的公益保险卡有60天的观察期，观察期的最后一天，正是去年的12月31日，离保险卡真正符合全额理赔条件的时间，也就是今年的1月1日零点，仅差1天，甚至就仅差几个小时而已。

所谓"观察期"，指的是在重大疾病保险中，保险公司出于风险控制的目的，为防止带病投保而设立的。被保险人在首次投保重疾险时，从合同生效日算起的一段时间内如果被保险人患病，保险公司不承担赔偿责任。

相比其他商业性质的重大疾病保险观察期一般为180天，基金赠送给孤儿的公益保险观察期仅仅60天。而且，在首次承保的观察期，基金公益保险还特别设计有观察期通融理赔的条款，也就是说即使在观察期内，确诊患儿也可以获得5千元的赔付，这在商业重疾保险中是闻所未闻的。一般的商业重疾保险对观察期出险的处理方式是退还保费，解除保险合同。

由于基金公益保险针对的是孤儿，还有保证续保至 18 岁的条款。因此，从连续承保的第二年开始，受益儿童理赔将没有观察期的约束。这保证续保的条款实际上让受益孤儿享受的是长期重疾保障。

可现在，5 千元和 10 万元的差别，艾米尔一家能接受吗？

听了我的解释，艾米尔顿时像泄了气的皮球，隔着一根细细的电话线，我都能感受到几千公里之外，这个女孩儿的失望。"这，这太没想到了。你说的这个'观察期'的概念我是第一次听说……我，我得跟我爸他们说一声。还是谢谢你吧。"

几天后，艾米尔寄来了全部理赔材料。经保险公司确认，小涛罹患恶性肿瘤，系观察期内出险，按照保险合同，通融理赔 5 千元。理赔款到账那天，我主动给艾米尔打去了电话，她告诉我一家人已经在变卖家产，竭尽全力让孩子的叔叔带孩子赴北京治疗。

我心里充满遗憾，但也只能祝福小涛治疗顺利。

二

几天后，在周一的工作会上，总结一周的工作，我给大家分享了小涛的报案理赔情况。我心里的遗憾情绪还没表达完，大家就七嘴八舌地议论开了。

"智澜，我怎么觉着这个案子有点儿风险呢！"率先发言的是关舟，

"你看啊，小涛他们家人一想，合着就差几个小时，10万块钱就只得到5千块钱，这搁谁心里也不平衡呐，没准儿就来找咱们麻烦了。"

"保险公司都是严格按合同处理的。"我不无遗憾地说。

"不过孩子得了癌症，要来北京治病，肯定缺钱！万一闹出点什么事，也是说不定的哦！"

"不会吧……"我还没回过神，设计师耿喜把话接了过去，"万一，我说万一呢，咱们怎么办？"

"我觉得这事应该跟他们说清楚，让他们再仔细看看那张保险卡的条款。"万恋说。

"唉，智澜，你师父以前处理过好几次孤儿不符合理赔条件、亲属硬生生来索要理赔款的事。你没有遇到，所以还没有经验。你不用主动给人家打电话，但是你要做好准备，如果小涛的家人为了想要更多的理赔款来找咱们，你得想好了该怎么办。"刘冉姐说。

"我……小涛的情况就是不符合保险合同，我已经跟她姑姑照实说了，她也没再要求什么。我还能怎么办呢？"我慌了神儿。

"你也不用太着急。现在通融理赔款已经到账，如果以后小涛的家人对理赔表示异议，你就从合同和法律的角度来解决。"刘冉姐很淡定，"但愿他们不会这样！你以后也要吸取教训，沟通的时候一定要把话说清楚！"

我忙不迭地点头，心里却不免焦虑起来。如果真像大家担心的那样，小涛的亲属提出过分的要求，我该如何应对？

在接下来的日子里，我左思右想，难免觉得气馁。观察期出险的通融理赔原则本来是为孤儿额外争取的利益。如果小涛的亲属反而因此来纠缠，那基金不是好心没好报吗？如果这一类事件处理不好，带来不良影响，保险公司以后还会愿意本着保本不盈利的原则继续为孤儿承担风险、为孩子们承保吗？

转眼之间到了盛夏七月。艾米尔的电话，还是来了。

接起电话，寒暄过后，我先抢过了话头，"小涛现在治疗情况还好吗？公益保险理赔的那5千元就是给孩子所有的钱了。你看，实在不能再给更多了，非常遗憾……"

"再给？"艾米尔愣了一下，"张姐，我不是要和你说理赔的事。保险公司给小涛的理赔金我们都收到啦！谢谢你们！今天，是我们伊斯兰教的开斋节，我爸爸特意赶到银川的南关清真大寺去向真主祈祷。愿真主慈悯小涛，也为你们办公室及每一位通过公益保险帮助小涛的人祈福！"

"为我们祈福？"我心头一震。

"对啊！我爸爸说了，小涛病重，我们家经济上又这么困难，你们与我们素未谋面还给孩子送来了5千元，真是太感谢你们了！他祈愿真主保佑你们大家平安健康，以后能继续帮助更多像小涛这样的孤儿渡过难关。"艾米尔真诚地说。

听了艾米尔的话，我顿时感到十分汗颜，在心里纠结了数个月的包袱也终于放下。我忍不住问她，小涛是在观察期的最后一天出险，只要稍晚一天确诊，孩子就能获得全额理赔。5千元和10万元这么大的差别，难道她和家人心里就没有纠结过吗？

"张姐，我们怎么能这么想呢！我们全家都发自内心地感恩真主指引小涛获得你们的帮助。穆圣教导我们：'那些对其他人不知感恩的人，也不会向真主感恩。'小涛在北京接受的膝盖骨移除手术特别成功，医生说再做三期化疗就有可能痊愈了！我爸爸常说，都是大家一点一滴的帮助才给了我们继续为孩子治病的希望。为了你们大家的支持，我们也要坚持下去。"

"小涛的家里人去清真寺为咱们祈福了！"这个消息瞬间在基金办公室里炸开了锅。

"祈福？为咱们？为什么啊？"

"真没想到，还以为他们是要来闹的……"

"真是啊，他们怎么这么善良啊？"

"有信仰的人就是不一样！"

大家正在火热讨论，胡老师突然说话了，"小涛的爷爷去了清真寺为咱们祈福。而咱们只是做了自己应该做的工作，我在想，咱们还能不能帮小涛再做点什么？"

听了胡老师的话，大家陷入了沉默。对啊，我们在心里因人性中潜在的风险忐忑了很久，可谁都没有认真思考过，如果有一天我们付出的善意收回的是对方的感恩，我们应当如何承受这份来自受助者沉甸甸的心意？

"要不，咱们再跟保险公司商量商量，看能不能再通融……"我很犹豫。

"不行！保险合同就是合同，咱们不能不考虑合同的严肃性。"刘冉姐摇了摇头，"要我说，咱们就自发给小涛捐款！大家觉得怎么样？"

刘冉姐的提议迅速得到了大家的认可。

胡老师欣然笑道："我也同意刘冉的意见。智澜，小涛现在不是就在北京治疗吗？你去跟医生打听一下，这个孩子离治愈大概还需要多少费用，咱们尽量帮他！"

小涛的主治医生告诉我，孩子的恢复情况良好。目前还需要差不多8万元的后续治疗费用，听说小涛的家人正在四处筹措这最后一笔救命款。如果坚持治疗，大概三个月后小涛就能基本康复、出院回家了。

这8万元将帮助孩子最终完成他的康复之路。很快，在基金办公室里，每位同事都从自己有限的工资里，力所能及地捐出了善款。但这距离捐满8万元还有不小的差距。还有谁会来帮忙呢？

三

"智澜，智澜，救小涛的钱有着落啦！"这天早上，刚一进办公室，关舟就激动地拉住了我。原来，明亚保险经纪公司和人保健康公司的领导听说了小涛的事十分感动，主动要求带领各自公司的同事为小涛捐款，很快就捐满了这8万元善款。"他们也来捐款了？"我又惊又喜。

"对呀！尽管他们相信运用公益保险的机制来帮助孤儿摆脱重疾的困扰是很好的创举。咱们大家也都尊重保险合同的严肃性，但是关爱可以比条款更加柔软。"是的，小涛和几十万和他一样的孤儿手中获赠的公益保险卡，不仅仅将他们纳入了保障，更重要的是传递了大家发自内心的爱。尽管保险机制不能为小涛打破原则，但是我们却能为他献上更多的关爱。

8万元善款为小涛的重生之旅续上了温暖的一程。三个月之后，艾米尔激动地给我打来电话，告诉我小涛的身体各项指标基本正常，马上就要出院回乡了。孩子的爷爷想要为基金办公室送来一面锦旗，感恩大家带给孩子超越常规的爱。胡老师说心意领了，锦旗就不必了，我们其实更应该感谢他们。小涛的亲人对我们的信赖和体谅，展现了人性中最美好的一面。大病的侵袭、家庭的贫困都不能遏止他们秉持一颗善良、感恩之心。这种坚持让我们反思，更促使我们升华。

这张小小的公益保险卡所承载的爱，早已突破了民族、宗教、地域的种种局限，甚至比保险机制本身都更为珍贵。它让我们在一个孩子最危难的时刻并肩努力，又给了我们机会去欣赏彼此内心的美德。我们期待，在不远的将来，将有更多的孩子被纳入到这个机制中来，让更多善缘继续汇聚。

最终，小涛的爷爷亲自将一面精心制作的锦旗送给了保险公司。这面感恩大爱的旗帜，被挂在了理赔办公室。只要一抬头，这十六个大字就提示着每一位理赔工作人员，自己的辛勤工作将带给孤儿重生的希望。

这十六个字也时刻镌刻在我的心头：

保障孤儿宽仁厚德，险后重生感恩大爱！

第三篇

心痛，我们才算长大

施的恭敬与受的尊严

一

随着慈善与日常生活紧密相连，它逐渐成为一种生活方式，只要悉心观察，就会处处发现慈善的影响力：不少成功人士在媒体上公开表示将"裸捐"一切财产，也有一些知名企业高调宣布自己的企业社会责任与慈善紧密相连，更有越来越多的青少年利用业余时间充当慈善志愿者。

社会上对于慈善也有各种热议。常常有人问我，作为专业的工作人员，在我眼中慈善的目的是什么？从助人者的角度来看，提升企业形象、丰富人生履历都不失为一种回答。但我更愿意把慈善当作桥梁，一个连接施助者和受助者的爱心桥梁。而且，我觉得我们也需要从受助者的角度来思考这个问题。

带给我这一启示的，正是一位来自媒体的基金志愿者——晓航姐。

兼具智慧与美貌，晓航姐是基金办公室姑娘们的偶像，也是励志榜样。作为曾经的电视节目主持人，她在工作中机敏犀利，而在生活里则是勇敢环游世界的背包客。她娇小的身体里仿佛总蕴藏着无穷的力量，一顶草帽、一只背包，她在旅途中收获的丰富照片、精彩故事和有益思考总能为我们开阔视野。这回晓航姐刚刚结束一场别开生面的印度之行，我迫不及待地想要听听她的故事。

这天中午的午餐会，晓航姐刚一出现就引来了大家的欢呼。原来是一条鲜艳的印度纱巾为她披上了浓浓的异域情调。品尝过大吉岭的红茶，夜晚挤过卖着"挂票"的印度火车，晓航姐展示的她印度之行的百余张照片让我们惊叹，原来印度吸引人的可不仅仅是漂亮的衣裳：天地之间矗立着的洁白无瑕的泰姬陵，这是伊斯兰建筑中的集大成之作；还有数千年前，在宁谧殊胜的菩提迦耶，佛祖释迦牟尼于菩提树下悟道成佛；而赶赴瓦拉纳西，无数印度教徒延续传袭千年的传统习俗——同沐恒河。这浓郁的异域风景一下子攫住了我们的注意力。

这时，晓航姐话锋一转，"大家注意啦，比这些美景更吸引我的是印度众生相。大家看看这是什么呢？"哗！这不是衣着形态各异的印度女孩儿吗？有大城市五星级酒店里偶遇的贵族少女，她们衣着美艳华贵、神态轻松自如；也有乡间朴实低调的劳动女性，尽管与我年龄相仿，却已是好几个孩子的母亲；更多女性身披纱丽，黝黑的肤色将闪亮的眼睛衬托得格外清澈。

晓航姐告诉我们，在印度社会，两极分化格外明显。南部富庶的城市，人们歆享财富带来的幸福，穿金戴银并不罕有。而在相对欠发达的北部山区，孩子们只能在露天的学校里风吹日晒上课。偶然驶过的公车上，车顶也挤满了行色匆匆的赶路客。

"大家看看，这群人里有什么特别的吗？"指着一张新照片，晓航姐笑眯眯地问道。

百思不得其解之际，还是关舟眼尖，"帽子！晓航姐，这位印度大嫂怎么戴着你的帽子？"

"哈哈哈，对啦！这对夫妻一起外出，丈夫在帮我拍照之后，执意要借我的帽子为自己的妻子留影。"晓航姐顿了顿，"这里的经济并不发达，他们很少能有机会拍照。"

翻开下一张图片，北部山区中，很多贫苦的孩子一声不吭地在路旁排成一排向外国游客讨要零钱。"这是我最揪心的场景之一。原本在我眼中扶贫助人的善举也突然变了味道。这些排队要钱的孩子对此已经显得无所谓，早已不认为向陌生人讨钱是一件羞赧的事。"

"看着他们，我的心灵特别受震撼。游人不假思索甚至不胜其烦而行的所谓'善举'对扶贫而言是杯水车薪，但是对孩子们的成长却有害无益。"不断翻着手中的照片，晓航姐的神情严肃起来。

印度少年手握着从陌生人那里讨要的施舍而满不在乎的神情，也刺痛了我的心。我觉得受助者是最需要呵护的群体，与物质带给他们的帮助相比，心灵上的关怀更为重要。

"不过在印度，我也遇到了一个小小少年，他的故事深深感动了我。"晓航姐话锋一转。

二

从南到北，徜徉于这个复杂多元的古国印度，一位年轻的导游是与晓航姐同行的伙伴。为了更好地照顾客人的起居，导游身边还跟着一个约莫十三四岁的少年，他的名字叫乌玛。尽管衣着特别朴素，但无论何时，他永远都把自己收拾得干净、整齐，充满着一股向上的精气神。

导游与乌玛陪伴晓航姐一行人跑遍了印度各地风景名胜。尽管乌玛总是沉默不语，却从不落下任何一项细小的工作。这个腼腆的印度少年总是让晓航姐心生挂念，不自觉地，她主动帮助乌玛拍了许多美好的照片。

　　这天，他们顶着烈日参观了一下午。傍晚时，收获满满的一行人踏着夕阳、穿过乡间的阡陌小路往旅游车走去。晓航姐小心看护着自己的相机，一辆装满甘蔗的拖拉机从旁边过去。乌玛突然猛地追了起来。"乌玛，乌玛！你要去哪儿？"晓航姐着急了，用英语向他喊道。乌玛回头回了一句她听不懂的话，转眼就没了踪影。这时导游不慌不忙地告诉晓航姐，乌玛说的是印地语，他去帮咱们推甘蔗！

　　推甘蔗？不一会儿，乌玛开心地抱着几根甘蔗跑了回来。夕阳下，他露出洁白的牙齿，把多汁的甘蔗塞到大家手中。在印度乡间，如果有蔗农运送甘蔗，口渴的行人帮忙推车即可获赠一些用以止渴。乌玛带回的甘蔗格外甘甜。

　　大家正在回酒店的旅游车上高高兴兴地吃着甘蔗。突然，乌玛上上下下地摸自己的口袋，一阵慌乱之后懊恼地说了一句什么，手中剩下的甘蔗段儿被他狠狠地甩出了车窗。导游急忙过去，两人用印地语交谈之后，乌玛便垂头不语。

　　整个晚上，乌玛都静静地坐在酒店门外。晓航姐反复向导游打听才知道，原来，在帮蔗农推车的途中，乌玛不慎弄丢了自己的手机。由于还是学徒工，他几乎毫无薪水，那部售价 50 美元的手机是他最宝贵的财物。甘蔗香甜，乌玛的伤感却让晓航姐揪心。"拿着！你把这 50 美元给他，让他明天买一部新的！"由于乌玛几乎不会说英语，晓航姐把钱塞到了导游手中。

　　第二天，乌玛只工作了几个小时就不见了踪影。导游告诉晓航姐，孩子是去城里买手机了。

　　傍晚时分，这天的旅程似乎格外劳累。在回酒店的路上，幽暗的路灯下，影影绰绰地站着两个人。定了定神，原来是乌玛和另一位同龄少年！少年告诉晓航姐，乌玛不会说英语，特意让他来帮忙翻译。说话间，乌玛从口袋里掏出了一个崭新的手机，又变戏法般地捧出了一大束新鲜的野花。

"导游及时把钱给了他，他感谢你的帮助。50美元对他而言是一大笔钱，他现在还没有能力还给你。这些花是他送给你的礼物。"

"不用不用！他因为帮我们推甘蔗才弄丢了手机，我心里很过意不去。这个新的手机就是送给他的，不用还！"晓航姐急忙说。

一阵交流后，乌玛的朋友看着晓航姐，"乌玛说了，甘蔗是用来感谢你对他的关怀，你是他的好朋友。可手机太贵重了，他实在不能不声不响地收下。这些花朵是他亲手采来的，祝福你永远美丽快乐。"

郑重地接过乌玛手中的鲜花，晓航姐认真地端详着这个纯真少年。"乌玛，你用你的劳动给我带来了许多快乐。谢谢你的信赖，你是我在印度最好的朋友！"

乌玛的故事讲完了，晓航姐的印度之行也接近尾声。在瓦拉纳西，导游陪伴她游历了大名鼎鼎的"瓦拉纳西大水"——"你说哪儿？哪儿发大水了？"万恋好奇地问道。"哈哈哈，是大学吧！"我脑海中迅速闪过Gabe在火车上用"水水，Thank you！"向人学习中文的经历。"对的！就是大学啦！"晓航姐开心地笑道。

在瓦拉纳西，浓郁的宗教氛围格外引人入胜。恒河边上，印度人将这浩浩荡荡的大河视为母亲。恒河是他们受洗、净身、参禅的去处，甚至还是他们的埋葬之地。河岸两端，有人为初生的婴儿祈祷，有人为逝者举行水葬。河水并不十分清洁，却毫不妨碍信徒虔敬地用它灌顶。印度教、锡克教、各种教派的信徒在恒河边达成了一种特有的共识。贯穿生死，跨越贫富，一切信仰都在此地获得认可，一切心愿都将在这里圆满归一，一切人类都将收获均等的祝福。

众生平等，在这里得到了最具象的表达。

三

在恒河边，晓航姐向盘坐修行的乞者布施。仔细看照片，我们发现，"看！晓航姐在布施时，是那样的恭谦。"给出的施舍尽管并不丰厚，晓航姐却总会恭敬地先行上一个礼，然后蹲下，将布施递到乞者手中。

我们问她为什么会行礼？她的答案意料之中，却又格外令人感怀——因为感恩。感谢乞者给予我们一个施与的机会，感谢他们让我们内心充满帮助他人的快乐！

在此时，施者与受者均平等而快乐。

回顾整个印度之行，晓航姐告诉我们，在她心里，这也是一场生命之旅。短短数天，她对"慈善"二字从未有过如此清晰的理解。施予与接受、帮助与受助，最终让"尊严"成为一个响亮的关键词。

印度之行后，晓航姐重新审视有些轰轰烈烈的慈善活动，罔顾受助者的尊严，将他们的隐私赤裸裸地袒露在公众面前，让别人一览无余。扶贫活动中，受助家庭鞠躬致谢，贫困者的名单还频频出现在各类媒体上；助学活动中，贫困学生在众目睽睽之下上台领取助学金；到福利院送温暖时，组织孩子们齐唱"感恩的心"……许许多多的镜头记录了捐助者的满足和喜悦，但同时有的也伤害甚至践踏了受助者的尊严。对这些受助者来说，这种经历何异于印度山区那些被游客反复拍照、低头等待他人施舍的印度少年？

晓航姐给我们讲起北师大尚晓援教授说的一件事：国内的一个儿童慈善组织请尚老师为中国儿童的慈善需求提提意见。尚老师说，最好别让我提，因为我会说不好听的话。在对方的坚持下，尚老师说："对于孩子，根本就不应该有慈善需求这一说，我们所做的还有些我们目前没有做到的，都是应该要做的，孩子们本应得到这一切，而不是因着有'慈善需求'需要所谓'救助'才能得到这些！"

是啊，很多孩子只能借助"慈善"，才能满足正常的需求，还要因为得到了"救助"而对那些成年人感恩戴德，背负沉重的情感债务。

晓航姐这次印度之行收获的启示也促使我思考：慈善如何才能让施予者感恩，让受施者安然？慈善机构怎样才能真正做到让施与受皆不卑不亢？

在西方的慈善文化中，尽力维护被救助者的尊严是一件非常重要的事。微博上曾经流传着一个故事：纽约寒冬的晚上，一位警察为一名流浪者送去一双刚买的新靴子。在故事背后，有两个细节也许很多人没有注意到，但我却感触良多。

其中的一个细节是，那位警察事后表示，这位流浪者是自己见过的最有礼貌的男士。他说，当时他想请流浪者喝杯咖啡吃点东西，但对方穿上靴子后，笑着推辞了，说："你做的已足够，愿上帝保佑你。"说完便走开了。

另一个细节是，拍下这张照片的游客讲，这个情景让她回忆起同是警察的父亲，在多年前买食物施与流浪者时，也同样是蹲下身子，把食物送到对方手里。

助人与受助本就应该是一种平等的关系，助人者感恩有施与的机会，受助者也拥有尊严，不会内心不安，施与受皆不卑不亢。

胡老师曾教导我行善须由心出发，不慕名利。我们基金的项目在设计之初便将保护孩子的尊严作为己任，精心设计出创新的保险机制，让施者与受者均平等而安心——施助者不会去要求哪一位受惠的孩子寄来一张感恩卡，而受助的孩子们则会感谢整个社会对他们的关爱。

此刻，那个回旋在我心底的疑问终于有了答案，慈善的最终目的是改变受助者的生活和命运，让他们活得更有尊严、更幸福。如果以伤害受助者的自尊为代价来展示捐助人高高在上的怜悯心，那就是"施舍式"公益，是"暴力慈善"，有悖于慈善的初衷。

保护受助者的尊严，润物于无声，是慈善的最高境界。

正是源自对受助者的尊重，荷兰最大的慈善机构郁金香基金会的总部院子里有一座纪念该国慈善家费尔南德的塑像，塑像的底座刻着一行字："一手给予帮助、一手给予尊重。"

而晓航姐的分享也同样在时时刻刻提醒我：

做一个恭敬的施予者，蹲下身子，行礼感恩！

红艳艳的枸杞子

一

转眼之间，元旦即将到来。这天一大早，我刚迈进办公室，哇！这是什么？一个厚重的包裹安静地躺在我的办公桌上。仔细查看寄件人，一个熟悉的名字跃然眼前：艾米尔！

宁夏孩子小涛的姑姑艾米尔，为什么寄给我这么大一个包裹呢？我小心翼翼地拆开包裹，一个整洁的白布袋子中装满了红艳艳的枸杞子！我赶快拨通了艾米尔的电话。

"张姐你好！包裹收到啦？这是我们家自己种的枸杞子，是特意寄给你们的！"电话里，艾米尔依然活泼热情。

"谢谢你们！小涛呢？他还好吗？"我关切地问，"回到宁夏后，有没有定期进行复查？"

"你放心吧！小涛现在可健康啦。我们一家人都特别感谢你们办公室、人保健康还有明亚的帮助。现在，我爸爸和哥哥除了种植枸杞子，还能做些清真食品的销售，一家人的日子又重新好起来了。"艾米尔真诚地说。

"艾米尔，没有什么比小涛重获健康更让我们开心的了，祝福你们！但是，我们真的不能收你们的礼物！"得知小涛康复，他们一家人的生活也回到正轨，我由衷地感到高兴，但是这些枸杞子确实让我有些为难。

"你们一定要收下！这是我们对你们大家的心意。"

艾米尔话音未落，我抢着说："要不，我把钱打给你，或者充到你的手机里。我们真的不能要你们的礼物！小涛的健康就是对我们最大的鼓励！"

听到我的话，艾米尔有些着急了，"张姐，这些果子是我们全家人怀着感激你们对小涛救命之恩的真心，一颗一颗仔细挑选出来的，每一颗都是最饱满健康、绿色安全的！因为怕你们不收，我特意没有提前告诉你。请你们一定要收下！"

耳畔回响着艾米尔真诚的话语，我的心里既温暖又沉重。仔细端详每一颗红艳艳的果实，我眼前仿佛浮现出小涛的爷爷在农舍里、戴着花镜精挑细选的场景。

"张姐，你分给大家尝尝，我们家种的果子我知道，每一颗都是甜的！而且这些都是被安拉祝福过的果实啊，你们吃了一定会健康长寿的！"艾米尔殷切地告诉我，她的爸爸在礼拜时坚持为我们祈祷，祝福基金的同事们都受到真主的保佑，也祝福每一位关爱孤儿的朋友都健康平安。

我不忍再拒绝，"艾米尔，谢谢你！谢谢你们一家人的信赖。我们一定会继续努力，争取帮助更多像小涛一样需要我们的孩子！"

这红艳艳的枸杞子背后，是小涛一家人沉甸甸的信赖和支持。

二

放下艾米尔的电话，我和基金办公室的同事们分享了这内涵深厚的礼物，又把它们分享给人保健康和明亚的朋友们。我们的真心付出不仅帮助了一名孤儿迎来健康重生，还让他背后的家庭重拾生活的信心。

红艳艳的枸杞子，代表小涛一家人温暖而又真诚的心。除了这红艳艳的枸杞子，我们还收到过手工制作的玉米饼、新鲜的红辣椒酱、现剥的花生米，还有无数的感谢与祝福。每逢佳节，我总能接到来自孤儿亲属的电话或短信祝福。而对于来北京治疗的孩子，基金办公室的同事和志愿者们总会在孩子们身体条件允许的情况下，主动前往医院探望。自家制作的营养加餐，国航送来的精美机模，这些心意都化为浓浓的真情，把我们和孩子们连在了一起。

在孩子们最需要帮助的时候有缘助他们一臂之力，又在这些幼小的生命重获新生之际收获祝福的回响，体味这其中的圆满便是我的快乐。

这份快乐放在我心里，它也提示我，这世间真情常在，需要以一颗谦和、敏感的心时时体味，并将这无声的力量传递出去。

倾听孤儿及其亲属的心声让我深入他们的世界。电话里有时还会传来媒体的声音。尽管基金自成立以来就广泛获得媒体的关注与支持，但联系陌生媒体开拓公益广告对我来说却不是一件容易完成的任务。

刚到基金时的我对媒体的组成、分类毫无头绪。师傅分配给我的 50 个媒体电话，我打了一遍几乎一无所获，不过还是有几家媒体愿意与我当面沟通。在师傅的鼓励下，我后来开始了拜访陌生媒体的历程。除了完成既有的任务，师傅也鼓励我，可以从生活中感兴趣的媒体出发，积累自己的资源。

第一份有力的支持来自素有"中国国家画报"美誉的《人民画报》。

我凭借有限的媒体知识，在网上搜索"人民"二字，《人民画报》跃然眼前。反复酝酿之后，我鼓起勇气打给这家新中国成立后最为知名的杂志社之一。电话几经转接，终于接通了广告部主任。努力说明我的来意后，出乎我的意料，对方对我的请求并不感到意外。在收到我发送的资质证明文件和公益广告画面图片之后，他爽快地答应为我们刊登。

一个月后，为取样刊，我走进了他的办公室。

这位主任姓冷，却是我眼中的热心人。他有一双犀利的眼睛。见面第一句话就是，"智澜，欢迎你来。你是慈善机构的，那就先说说你的想法吧。"

"我的……想法？您指的是哪方面的想法？"我有些不解。

"我发现你们是用一种给孤儿赠送大病公益保险的方式来做慈善的。这种方式比较特别，你们为什么要给孤儿送保险呢？"他的问题单刀直入。

我回答冷主任，因为现有的事后救助方式不足以让每一位患大病的孤儿都能享有及时的经济帮助，我们希望用公益保险铺就一张大爱保护网，用事前保障的方式让更多孩子拥有重生的机会。

冷主任拿过公益保险卡的样卡仔细看了看，"这是件好事！可关注弱势儿童的慈善机构这么多，你怎么才能获得媒体的支持呢？"

"我打算尽可能地多拜访媒体，让更多的媒体人了解我们。我相信凭我们项目的创新性，以及项目对孩子们切实的帮助，一定能赢得爱心媒体的支持。"第一次回答来自媒体人的询问，尽管有点儿紧张，但我还是坚定地给出了自己的答案。

"其实支持公益事业也是媒体人的责任，我们都愿意与优秀的慈善机构合作。我建议你仔细了解媒体的情况，有序地拜访优质的主流媒体。越好的媒体，拥有的资源就越丰富。你们的项目既然好，就要多想办法，勤于开拓，应该能获得更多的合作机会。我也愿意帮助你结识更多的媒体朋友。"冷主任温和地笑了。

在获得《人民画报》的支持后，我又鼓起勇气拜访了更多的主流媒体。我发现现实中的媒体人远不是想象中那种冷冰冰的模样，他们很多都是有血有肉、富有爱心的有情人。

这次拜访的对象是《环球人物》编辑部的赵老师和康老师，赵老师是位和蔼的大叔，而康老师只比我年长几岁。每次公益广告刊登后，我都由衷地感激两位老师给予的支持，让关爱孤儿的心声传递得更远。在收到艾米尔寄来的枸杞子后，我也第一时间与他们分享这些祝福。听了小涛战胜病魔、重获健康的故事，康老师流下了眼泪。她告诉我，小涛一家人坚持守护孩子的故事，让她回忆起自己的爷爷在晚年坚持把毕生积蓄捐赠给贫困儿童的往事。善意是人间最宝贵的通行证。远在宁夏的小涛的家人在获得帮助的同时，也用红艳艳的枸杞子叩响了更多温暖的心房。小涛的故事让我们了解到，孤儿及其家人并非只是单向渴望他人关爱的群体，他们内在的勇气、坚强和善意也是人性中最为闪亮的光芒。

在赵老师和康老师看来，作为主流媒体，支持基金的意义不仅仅局限于宣传慈善，更是让"孤儿"这个特别的群体，能够出现在《环球人物》这个引领社会主流思潮的平台上，鼓励全社会不仅要关爱孤儿，还要传递来自孩子们的正能量。这种正面的影响力是相互的。它传递了人与人之间的真情，也反过来帮助媒体实现了自身的价值。《环球人物》支持"孤儿保障大行动"的善举也带动了人民日报社下其他杂志媒体陆续加入到了支持我们的大家庭。

并非每一位媒体人都能通过感性故事来理解基金的价值，理性的力量同样也会把我们聚合在一起。获得国内顶级媒体高端财经类杂志《财经》青睐的过程并不容易。第一次拨打编辑部的电话时，由于在《财经》上不大经常看到公益广告，我心里惴惴不安。进一步沟通之后，编辑部的李老师对基金利用保险这个金融手段关爱孤儿的方式非常感兴趣。

几周之后，《财经》决定为基金刊登公益广告的喜讯传来。我这才了解到《财经》杂志对慈善的支持可谓既谨慎又热情。李老师告诉我，是基金创新地利用公益保险机制关爱弱势儿童，得到了《财经》杂志社上上下下的一致认可。这是金融手段与慈善的结合，《财经》帮助宣传基金有助于引导读者关注金融领域里的社会创新。《财经》的支持为我们打开了更多财经类媒体的大门，《中国金融》《经济》《证券市场周刊》等权威财经媒体以及后来《体育画报》等知名媒体的帮助让我们喜悦连连。

基金像一块爱的磁石，吸引了越来越多的媒体的关注，支持基金的理由也逐渐多元。新华社主管的《瞭望东方周刊》除了对基金项目本身的认可外，对基金公益广告的优质画面也倍加喜爱。不少媒体都期待慈善能以一种公众更加喜闻乐见的方式出现。每个月，基金的明星设计师耿喜都会设计出暖心温情的公益广告新画面，这些有爱的画面也成了爱心杂志提升自身形象的窗口。《瞭望东方周刊》的小魏老师告诉我，基金对他而言，既是合作伙伴，又是心灵上的朋友。媒体人自身也许无法捐赠巨额善款，却可以化身劝善的渠道，劝导他人关爱孤儿。

慢慢地，《中国校园文学》《母婴健康》等一系列关注儿童成长、母婴健康的杂志也纷纷纳入到我的朋友圈。要问他们为什么支持基金，"让读者满意！"这是一个响亮的回答。"我们的读者群定位是广大中小学生和他们的家长。尽管孩子们目前没有独立的经济实力参与慈善捐赠，但我们希望传递这种关爱他人的慈善理念。这也是一种特殊的慈善教育。"

这种爱的传递分外珍贵。我曾在金秋九月接到过浙江一所中学的电话。为增强乐队的凝聚力，学校里的小乐手们专门在暑假里自发组织了一场社区慈善义演。乐队的队长在校园杂志上了解到"孤儿保障大行动"，就动员大家将义演所得的近千元善款捐给孤儿。我也曾接到过幼儿家长的电话，年轻的母亲告诉我，在亲子阅读时，基金精美的公益广告跃然眼前。她鼓励孩子为孤儿捐赠自己的压岁钱，把祝福分享给孤苦的同龄人。这些说不尽的故事感动着我，也提示着我，通过媒体的平台，"孤儿保障大行动"正成为一个响亮的名字。它蕴藏着孩子们渴望健康成长的顽强的精神，也连接着更多热情温暖的心。

三

　　来自媒体的朋友越来越多，我也收获了一个独特的昵称——"张二妞"。这个让我颇为尴尬的昵称是《半月谈》的王哥馈赠的。

　　"你说，你说，我哪儿'二'了？"我气呼呼地问，这个名字太"土"了！

　　"你还不二啊！"王哥缓缓地道出了他的答案，"我让你简单介绍一下你们项目。哪想到你一本正经地准备了项目介绍，在办公室里对着我足足讲了半天；同事们向你了解孤儿的情况，你讲出一大串孤儿的故事让女同事们哭得稀里哗啦；我们很少为慈善机构刊登公益广告，领导答应支持你们的时候，我都激动坏了！着急去找你的时候，你却忙着接听孤儿的求助电话，把我'晾'了半天。小张同志，'张二妞'这个名字最衬你啦！"

　　我恍然大悟，原来"二"在这里！凭着这股"二"劲，我陌生拜访了上百家媒体，并获得了很多人的帮助；也凭着这股"二"劲，我把师傅教我"真诚待人，勤奋成长"的指导扎实落地。感激媒体朋友的真诚帮助！

有人问我，每次敲开一扇新的大门，你的勇气是来自他人的认可吗？我的答案是，我内心的光源就是那些红艳艳的枸杞子。那些抗击病魔的勇敢少年也在鼓励我战胜自己的羞怯，呼唤我走出狭小的自我，提升自己的能力，真诚关注他人的心声，修炼出一个坦诚的"张二妞"，并把我收获的正能量透过媒体继续放大。

孩子们，是照亮我内心的阳光，陪伴他们向更多人释放温暖，既是我的责任，更是我的荣幸。

慈善是连接我们的桥梁，捧着红艳艳的枸杞子，"张二妞"和朋友们的故事还将继续。

慈善是一种生活方式

一

　　高端时尚都市杂志《雅智》不仅长期为基金刊登公益广告，还专门开辟了一个慈善专栏，基金每期都会为这个栏目撰写一篇专栏文章，虽然篇幅不长，却广受好评。一次，胡老师和刘冉姐在民政部社会福利和慈善事业促进司向分管儿童福利工作的徐建中副司长汇报基金工作时，也给他看了我们的几篇《雅智》专栏文章。

　　徐建中副司长说，慈善事业的蓬勃发展令其已经逐渐融入人们的日常生活，"你们就以《慈善是一种生活方式》写一篇命题文章吧。"

　　这与基金团队在工作中收获的感悟不谋而合。新一期的《雅智》文章，胡老师和刘冉姐决定带我一起认真探讨这个有意义的话题。

　　上次撰写慈善文章不成功的经历还记忆犹新，所以写好这篇文章对我而言是个挑战。刘冉姐引导我，"智澜，你还记得卢老师上次给你的指导吗？你的障碍并不在于笔端的文字，而在于有没有把工作中获得的感悟用心表达出来。这次，胡老师和我希望通过和你共同探讨来帮助你再上一个台阶。"

我点了点头，拥有生花妙笔是我的梦想，可每次拿到题目，如何破题却是我写作面临的第一个难关。"智澜，你先说说你的想法，在你心里什么是'生活方式'？"刘冉姐问道。

其实，说起"生活方式"，在我看来就是指人们长期形成的生活习惯，是人们在其生活圈、文化圈内所表现出的行为方式。有人喜欢每天清晨喝一杯咖啡，有人闲暇时喜欢读一本小说，还有人周末喜欢到郊外尽享幽静。

"对了！生活方式应该是指一种持续的行为，融入生活的方方面面。"刘冉姐赞许地点了点头，"就慈善而言，它融入普通人的生活可是一个循序渐进的过程。"

在公众眼中，慈善曝光率最高的时刻，莫过于大灾大难侵袭的时候。"5·12"四川汶川大地震、"4·20"四川雅安地震……每当灾难发生，人总是那么孤立无援，又是那么脆弱无助。正所谓患难之中见真情，灾难过后，留下的是深情挚意，是对弱者的关爱与帮助。

可事后反思，作为慈善领域的专业人士，我们不禁要问，是不是只有当灾难来临的时候，我们才会伸出援手帮助那些最不幸的人，才会感受到"慈善"带来的劫后重生的温暖与喜悦呢？

答案当然是否定的。慈善也是一种持续的精神和态度，是一种生活方式。只要悉心观察就会发现，在日常生活中，"慈善"并不鲜见。人们在日常生活中相互帮扶，让爱在人际间升腾与传递，也让慈善像旅行、读书、健身一样，成为我们生活的一部分，成为我们的生活方式。慈善并不遥远，就像我们平时习惯节约用水、习惯不用一次性筷子那样平常。慈善并不难做，是生活中点滴的随手而为，人人可参与，人人都能成为"慈善人"。

"咱们的项目不就是一个很好的例子吗？每50元善款就能为一名孤儿提供一份重大疾病公益保险。在日常生活中，这几乎是人人都有能力参与的善举。"我思索着。在日常生活里，50元钱能干什么？可以买一份快餐、一杯咖啡、一张电影票，或是一件新T恤。在我们的生活中，50元可能微不足道。但借助慈善，这平常的50元就可以释放出巨大的能量，通过公益保险机制，帮助一名孤儿抵御重大疾病的威胁。

　　截至目前已经有逾百万"慈善人"参与基金的爱心捐赠。有坚持勤工俭学，并捐赠自己劳动所得的莘莘学子；也有工作繁忙的企业家，在每次购买国航机票时都为孤儿捐赠，累计已超过百余次。一如春雨细无声，慈善慢慢出现在生活中的方方面面，带给我们感动，也引发我们思考。究竟什么是鼓励大家主动把慈善纳入到自己日常生活中的动力呢？

二

　　我想到了一个特别的例子。打开支付宝手机客户端，一个有趣的设计给出了答案：慈善，就是鼓励人们在生活中积累善的财富。

　　随着支付宝陆续推出了"余额宝""招财宝""娱乐宝"等小额金融产品，用户们每天都可以打开支付宝钱包，在"财富"板块中查看自己的日收益和累计收益，轻松体会到互联网金融创新带来的实惠。在支付宝钱包中查看"财富"，只要细心就会发现一项特别的"财富"——"爱心捐赠"，点开即可查看为多个慈善机构捐赠的记录，既有捐款次数，也有累计金额。"孤儿保障大行动"上线以来，很快成为一个非常受欢迎的受捐项目。

"说得对，其实行善也是在积累一种财富。"胡老师点点头，"善意不仅仅是对受助者的施与，同时也是对自己的一种积累。就看你如何理解财富二字了。"

大家对于财富的理解各不相同。山间明月、石上清流是隐士的财富；宇宙奥秘、人世真谛是智者的财富；而对于弱者和需要帮助者的爱心善举，则是善者弥足珍贵的财富。对于我而言，成长历程中，能够收获一颗懂得为他人而痛的心，就是最为宝贵的财富。

"其实啊，行善不仅早就是咱们传统文化中薪火相传的美德，它也确实提供了一种特别的方式让人从中受益。"刘冉姐微笑着说，"《周易》中不是就有'积善之家，必有余庆'的说法吗？""对啦！美国作家梭罗也曾说过，'德行善举是唯一不败的投资'。"我仔细地想了想说道。

从以"最能产生正面影响的方式回馈社会"的比尔·盖茨，再到支持我们的百万余名基金的捐赠人，他们的善举让我相信，善的确是人们可以从中受益的财富。这善意可大可小，既包括在面对突发重大灾难时，万众一心、慷慨救难的大气磅礴，也包括从身边的小事做起、日行一善的细水长流。

"善举随手即可实现，这其中也有一个重要的助力——互联网的发展和电子支付的兴起让人们参与公益慈善变得非常容易。想想看，咱们的项目仅通过支付宝钱包就已经获得数十万名网友的支持，而在过去几年中，通过网上购票渠道参与支持'孤儿保障大行动'的国航爱心旅客也超过了十余万名。更便捷的平台引导了更多人轻松实现了善举。"胡老师仔细地为我们分析。

互联网极大地改变了我们的生活方式，也改变着人们的财富观念和公益慈善行为。所有的物质财富都难以长久，因此佛家才说财富"五家共有"，认为或是天灾，或是人祸，都会将它们化为乌有。唯有"善"的财富才是真正可以跟随我们的无价之宝。善源自于人的本性，折射出人的道德情操。人们在付出善的同时，不仅能收获精神和经验上的充实感、愉悦感，还能积累善的财富。"施人以善，最终也会收获善啊。"刘冉姐有感而发。

"这就是俗称的'好人有好报'吗？"谈起这句"老生常谈"，我心里充满了疑问，"可是这'好报'太虚无缥缈了。通过行善，人们究竟能收获什么样的回报呢？行善是无法获得物质奖励的，难道仅仅是为了满足心理上的需求吗？"

"智澜，这好报可并非虚言。你爱读古书，还记得'仁者寿'的说法吗？在生活中，善举让人成为好人，这本身就是一种回报。这种回报将助力他们身心一致、休养生命。"刘冉姐语重心长地说。

"行善还有助于养生？"我惊讶地问道。

"是啊，没有一件事是孤立存在的，人们所行的善举，最终都会回到自己身上来。'养生'的起点，恰恰就是'养德'。"胡老师微笑着颔首。

三

"养生"是日常生活中大家越来越关注的热门话题。在我脑海中，所谓的"养生"就单纯是指保养身体。胡老师却给出了更深刻的解答。"养生"的"生"，指的其实是生命、生存、生长。再加上"养"的所谓保养、调养、补养之意，"养生"一词顾名思义，实为颐养生命、使之绵长的意思。

翻开古书，我发现这种解读早已有之。《黄帝内经》在两千多年前就已经提出了"养生"这个概念，而且还探讨了如何养生。后来道家又将其进一步发展，通过食疗药补、锻炼功法、精神调养等达到增强体质、预防疾病、延年益寿的目的。"养德"恰恰是"养生"的起点，其次才是锻炼身体、调理饮食，不能舍本逐末。中医认为宽仁厚德者五脏淳厚、气血匀和、阴平阳秘，所以能健康长寿。《论语》中就有"仁者寿"的说法，孔子还说过"大德必得其寿"。行善之人通常拥有仁爱之心、宽厚之心、敦睦之心、无私奉献之心，这样的人心态和善、平衡，与长寿之道更为相通。

而关注现代科学，"付出"与"回报"之间被赋予了更具科学性的解释。在慈善活动中，人们的"付出"能产生"医疗作用"和"快乐效应"。行善对自身心理和身体健康能产生巨大而深远的影响，其自身的社会能力、判断能力、正面情绪以及心态等都会得到全面的提升。在美国，科学家在神经化学领域的研究中也发现：当人心怀善念、积极思考时，人体内会分泌出令细胞健康的神经物质，免疫细胞也更为活跃，身体机能的良性循环得以维持，因而更为健康。

古今中外，许多秉承善意让生活更美好的人士也为我们做出了榜样。奥黛丽·赫本曾说过，她人生最自豪的时刻，并非手捧小金人的时刻，而是她抱起非洲孩童的时刻；伊丽莎白·泰勒最骄傲的时刻，并非扮演埃及艳后的时刻，而是她坐着轮椅出席慈善演出的时刻；戴安娜最优雅的时刻，也并非她身穿洁白婚纱的时刻，而是她亲吻智障儿童的时刻。比尔·盖茨感言，投身慈善事业不仅可以帮助他人重燃人生的希望，更是一种自我救赎和生命的升华。

原来行善得到的快乐就是最佳的养生滋养品啊。我恍然大悟。"智澜，这些体悟并非来自别人，回想你个人的工作与成长，难道不也是很好的例证吗？"刘冉姐笑着提醒我。是啊，在日常生活中，行善带来的快乐可以通过随手的善举轻松获得。这样的感悟在我的生活中也同样比比皆是。

每天清晨,当我打开"孤儿保障大行动"淘宝公益店铺浏览爱心网友留下的祝福时,我会发现:有初为人母的妈妈得以感悟成长路上,父母带给自己的关爱,希望善举能让更多孩子都能得到同样的温暖;刚刚毕业的大学生践行"日行一善"累计千余天,让每日奉行的善举见证自己在职场中勇敢成长的一点一滴;更有众多热心公益的淘宝爱心网商,通过"公益宝贝"参与捐赠孤儿,迄今参与捐赠的总交易笔数已超过四亿笔。在不断成就着孩子们健康梦想的同时,这份善举也鼓励着每一位沉浮商海的爱心商家勇于进取,并获得更多买家的认可。

尽管行善者在施与援手时并不会刻意追求回报,但行善带来的回报却往往在不经意之间翩然而至。正如在我自己成长的路上,我曾以为是自己用时间和精力帮助了孤儿和他们的亲属,而时光流转,现在我却蓦然发现是他们以勇气和真情为我照亮了前路。

用心关爱,道不远人。慈善已经在点点滴滴中融入我们的生活。它汇聚善的财富,带来的精神上的满足感令人愉悦,而这种快乐又化为一种特殊的养分滋养着每一位真情奉献的"慈善人"。这也就不难解读,为何慈善正在改变着越来越多人的生活方式,也正在成为越来越多人的生活方式。

慈善,是聚沙成塔的塔,是滴水成河的河,是由每个人内心的善意筑起的坚固堡垒,护佑弱势,扶助孤老。慈善,就是一种生活方式。不同背景、不同观念的人们,在这善的主题中达成共识——用慈善点燃生活的明灯,让更多人通过善意彰显生活中的阳光,抚平内心的伤痛。让施者的生活因慈爱而更加平静,让受者的人生因善意而峰回路转。

当我用心记录下这些源自内心的思考与探讨时,这篇名为《慈善是一种生活方式》的《雅智》慈善专栏文章已经呼之欲出。这既包含着我的感悟,也见证了基金逐渐成为了一座慈善的桥梁。

独留拉萨

一

　　在基金办公室里，悬挂着晓航姐亲手刺绣的大幅《般若波罗蜜多心经》，针脚细密如丝，据说一针一线地总共绣了上百万针，历时三年方得完成。我由衷赞叹她的耐心和毅力。然而，这经文的奥义却并非我一朝一夕就能领悟的。在经历了永措和央金的故事后，西藏在我心中格外的特别。尽管我对宗教并无钻研，但却希望能有机会一窥其中的奥秘。

　　这个"十一"小长假，基金办公室的同事们相约一同进藏旅游。提前一个月，在薇薇姐的组织下，我们开始锻炼身体，做好各种准备，以应对可能出现的高原反应。千叮咛万嘱咐，我还是在出发前一周感冒了，无奈只能在大家踏上旅途两天之后，才独自出发去追赶大部队。在飞机上，我看着薇薇姐打印好的《西藏旅游攻略》，心里充满了懊恼。按照原计划，在拉萨小住一天之后，今天的我们应当趁这难得的好天气赶赴纳木错，在那高原圣湖边倾心享受假日。然而因为我的迟到，伙伴们决定留在拉萨市区等我。据说未来几天会有雨雪，我们可能会错过纳木错，只能在拉萨及其周边游览。

望着机舱外的云海，我思绪万千。想起过年的时候大家一起去寺庙祈福，我从来不肯跪下，理由是自己的信仰"在别处"；信奉基督教的朋友选择在教堂里结婚，观礼时我沉浸于热闹的气氛，却难以真正被那宗教仪式所感动；结伴同游孔庙时，我认真为大家解说，但心里却嘀咕着圣贤的教诲在现代中国是否有些过时。

飞机降落在拉萨贡嘎机场时，阳光普照大地，白色的云朵悠然飘过，湖面上倒映着远处的山峦，偶尔会有不知名的水鸟掠过流云的倒影。

和大家会合的地点是夏宫罗布林卡——高原上的奇异花园。我匆匆赶到那里，大家见到我都非常高兴，"智澜终于到啦！""你的感冒好了没有？""我们等你好久啦！"这些热情的问候让我心底的阴霾一扫而空。和大家在一起，我的心里充满了温暖，也觉得很愧疚。回想从到基金工作的第一天起，团队里的每一位同事都体贴我的不成熟，一再包容我的失误，还无微不至地照顾我。作为团队里最年轻的成员，大家总把我当成需要照顾的对象。什么时候我才能足够成熟、照顾大家呢？这次晚到拉萨，更让我暗下决心，一定要快快成长，为团队承担起责任。

秋日里的罗布林卡，纷繁的花朵次第盛开，精致的宫殿里游人如织，一花一木、一砖一瓦，处处潜藏着一种安宁肃穆的气氛。罗布林卡已被列为世界文化遗产，鲜见僧侣。但在拉萨街头却不乏身着绛红色袈裟的喇嘛，而马路上从容跟随主人的牛羊也并不少见。人和家畜交错往来，在城市中相安无事；大街上，藏族同胞身着藏袍，口诵藏语的经咒，墙上的广告也由藏文撰写。

在公共汽车上，晓航姐主动为一位藏族老人让座。

"你是从内地来的吧？"老人手握佛珠，仔细地端详着晓航姐，"内地很好。也要多来我们拉萨看一看，西藏也很美。"

"我是从北京来的。十多年前就来过西藏，已经来过好几次了。"晓航姐笑着说。老人点点头，闭目诵经，心无旁骛。

在拉萨各大著名的寺庙门口，我总能回想起北京雍和宫新年祈福时的盛景。来自各国的面孔在这里聚散，将福祉传导到世界各地。

我步入的第一个拉萨寺庙是扎基寺，距离我们住的旅社不远，却并不容易找到。说它难寻，在于这个寺庙的周围僧俗混住，充满人间烟火的味道。寺内供奉的神祇名为"扎基女神"，被视为财神爷。信众以向她敬献白酒、艾叶等方式，祈祷获得庇护。有趣的是，依据传说，扎基女神属于"世间护法神"，尚未脱离人世，仍有可能幻化为人形，与众生结缘。据说这世间的护法神尚且需要累积功德，凡人自然更加不可懈怠。

来到拉萨，由于不适应藏餐，最合胃口的还是四川火锅。这天晚上，小伙伴们用一百五十根竹签的"战果"记录了这个愉快的火锅夜晚。夜幕降临，高原缺氧和寒冷一并开始向我袭来。薇薇姐拿出早已准备好的氧气瓶，刘冉姐向我传授她已经磨炼了两个夜晚的"刘氏呼吸法"，方才缓解了我这"凡人的痛苦"。在这间小小的旅社里，全国各地的年轻背包客在这里汇集。大家七嘴八舌地讨论来西藏的目的，有人朝圣，有人采风，更多的人和我一样希望理解"信仰"的意义。

二

敬天爱人，在西藏不是一句空话。信仰内在的力量根植于神明，实现它却依靠"人"。

在背靠色拉乌孜山麓的色拉寺内有不少大大小小的僧尼小寺。步入其中的一个，古老斑驳的壁画正在等待修缮。高高的木制脚手架上，僧侣们画笔不辍。间或休息时，当地会说藏语的朋友与僧人攀谈起来。根据他的翻译我才了解，僧人们绘画的技巧仍沿袭宗喀巴大师时代遗留下来的传统技艺。数百年间，这个传统的技艺没有分毫的更改。佛存在于人的内心之中，而这种严格传承的唯一载体，就是"人"。

传承佛法的形式并不仅仅是绘画。在山顶一间很小的寺院里，我们正好赶上一场午间的法事。仿佛是一瞬间，早已准备好的法器一同鸣响。刘冉姐回到寺庙门口征得寺院喇嘛的认可，我们方才得以留下来观摩。喇嘛汉语流利，他告诉我们，按照藏传佛教，每三十天就有五个全然不同的吉祥节日。喇嘛们的职责是通过诵经为众生祈祷来世的完美，早日摆脱六道轮回之苦。观摩色拉寺喇嘛辩经，僧侣们承担这种责任背后的艰辛可见一斑。

"辩经"是喇嘛们学习佛经的一种重要方式。为了加强对佛经的领悟，采用一问一答或一问几答或多问一答的方式交流所学心得和所悟佛法。辩经的过程通常非常激烈，既是知识的交锋，更是智慧的对决。这种方式非常有利于对佛法的修习，也只有历经多年这样的学习，僧人才有可能通过考试和辩经的机会获得藏传佛教的学位，最高可达"格西"，相当于宗教学博士学位。

看过辩经，我来到供奉马头明王的色拉杰大殿。在长达两个半小时的漫长等待中，队伍中的藏人整肃不乱，偶尔有小童嬉闹也会得到父母的及时阻止。排在我前面的藏族姑娘主动与我攀谈，曾到北京游学的她对我格外亲切。她说北京虽然物质发达，但还是回到拉萨后更能感受到心灵的平静。她捧在手里的是母亲凌晨起床准备好的酥油。在这里家家户户无论贫富，都以自己的劳动表达内心的信仰。而她的责任就是在这难得的休息日，排上几个小时的队向马头明王敬献贡品。

走入大殿，她细心地帮我取来白色的哈达，这是大殿内可以循环使用的贡品。越深入明王大殿，人流移动得越是缓慢。殿内灯火通明，在堆叠的酥油、明亮的油灯、鲜艳的花丛中，喇嘛们不时提醒人们小心火烛。令我心安的是，人流拥挤，却不显丝毫的混乱。在西藏，如果你在寺院里没有准备好零钱，你不必烦恼，大可以放下整钱，在供桌上的零钱堆中自行"找零"，泰然自若。这在内地几乎是不可想象的。

人人虔敬和缓，有条不紊。轮到我向明王礼拜时，我仍然没有跪拜，喇嘛指点我用额头轻轻碰触神龛，告诉我明王的祝福已经传递，将为我消除业障、病痛。

在拉萨老城区的核心，坐落着赫赫有名的大昭寺。从八廓街信步前往，一路上都有信众以磕长头的方式前往大昭寺朝拜。"磕长头"是藏传佛教中最为赤诚的朝圣方式。五体投地，口诵咒语，虔心向佛，身、语、意合一，为自己和亲人祈福，祈祷好的来生或者在今生免受病痛折磨。实际上，对于很多藏族人而言，一生当中能有机会磕长头，从家乡一路来到大昭寺朝拜，这本身就是极有福报的。从十来岁的少年，到耄耋老人，礼拜就是他们表达信仰的方式。

我不禁回想起顿珠为永措祈福的事。

三

在八廓街尝过酸奶，又在大昭寺反复流连，几天的西藏之行很快进入尾声。再次来到八廓街，大家搜遍身上的余钱，买完喜欢的纪念品，明天我们将乘坐最早一班的飞机返回北京。在我看来，西藏带给我的思索就是最好的纪念。这天晚上，回顾这次独特的假期，我们不知不觉交谈到深夜才入睡。

第二天一早，天还没亮，我们就出发了。从扎基街到机场的路途并不太遥远，但由于"十一"长假结束，出城的道路极为拥堵。薇薇姐看着时间，不免紧张起来。如果赶不上今天一早的班机，未来几天的工作都将会被打乱，一行人在西藏滞留也不是一件容易安排的事。

距离起飞还有四十分钟，我们终于赶到了机场值机柜台，但办理登机手续的工作人员遗憾地表示我们很可能要错过飞机了。

"我们一共八个人呢！错过了哪行，您能帮我们再联系一下吗？应该还能赶上的呀！"薇薇姐着急了。

工作人员勉强同意后，皱着眉进行协调，放下电话，他严肃地说："你们来得有点儿晚了，'十一'期间值机柜台比平时提前十分钟关闭。但如果没有托运行李的话，你们还勉强来得及。"

"要不我们留下一个人随行李，其余的人先回去？"薇薇姐建议道。

薇薇姐话音未落，工作人员已经匆忙开始办理，"那你们谁留下？"

"我！"几乎没有经过任何思考，我脱口而出。

一瞬间，所有人的目光都落在我的脸上。

"我留下！"我又重复了一遍。

"那就智澜留下，其他人能随身携带的行李就尽可能自己拿着。剩下的随智澜走！"刘冉姐说着指挥大家快速搬运小件行李，"智澜，辛苦你了！"

目送一行人急急忙忙地往登机口跑去，我看到师傅在拐过墙角前停住脚步回头看了我一眼，目光中有嘉许也有鼓励。我朝她坚定地点了点头，让她放心。然而，我把留下的八件托运行李放在两个手推车上后，却对接下来的事有些不知所措。仔细询问后得知，所有从拉萨回北京的直飞航班都已满员，最早也只能改签到第二天下午。这意味着，我很可能要在机场滞留一夜。把行李寄存在行李处，我在印有"贡嘎机场"字样的贴纸上写好了行李的编号和我的姓名，把每件行李都做好标记。由于机场的自动取款机无现钞可取，我随后步行去了最近的银行，取出了卡里所有的钱，以备不时之需。在等待改签的时间里，我也很惊异，我那自告奋勇独自留下来的勇气从何而来？

时间分分秒秒地流过。独留拉萨机场，我注意到大屏幕上正在播放高僧们制作坛城沙画的纪录片。"坛城"，是藏传佛教中佛与菩萨栖居的神圣之土。坛城沙画，是由数十位训练有素的僧侣，以数以百万计的五色沙粒历时数日乃至数月悉心绘制而成。坛城色彩美丽，构造细密庄严，仿若尘世中构造出的一个内心圣殿。从菩萨的行宫到外部的世界，每一颗沙粒都寄寓着修行中的细致用心。和传承画艺、经典一样，制作坛城沙画的僧侣不能更改其中任何一个传统的细节，以确保其神圣。

令我特别诧异的是，在美妙绝伦的坛城沙画制作完毕之后，它又被毫不犹豫地扫入净瓶，最终汇入流水，无影无踪。

看着这样的过程，我心里原本的惋惜渐渐被一种更深沉的感悟所替代。延续数百年的经典传统，制作坛城沙画的过程，对僧侣而言本身就是一场独特的修行。不持执念，就是一种放下和觉悟。

我回想起曾跟胡老师讨论过在寺庙里是否需要跪拜。其实形式本身并不重要，重要的是能否放下我那颗骄傲的心，真诚地体悟到有比"自我"更高的东西。

闭上眼睛，色拉寺的画僧重复先人技艺拥有跨越时间的美感，苦修经典的僧人在与同辈的论辩中步步趋近佛法的奥义，还有纵横百年的朝圣道路上历尽艰辛的普通人正在诠释"神圣"一词在世俗世界中的荣光。

所谓"历尽艰险，摘得星辰"，星辰远不及成长后收获的一个全新的自己丰富。我不再纠结那一刻主动跳出来、独自承担责任的动机。我知道在那时，我的语言和行动服从了我的内心，使我能够为团队着想，把我和团队紧紧地联系在了一起。我有责任为大家服务，我有勇气独自面对，我有能力顺利带着大家的行李返回。

我能做到。

当天下午，我最终获得了转机成都、深夜抵京的改签机票。

临近午夜到达北京时，小伙伴们在机场迎接我。我给她们一个大大的拥抱，感谢之前在工作中经受的磨炼；感谢她们在拉萨给我机会，让我独立地承担起服务大家的责任；也感谢在这次小小的意外中，西藏之行给予我的特殊收获。

关舟的篮球婚礼

一

从拉萨顺利回到北京后，我独留拉萨的经历让同事们都刮目相看。在大家眼中，我从基金办公室最需要照顾的成员，终于蜕变成了一位勇于承担的伙伴。

收获大家的赞许和鼓励，我心里回荡着工作训导中的最后一句话："友爱开放，共生同成。"在基金工作的日子里，同事们对我的影响潜移默化，是大家教会了我如何用心去关爱他人。

在基金办公室，团队的温暖无处不在。由于我和万恋是基金办公室最年轻的同事，从我来的第一天起，关爱就时刻萦绕在我身边：加班睡在地上时师傅给我崭新的毛巾被；盛夏发水果时我和万恋总能领到最大的；流感盛行时，每天早上我都能收到一包预防冲剂……这些工作间隙的相互体贴也会在假日里被放大：春回大地时同游颐和园，彼此精心拍摄"相亲照"；夏日里共同健身，不仅为瘦身，更为在汗水中考验共同面对挑战的耐力；秋游更加有趣，从拉萨到五台山，离京郊赴曲阜，风景名胜中留下的都是美好的回忆；寒冷冬日里，清晨最先到来的同事还不忘为路途遥远的同事带上一杯热豆浆。

我品尝过薇薇妈妈送来的解暑绿豆汤，也吃过耿喜亲手炖的老汤排骨。点滴关怀融入了我在基金工作的每一天。

很多人对基金办公室强大的凝聚力、高效的工作方式、取得的优异成绩感到惊诧，称呼我们是一群"铁姑娘"。不过只要走进基金团队，你就会发现是在生活中点滴汇聚的爱，最终化成了在工作中强劲的动力。

同事间的这种相互支撑弥足珍贵。在我的成长路上，师傅吴姐和其他同事包容我一路经历的磕磕绊绊；我独留拉萨机场，师傅其实很不放心，也不忍心；而在师傅喜获麟儿之时，同事们都争相前去探望，并尽力分担工作上的压力；师傅产假未休完就匆匆返回工作岗位，带领大家克服重重困难，为更多的孩子送去爱的保障。

无论工作还是生活，我们都是彼此最真诚的见证者。

薇薇姐牢记每一位同事的生日，无论工作多么忙碌，一个事先准备好的生日蛋糕、一首从内心深处回旋而出的生日祝福歌都寄寓着最真诚的祝愿；每年"六一"，当我们为多个省区的孤儿加班发放公益保险卡时，有孩子的同事都会收到基金办公室精心准备的给孩子们的节日礼物。崇尚努力工作、聪明工作的同时，我们也鼓励大家享有美好的生活；每当重大节日来临时、悠长假日里，我们共同策划的外出旅行都会让陌生的风景见证我们心底的默契。

一路走来，相互扶持，我们是一家人。

二

在基金办公室与大家相处的每一天都洋溢着暖意与快乐。近来，我们心头有着一个特别的盼望。马上，我们就要见证一位同事人生中最重要的时刻：关舟要出嫁啦！

"格格"关舟是地地道道的北京姑娘，满族。她热爱运动，性格爽朗直率，是基金办公室漂亮的"女汉子"。她和男友因"篮球"这个共同的爱好走到一起。由于男友是山东人，她的婚礼打算在济南举办。而作为女方的亲友团，我们计划参加她在北京举办的回门宴。

人们常说，结婚是人生中最重要的转折点。在我们看来，结婚，不仅仅是婚礼让人倍感期待。作为关舟的"娘家人"，没有什么比办一场别开生面的"待嫁茶会"更能彰显我们对她的友爱。

悄悄商定好方案，我们分头准备礼物。而关舟则需要把收到的贴心礼物一一对号入座，猜猜它们分别来自哪位有爱的同事，谁也不能当"托儿"提醒她。关舟只要答对了就能在胸前贴上一朵小红花。

茶会开始，第一件礼物——一个锃亮的智能炒锅。"好大一个锅！""这是谁送的？""炒锅还能智能吗？"同事们七嘴八舌地议论起来。"关舟，你先猜猜看，这是谁送给你的礼物？"我抢着问。

关舟仔细想了想，"这么具有生活情趣，连炒锅都能是智能的，除了吴姐还能是谁啊！"

"猜对啦！这个炒锅能够帮你节约好多时间，轻松学会做山东菜。

'山东媳妇'嘛，套用咱们的话就是既要努力干活儿，更要聪明地干活儿！"师傅吴姐话音刚落，大家都笑了起来，我们的"女汉子"则显得有些不好意思。

紧接着，一个精巧的小盒子被缓缓打开，一对做工精细的美丽耳环跃然眼前。精致剔透的水晶折射出五彩的光芒。"谁发现我特别喜欢戴耳环的？这对漂亮耳环，我就留在婚礼上戴。这肯定是位细致的同事送的！"关舟开动脑筋，"万恋，肯定是她！她心细，生活、工作都特别仔细。你看她每个月都要整理上万名孤儿的信息，还要悉心处理办公室的大小事务，几乎从不出错！"

大家齐刷刷地看向万恋，看着她掩饰不住的笑容，关舟得意地在身上又贴上了一朵小红花。

"下一个礼物，很特别哦！"拆开密实的包装，里面是一把崭新锋利的瑞士军刀。"这么实用的礼物，带在身上随时好用啊！吴姐已经送了炒锅，这个不能是她的礼物了。那就一定是薇薇姐送的！"

"又猜对了！好厉害啊！"薇薇姐微笑着点头。作为基金办公室的"一姐"，对每一位基金的新人而言，她都是给予最多照顾的前辈。

"真是礼如其人，从我入职第一天起，就发现薇薇姐无微不至地照顾大家。这把瑞士军刀是生活中的好帮手，谢谢！"关舟感慨地说。是啊，这些小小的礼物仿佛是串起记忆珍珠的丝线，端详着它们，那些五光十色的成长时光便历历在目。

下一件礼物，是一幅精美的百子图。圆圆胖胖的孩子手持各种吉祥物徜徉于山水天地。"这我太有信心啦！一看就是耿喜送的。大家发现没有，这图上的孩子跟她平时设计的公益广告上的孩子特别像嘛！是你手绘的吧？"

"我是平面设计嘛！这是我特意设计并请朋友定做的套色版画，用来祝你早生贵子哦！"耿喜是我们基金办公室的开心果。我和关舟都一致认为，如此多的主流媒体支持基金，其中一个非常重要的原因就是耿喜设计的漂亮画面。作为一个两岁孩子的母亲，她把更多的爱推己及人，是我们的黄金搭档。

这时，一条美丽的丝巾被薇薇姐披在了关舟肩上。"这个是谁送的呢？是智澜吗？"环顾剩下的几位同事，关舟显得有点儿犹豫，"不对，肯定不对！我猜是胡老师。"

"关舟，小红花要少一朵了啊！"胡老师笑着说，"终于猜错一回，谁送的礼物赶紧出来认领。"

刘冉姐大笑着举起了手，"关舟，希望这条漂亮丝巾能代替我时刻陪伴着你。我希望你时刻自信美丽、优雅成熟，未来能在成长的路上更上一层楼。"

无论是一条丝巾还是一句温和的话语，在我们这些年轻同事的心间，刘冉姐都像一位领路人。那些令我们困惑的工作，经她条分缕析，变得通达易懂；对外宣传时，她不辞辛苦陪我和关舟拜访那些要求严格的合作伙伴；在我们取得工作上的小小成绩时，我们总能听到她真诚的鼓励。

说话间，关舟拆开了下一个礼物，这是一个超声波牙刷，大大的盒子，全英文说明的包装。"这个礼物太新潮啦！这个是谁送的？我想想。"关舟绞尽脑汁，"连牙刷都这么先进，难道是……胡老师！"

"嗯，猜对了！"胡老师微笑着颔首，"关舟，我送给你这个牙刷有两个含义。首先，这个牙刷有益健康，每天使用，祝你天天都有好心情。另外，牙刷这么平常的事物都能做得如此精致智能，这也提醒我们做每一件小事都要尽心尽力，这样才能成长得更快。希望你无论是事业还是生活，都能蒸蒸日上。"

每一位同事都用心为关舟送上了各自独一无二的礼物。敦实可爱的储蓄罐、香气四溢的普洱茶、醇厚甘甜的美酒……每一件礼物背后都包含着真诚的祝愿。在基金我们共同工作，更一同成长，同事们并肩前行，是彼此生命中的好伙伴。我送的礼物是一个精巧的八音盒，放在简朴的包装里，只要打开就能回旋起美妙的音乐。我告诉关舟，这是一首来自我内心的祝福之歌。

待嫁茶会进入尾声，关舟收获了九朵小红花，她居然只猜错了一次！胡老师亲手把余下的一朵别在了她的领子上，"尽管关舟猜错了一次，但错得并不离谱儿。我代表大家奖励你这朵。祝福你十全十美，婚礼办得精彩圆满！"

收获大家的祝福，在关舟看来，这堆成小山一样的礼物让她倍感温暖，来自团队的心意更让她觉得无比珍贵。

三

婚期愈加临近，关舟更加忙碌了。尽管如此，"女汉子"的个性让她在工作上丝毫不打折扣。不过一个难题却让她有些遗憾。这位北京姑娘即将嫁作山东媳妇，女方的许多亲友选择参加在北京的回门宴。经过关舟精心策划的婚礼，因为要在山东举办，却反而缺少北京的亲友捧场。午餐时，关舟忍不住念叨起这件事来。

"婚礼可是人生大事！别担心，我们去参加你的婚礼，为你鼓劲儿站台！"经过大家的一致同意，不再等待回门宴，这个小长假我们就要前往济南嫁关舟。

说去就去。这天清晨，如果你在济南街头看到一队精神抖擞的姑娘们浩浩荡荡地从火车站出发前往市区，不要惊讶，这是新娘关舟专属的基金亲友团。关舟热爱运动，又因篮球与男友相识，她的婚礼是个性鲜明的"篮球婚礼"。

在婚礼现场，篮球特色处处体现。新郎亲手准备的鲜花插满通向礼台的长长甬道，礼台两侧摆放的迷你篮筐格外引人注意，伴娘们精心制作的篮球场形蛋糕也带给我们惊喜。在新娘化妆间里，我们漂亮的"女汉子"紧张极了，刘冉姐握住她的手，"别担心，我可是你的神秘嘉宾啊！还有这么多基金的姐妹们为你加油呢！"

婚礼即将开始，我们抢着在道路两侧向一对新人抛撒祝福，漂亮的花瓣纷纷飘落，在关舟如此重要的时刻见证她收获幸福，我们每一个人都感慨万千。

坐在新人的父母身边，刘冉姐脸上仍然是温和的笑容，眼里却闪烁着和我们一样的感动。这对新人因篮球而结缘，又将在漫漫人生路上相互扶持、白头偕老。双方父母分别献上各自的祝福之后，新娘的"神秘嘉宾"——证婚人刘冉姐身着一袭优雅的红衣，温馨登场。"各位来宾好，我是新娘关舟的同事刘冉。我十分荣幸受新郎、新娘之托，担任他们的证婚人。希望新郎新娘在今后的日子里，互敬、互爱、互谅、互助，无论是顺畅或是坎坷，你们的心要总是连在一起，把对方作为自己终生的依靠，相伴着走向灿烂的明天。祝福你们良缘永结，携手白头，永远幸福美满！"

台下的宾客报以热烈的掌声。缔结善缘，是人间喜事。无论是结为姻亲，还是作为同事伙伴，能够相互扶持、共同成长都是彼此难得的福报。

篮球婚礼只有一场，关舟在基金同事们心里的地位也无可替代。在基金的团队中和她一起成长，又在她人生最幸福的时刻伴她出场，在我心里这些精彩的瞬间都已沉淀为岁月的礼物。

台上的新人感谢父母的养育之恩，感恩亲友同事的相知相伴。而此刻的我对他们心生艳羡，也期待着自己未来的幸福时刻。我期待有一天，自己能够站在台上感恩父母给我的爱。成长给我最大的收获莫过于学会心痛近在身边、却经常被我忽略的他们。

在婚礼结束后的午宴上，关舟的父母特意向基金团队的同事们致谢。胡老师说，不用客气，爱护关舟是我们大家的心愿，也是我们的责任。

后来，关舟悄悄告诉我，她的父母告诉她，她收到的所有结婚礼物中最珍贵的莫过于行善带来的福报。在追求幸福的道路上，"福报"二字看似缥缈，却帮助我们蜕变为更加平和、善良、智慧的人。和志同道合的伙伴把这些收获传递给更多渴望关怀的人，这就是最好的礼物，也是善缘最大的恩赐。

在基金，我收获了第二个"家"。我觉得，在追求幸福的道路上，每时每刻我都在收获成长的果实，有大家的真情相伴，我从未感到孤单。

我们的团队，友爱开放，共生同成。我们亲如家人。

慈善的智慧

一

对都市里的年轻人而言，出国留学早已不是一个新鲜的话题。我的梦想是赴哈佛攻读公共政策管理，感兴趣的方向是非营利组织的管理和发展。这个特别的方向引起了很多朋友的好奇。常常有人问我，国内的公益慈善事业发展水平并不高，那么该如何积累自身的专业优势呢？

这天，基金办公室迎来了一位特殊的客人，就是在美国斯坦福大学就读公共政策管理专业的留学生小阳，她的研究论文题目与中国的慈善事业密切相关。由于缺少慈善领域的工作经验，尽管她颇具理论基础，但还是为论文的撰写绞尽了脑汁。她辗转听说我们基金由曾经的职业经理人创办，颇为专业、高效，于是便特地登门取经。胡老师让刘冉姐和我带领小阳了解基金办公室的工作，我也特别高兴能遇到志同道合的伙伴。

在正式介绍基金之前，小阳脑袋里装满了疑问。小阳从学生时代起，就拥有丰富的慈善志愿者工作经历，但她之前对慈善的认知却常常难以得到国外导师的首肯。她觉得自己是一个如此富有爱心的年轻人，但对慈善的理解有时还很懵懂，也不太明白瓶颈究竟在哪里。

刘冉姐对这个问题的剖析可谓一针见血，"小阳，提到慈善，大家首先想到的是爱心，是无条件的奉献，却很少有人真正理解慈善还非常需要专业。爱心和专业是慈善链条上不可分割的两个环节，没有爱心，慈善就是无源之水、无本之木；而没有专业，爱心也就不能有效递送给最需要帮助的人。"

"专业？我确实在美国学过很多和慈善相关的专业课程，也对理论知识有一定的积累。但为什么还是觉得这些在中国都难以落地呢？"小阳困惑不解。

"我来举一个大家都熟悉的例子吧！2008 年 5 月的汶川地震、2013 年 4 月的雅安地震之际，无数国人众志成城，为灾区捐款捐物，为灾区人民祝愿祈福。我想咱们大家都对这些记忆犹新吧？"刘冉姐看着我们说。

"没错！雅安地震时我还在国内上大学，若不是被老师拦住了，我本来计划和同学们一起赶赴灾区救灾呢！"小阳回忆道。

"你的老师做得很对。我关注到不同于汶川地震时媒体和公众一味渲染悲情和爱心的感性，雅安地震后一周之内，就出现了专业的理性声音。关于'成雅高速拥堵'，网友呼吁让出生命通道的帖子在新浪微话题上的讨论量一直占据前十名，而且，大众媒体也呼吁理性救灾，发挥舆论监督作用，这就体现了明显的专业性。其实，不仅是救灾，对于任何慈善实践而言，仅有爱心都是不够的，还需要专业。"

"可爱心难道不是从事慈善事业最重要的条件吗？我申请赴美留学时，就讲述了自己帮助农村孩子上学的志愿者经历，获得了很多大学的认可呢！"说起申请赴美留学，小阳自信满满。

"那是因为你当时的身份是普通大众，还远没有成为一名专业人士。

现在，你面临的挑战可更上一层楼了哦！社会需要更加专业的人才，引导慈善向着健康高效、专业有序的方向发展，这在国内外都是共同的需求。"刘冉姐微笑着继续说道，"基金一直坚持专业性，我们的志愿者和执行团队成员不少来自麦肯锡、贝恩等公司，也有留学美国、加拿大的博士、硕士。从基金首创的公益保险机制，到公开透明的捐赠反馈，到专业高效的项目执行，无一不赢得了社会各界的好评。你作为慈善领域的专业'预备军'，我代表基金欢迎你来了解我们团队是如何用爱心和专业来帮助孤儿的。"

的确，无论何时，慈善组织都应该承担起聚沙成塔的作用，将公众的点滴爱心汇聚起来，以最大限度地用来帮助最需要的人。慈善组织的专业性可以体现在信息传递、物资整理、有效利用慈善资源和信息公示等救助活动的每一个环节中。专业的慈善工作人员、丰富的活动经验和严格的制度执行，都是慈善机构专业性的基础。

二

我告诉小阳，她具备的志愿者经历值得敬佩，不过，专业的慈善人除了自己行善之外，更要积极劝善。

在人们心目中，善是嘉言懿行的象征，行为的无私就是行善。很多人在存善念、行善事、做善人，甚至"兼济天下"之余却往往容易忽略劝善的重要性。重视自身修为远胜于积极带动他人升华。

"劝善"，顾名思义是劝勉他人为善，其方法不外乎身教与言传两种。

所谓身教，就是躬行善事的实践。因此，行善是劝善的前提，而劝善本身也是一种行善。然而，劝善又不仅仅是行善。劝善是意识的强化、理念的倡导，更是慈善文化的凝聚。劝善者需要肩负更多的责任与担当，通过其言行的引导把爱心以一种正能量的方式向他人传递，影响更多的人积极行善，将众多的爱心集合在一起，汇聚众人的力量，完成更大的善举。

"那在基金办公室，都有哪些劝善的具体工作呢？"小阳认真地追问。

我告诉她，发布公益广告是基金劝善的重要方式之一。媒体在现代公益和慈善领域中肩负着重要的"劝善"责任。媒体通过"言传"，传播慈善文化，培育全社会、全体公民的慈善意识和慈善理念；通过扶持、表彰慈善行为和慈善人物，推动慈善事业的发展，形成良好的社会风气。公益广告的宣传注重弘扬公益慈善文化、倡导社会责任及各种美德善举。

如何才能获得媒体的广泛支持呢？

这时，关舟恰好结束了一个长长的电话沟通，善于与媒体结缘的她为小阳讲述了自己的经验。除了项目自身的创新性和高效性广受认可外，基金每月都会设计出温馨感人的公益广告新画面，共同促使国内上百家媒体持续支持基金。翻看着耿喜设计的精美图画，小阳感叹连连，没想到劝善不仅仅需要语言，图片也能成为颇具智慧的劝善工具。

关舟提示小阳，发布公益广告同样是专业性很强的工作，要时刻注意沟通的对象和内容，做到以人为本、智慧劝善。如果考虑不周，引起了公众的逆反或者伤害了公众的感情，就会适得其反。

曾经，一则地方机构的公益广告引起了轩然大波。为了弘扬中华文化传统中"孝"的美德，那则广告引用了"二十四孝"中郭巨埋儿奉母的典故，并再现了郭巨因家庭贫穷、担心养育了儿子就无力侍奉老母，因此与妻子一起挖坑将儿子活埋的画面。毫无疑问，这则广告遭到了当地市民的强烈抗议，指责其为"愚孝"。公众认为这种封建糟粕的内容已不适合当今时代。

"'劝善'果然需要智慧啊！秉持一颗与公众零距离沟通的真心，完善公益慈善服务，才能真正体现慈善的价值。"小阳不禁感叹。

"没错！公益慈善宣传可不是靠一味通过制造噱头的方式来吸引眼球。要从民意中汲取营养，通过有智慧的劝善，带动更多的人来支持和参与。"关舟爽朗地笑了。

与刊登公益广告宣传慈善理念相比，基金团队更为重要的一项工作是劝募。

作为积极的行善者，基金带动和鼓励大众参与慈善，为他们广开方便之门。现在，许多视履行社会责任为己任的企业，不仅积极行善、参与慈善捐赠，更把弘扬慈善文化纳入到自身企业文化的一部分。我拿出一张中国国航冠名的公益保险卡，告诉小阳，国航是基金的主要发起人，通过"孤儿保障大行动"为全国孤儿提供重大疾病公益保险，不仅每年为基金直接捐赠善款，还通过机上劝募、网上购票劝募、里程捐赠、与旅客沟通劝募等多种劝募方式带动了十几万名爱心旅客共同参与，把爱心和温暖传递给了每一位受捐孤儿。

除了企业捐赠外，推动慈善事业发展的主体是社会公众。把绝大多数人都调动起来，慈善事业才会有可持续发展的社会基础。美国的慈善捐赠中有80%以上来自个人，而在中国这个比例还不到20%。因此，促进我国的慈善捐赠事业健康发展，激发个人的自愿捐赠行为是我们面对的重要社会课题。

随着互联网的普及、移动通信工具的应用以及社会化媒体的日新月异，人们的捐赠行为已发生了巨大变化，传统的募款方式如设置捐款箱、邮局汇款、银行汇款、直邮劝募等已不能满足人们的需要。在线捐赠是目前增长最快的捐赠方式，移动终端捐赠则越来越受到年轻人的青睐。

将创新科技手段与社会募款相结合，进行多渠道募款就是对一个慈善项目是否拥有智慧的考验。对于基金而言，超过80%的捐赠来源于社会公众的小额捐款。爱心网友通过淘宝公益宝贝、支付宝钱包、淘宝公益店铺、新浪微公益等多个在线平台都可以轻松行善。目前已有累计超过百万名小额捐赠人用精确到分的点滴奉献持续支持着基金。

"智澜，基金在劝善方面的努力我已经了解啦。在当下的中国，很多慈善组织都被人质疑：'我的善款去哪儿了？'你们担心过这种质疑吗？"小阳推了推眼镜，认真地问我。

"这是一个很好的问题！在我看来，成功的慈善项目可不仅仅在于宣传、募款哦！项目的执行能力及其公开透明是考核一家慈善组织的重要标准，做好事不留名的时代早已过去。"

传统慈善活动由于缺乏监督意识和相关渠道，公众往往只是捐款、献爱心，之后很少能对善款去向、受益对象状况等进行跟踪了解。

随着现代慈善实践的发展，公众开始从先前单纯响应募捐，到更加关注慈善项目运作的全过程及其最终实现的效果。因此，评价慈善是否成功的标准就不仅仅是募集了多少善款，还要综合考虑透明度、执行能力和实施效果等多方面的因素。"好多人说，公开透明是慈善事业的生命线，其实这也是对慈善的最基本要求。慈善组织既要做好事，更要以有效的方式向公众通报善款接受和使用情况，并让捐赠人能随时进行查询，这不仅是对慈善事业负责，更是对捐赠人的尊重啊！"谈起项目的执行工作，刘冉姐娓娓道来。

自成立以来，基金始终将善款的执行视为工作重点。来自公众小额捐赠的每一笔善款都百分之百用于为孤儿赠送重疾保障。通过基金官方网站进行捐赠的爱心人士还能在官网上及时查看本次以及累计的捐赠情况。而通过企业、公共平台奉献的爱心，也将及时通过邮件、公开的项目信息等渠道获得最新反馈。高效的执行力，既提升了捐赠人的体验，同时也为项目的可持续发展奠定了基础。

"那基金已经覆盖了全国多个省区，捐赠人能不能在网上一对一查到受益孩子们的信息呢？"小阳抛出了新的疑问。

"因为保险合同要求非常详细的信息，所以基金后台维护的每个受益孤儿的信息都特别完整。不过孤儿是特别需要保护隐私的群体，所以他们的信息不能在网上公开查询。"我回答道。事实上，每一份保障都对应着一个鲜活的小生命，肩上的责任和心底的愿景，都落实在了每一张保险卡上。我给小阳讲了理赔工作中我亲身遇到的那一个个触动心灵的故事。望着她深受感动的样子，我相信，专业让爱释放出的力量已经触动了她的心。

三

"智澜，我发现基金工作的各个环节都充满了专业性。过去我凭着一腔热情，满心想把自己学到的西方慈善理念、方法运用于中国的慈善实践。现在才发现，已经有这么多专业的前辈走在了我的前面。爱心和智慧，这两样缺一不可啊！"小阳看着自己密密麻麻的笔记，若有所思。

听了小阳的话，我在心底重新审视了慈善的含义。

人们通常认为慈善就是雪中送炭，是把钱或物送给需要的人。但这其实比较片面，特别是当受助人是一个特定群体、需要长期救助时，就需要慈善组织以最有效且可持续的方式长期帮助受助人。这，就需要慈善的智慧。

人们对"慈"的理解是"仁慈""慈悲";对"善"一般的解释是善良、善心、善举等。但"善"的含义不止于此,古人称"善"时常常隐含"智慧"的意思,比如佛家所讲的"善法"。老子的"上善若水",以及孔子的"性善""止于至善"等。因此,"慈善"一词便结合了慈悲与智慧,它告诉我们,做慈善需要有恻隐之心,但智慧也不可或缺。

慈善需要智慧。如果我们能真正做到用智慧呵护爱心,就能让宝贵的慈善资源发挥最大的效益,更有力、更持久地帮助需要的人。

依依不舍地送别小阳时,她告诉我,对于自己的研究论文,她要开始考虑新的思路。她认为导师传授的方法论和知识不再是虚无缥缈的空谈,而是颇具分量的理论基础,在这之上,则是根植于社会土壤的专业经验。

小阳还提醒我,如果我将来申请赴美留学的话,我的优势将在于相对丰富的慈善组织工作经验。这我相信。不过我觉得我还需要寻找更多机会开拓自己的视野,实践出真知,理论也不可或缺。

田先生的眼泪

一

明亚的杨总给基金介绍了一位新朋友，让我们称呼他田先生。田先生年逾不惑，性情沉静亲切，一口温和的南方口音，面容清瘦白皙，戴一副眼镜，宛如一介书生。从衣着上看，田先生低调朴素，更像一位老师。

胡老师带着我一起为田先生介绍基金的基本情况，并播放了国航为基金最新拍摄的公益微电影。企业与基金联合拍摄公益微电影是基金今年对外宣传工作的一大突破，不仅有利于把基金工作中那些感人至深的经历分享给更多人，也有利于帮助提升捐赠企业的公益形象。

影片从第一个镜头起，就深深吸引了田先生，刚刚还在与我们谈笑风生的他立刻变得全神贯注。

公益片讲述的故事发生在一个贫瘠的小山村。姐弟二人失去父母的庇护，与年迈的奶奶相依为命。生活尽管清苦，一家人靠捡拾废品补贴生计，亲情却依然为孩子们带去了欢声笑语。

孩子们对奶奶准备的简单饭食倍感珍惜，年幼的弟弟亲手把自己的小碗端到了爸妈的灵位前。"爸妈吃饭！"这稚嫩的声音直入人心，我悄悄观察田先生，发现在薄薄的镜片后面，他的眼眶竟然有些湿润。

一场突如其来的重疾猛然向弟弟袭来，一张橘红色的公益保险卡能挽救孩子的生命吗？剧情跌宕起伏，当看到重获健康的孩子在国航志愿者的陪伴下，奔跑着与奶奶团圆时，田先生忍不住问我："这个故事是谁编的？是你吗？"

"不是编的！这剧情来源于我亲身经历的一个真实理赔案例。"我告诉田先生，这是国航拍的第一部公益微电影，由于准备时间比较仓促，这部影片的剧情相对简单，真实的案例远比电影复杂得多。

我接着给田先生讲述了绝境中永不放弃的老严和小松；快乐坚强、勇敢站起来的小晴；历经曲折、重获新生的撒拉族少年艾草；还有小民和奶奶共同抵御病魔，让"亲情"超越血缘；还有福利院的乐乐在赵老师的陪伴下乐观成长……田先生用心倾听，跟随我一同走进孩子们的内心，了解生与死对人的考验，见证爱与勇气陪伴孤儿重生。

在我讲述这些故事的时候，我几次看见田先生在悄悄地擦眼泪，我知道他的心在为孩子们而痛。我问田先生对哪一个故事的印象最为深刻，他告诉我每一个故事都有其动人之处，帮助孤儿重获新生的冲击力太强大了。不过，在真实生活里一定既有战胜病魔的美好结局，也会有魂归大地的无奈归宿。生活中并非只有大团圆的结局才打动人心，田先生告诉我不必为孤儿乐乐的溘然离去而抱憾。基金是一个优秀的平台，要把孩子们的乐观精神转化为更大的力量，传递给他人。

"基金为孤儿做了件好事，我一定要帮助你们！我还会动员我身边的更多朋友都加入进来，一起来做基金的志愿者。"田先生对胡老师和我说。

田先生的话让我很受感动，我心里也不禁冒出了一个问号，这位田先生究竟是谁？他是一位企业高管、一名教师，还是一个专家？

二

送别田先生，我向杨总打听他的背景。杨总是田先生多年的朋友，他口中的田先生是一位金融才俊，身家不菲。

"这么富有，真没看出来啊！"我惊讶地说。

"是啊，田先生不是一个高调张扬的人，他保持着质朴的本色。"杨总给我讲起了田先生的故事。

田先生出身农家，是个地地道道的农家少年。小学一年级开学的第一天，他还得等放完牛，才能去学校上课。放牛时，他总盼着早些结束。早点去上学是他童年时最大的向往。

步入少年，离开农家求学，从小对数字特别敏感的他，选择了"计算机"这个当年的新兴学科。90 年代中期，一个刚毕业的大学生，完全可以凭借自己的专业优势分配到人人艳羡的工作。刚一毕业，田先生就在政府部门得到了一个"金饭碗"。谁知，刚工作了半年，他硬是把这份和自己性格不合的工作辞去，怀揣着几百元积蓄，独下海南岛闯荡。

在海南，他的第一个落脚点是老乡打工的建筑工地的工棚。从意气风发的"天之骄子"，到放弃政府工作的无业青年，田先生却显得波澜不惊。很快，他凭借自己的技术优势在海南当地的一家知名企业找到一份工作。工作的具体内容，刚开始时是利用电脑帮助上级领导打字。"打字，这么枯燥的工作！"我禁不住嘀咕起来。可在 1995 年的海南，就是这间只有两台电脑的小小办公室成了田先生事业的起点。在此后的近二十年时间中，透过数字看世界，成了他独特的视角。从技术过硬的计算机人才，发展成为财务领域的管理精英，到独辟蹊径用数字技术指导投资，获取了丰厚的回报。在这个言必称"大数据"的今天，与数据默默相伴了二十年的田先生早已从一个打字员蜕变成了善于利用先进数字技术和策略智慧的优秀投资人。

"十万个投资人中也许才会有一个像田先生这样成功的人。"杨总继续说道，"一般人总关注他身家丰厚，但我更佩服他二十年来的本色和自律。"

在朋友眼中，田先生是一个值得信赖的人。"他呀，出去和人家谈生意，谈着谈着，就变成事事为对方考虑了。别人都觉得奇怪，生意场上，哪有人不先为自己的利益着想的呀！好几次，根据他的投入，人家硬要给他更多的股份，他却拒绝。更多所得就意味着更大的责任，他看问题的角度从不局限于利益本身。"

处处为他人着想让田先生收获了不少友人。在他看来，有责任感的人总是惺惺相惜。"人以群分"让田先生得到了许多信任，几十年的友谊就是人生的根基。但深厚的友情，也有让田先生为难的时刻。一次，一位远在新疆的朋友在他的投资建议下获益颇丰，硬是要送给田先生的太太一件和田玉的首饰。几番推辞不掉，他觉得心理负担特别重。

平易近人的田先生也有让人"听不懂"的时候。有人向他打听致富的秘诀，他总说，数字当中有"密码"，只要静心品读就能看穿数据。与他人做足功课才外出旅行不同，田先生的方式通常是带着一台笔记本电脑和少量现金就能到处周游。通过股市或其他投资交易，只要能上网，田先生随时都能有所斩获。这看似传奇的方式，既来源于他对数字敏感的天赋，更得益于他平静的心态。现在，他早已不再单纯醉心于投资技术。牵动他内心的是一个长达二十多年的梦想。

三

田先生再次来访的时候，为基金送上了一份厚礼——100万元的捐赠。

在基金发展的历程中，我们收获了逾百万名小额捐赠人的信赖，我习惯于在点滴积累的善意中品读捐赠人的关爱。收到田先生的馈赠，只要一想到有更多孩子将因此受益，我的内心就充满喜悦。我忍不住问道："田先生，您只来过基金办公室一次，就决定给孩子们送上这么丰厚的礼物，这究竟是为什么呢？"

田先生温和地笑了，"我从事金融行业，了解保险机制。基金利用公益保险手段为孤儿提供保障，这种创新的方式我非常认同。你和你的团队也非常专业、成熟，我信赖你们。另外，你讲的孩子们的那些故事也深深打动了我，我愿意支持你们，帮助这些坚强的孩子。我想为他们做一点儿事，这也是我的梦想。"

梦想？在这个追逐个性、精彩纷呈的时代里，"梦想"二字早已被渲染出多重意义。对很多人而言，获取财富就是一种梦想。但对田先生来说，他的梦想更与一种社会责任相连。

"我年轻的时候也追求个性，可是个厉害的黑客啊！现在年纪大些了，会更加注重自己的责任。我常常问自己，我的聪明才智能够创造出如此多的物质回报。除了给予别人投资建议，帮助合作伙伴获利丰厚，我还能做些什么？"

田先生说，他出身贫苦，在这几十年中持续关注中国弱势人群的生存状况。"智澜，你有在农村生活的经验吗？你知道吗？直到现在，就拿海南来说，农村里还有很多孩子上不起学。或者由于教育条件太落后，毕业后也难以找到工作。只能继续和父辈一样生活，寄居在破旧的吊楼里，与牲畜为伴。我自己就是从农村出来的，一直都想为穷苦的人做一点事。能优先为最需要帮助的孤儿送去保障，也是我的福报。很多人看重我的财富，但我却觉得你们的工作更有意义。"

财富是什么？对田先生而言，更多的是数字的增长而远非生活的全部。社会上有很多人崇尚财富、追逐享受、倾慕富人，常常把"财富的积累"和"奢侈的消费"联系在一起。可是仔细端详田先生，他无一样名牌傍身，连一只手表对他而言都是负累。"可以用手机看时间啊！"他轻松地说。

谁能想到，在他的生活里，名烟、名酒、高尔夫、奢侈品这些备受追逐的财富标签都与他无关。他唯一的爱好是二十年如一日在夜阑人静时，独自在电脑前关注金融数据。"赚钱从来都不是我的目的，金融对我而言是长达二十年的孤独修行。在与数据对话时，我能获得一种宁静。"

质朴简单的生活方式和对待物质财富的平和心态，也是他传承给自己孩子的另类宝藏。谁又能想到，他的孩子每天挤地铁上下学，舍不得把父母给的零用钱用来乘坐出租车。在一家人平静的生活中，巨额财富从来没有成为一种特权。简单的衣着、健康的爱好、深入内心对美德的认可，这是田先生为子女送上的成长礼物。

"智澜，你猜猜，我的企业最想为什么人提供财务管理服务？"田先生饶有兴趣地问我。

"大的企业、平台，或者其他富有的人……对吗？"我很疑惑。

"哈哈哈，你说的这些都是不错的客户。我有信心带着我的伙伴们，用五年、十年、二十年让一家优质的金融服务公司长存于世。我真诚地希望，我的客户包括像我父母那样的普通老人。他们辛苦了一辈子，晚年有限的财富积累却未必能获得理想的增值。我希望我的企业能够为普通人提供财务管理上的良好服务，帮助他们安享晚年，免于资产的风险。"

"为普通人的福祉着想，帮助需要帮助的人，这不也是我们的工作吗？"我恍然大悟。

"所以我才是基金的好朋友啊！"田先生笑着说，"以后的每一年，只要我的企业做得好，我都会给基金捐赠。我还要让我的朋友们一块儿加入进来。未来，我们更有可能通过一个又一个的企业平台，来支持基金的慈善事业。"

在我看来，田先生有两种财富。一种是智慧所得的物质回报，另一种莫过于他人难以企及的博大情怀。田先生兼而有之，殊为难得。

这天送别田先生之后，同事们都感叹道："他真是一个大款啊！"

"不对，他不是一个'大款'。"杨总严肃地说。

杨总解释道，与逐鹿商界的生意人不同，田先生赚钱的目的绝非为了聚积钱财。无论他是二十岁出头的技术达人，还是渐入中年时的沉稳投资人，情怀与梦想都是田先生心底最丰厚的财富。他为支持农村发展尽心竭力，对孤童及老人心生关怀，物质财富只是田先生尽心助人的前提。

而谈及赚钱方式，"大款"在我们脑海中常常是脑满肠肥的市井模样。而田先生一副书生外貌，依靠头脑和技术取得成功，从不染指"关系""潜规则"等等。若你问他，纵横商场，善意会不会使人易受伤害。他会认真地告诉你，的确有坏人利用别人的善良，但更多人会对善意报以更多的信赖与合作机会。

田先生的财富源于智慧，使用财富的方式也绝不流于个人的奢侈消费。田先生更愿意把财富用于为更多的人带去福祉，这迥异于"大款"们的贪恋享受。

　　田先生究竟是谁？他不是大款，也不是一个生意人，他是我们基金的朋友，是富有情怀的金融才俊。

我带徒弟了

一

　　我在基金工作的日子是一场收获成长的旅程。无论是学到的方法和经验，还是内心的平和与宁静，这满满的收获让我的每一天都充满力量。胡老师和吴姐鼓励我把所学所得传承下去。就这样，我开始带徒弟了。

　　我的第一位徒弟方辰玥，是勤奋学习的经济学专业的大一新生，也是校园中的游泳健将。她在这个暑假积极寻找实习的机会。基金利用金融保险手段为孤儿提供健康保障的机制引起了她浓厚的兴趣。尽管只是实习生，但小方可不满足于当个酱油党。来到基金的第一天，她就跃跃欲试。

　　给小方安排什么任务呢？我决定让小方从一些基础的工作开始做起。为保障暑假过后的开学季，四川等多个省区公益保险卡发放工作能够顺利完成，协助整理孤儿信息就成了小方的第一项任务。这不仅有助于她积累对基金的基本认识，还能锻炼她细心、严谨的工作态度。与我第一天来到基金时不愿从琐碎事务做起的傲慢样子不同，小方仿佛随时都打开着自己内心的天线，绝不错过任何一个小小的机会来体味慈善的深意。她悄悄告诉我，参与慈善事业，她也期待着自己的变化。

每天仔细查看孤儿名单，儿童福利院中很多孤儿肢体残障的情况让她触目惊心。我告诉小方，公益保险通融核保的原则，能够使大约80%的福利院孤儿被顺利承保，我们要做的就是及时提供正确有效的孤儿信息。我把基金办公室整理好的孤儿名单操作流程教给小方。与很多实习生不同，小方从不止步于按部就班地操作办公软件，她总是积极思考还有哪些方法能让工作更有效率。看着小方认真工作的样子，我鼓励她，等顺利完成孤儿信息整理之后，就带她一起做对外合作。

"对外合作"引起了小方浓厚的兴趣，"师傅，募款和宣传哪个重要？"小方认真地问。"募款更重要，难度也更高。目前基金已经获得了很多捐赠人的支持，但离覆盖全国的孤儿还远远不够。"我耐心地回答她。

几天之后，一个周末，小方兴奋地问我，她想起一家新兴企业常在校园里发展学生会员，想看看基金能不能联合他们做些活动。她打开电脑里用业余时间整理好的详细介绍材料给我看。浏览下来，一个念头在我脑海里闪过，这个企业正处在创业阶段，正全力忙于商业推广，目前未必是基金的一个合适的合作伙伴。要不要第一时间阻止小方呢？

看到小方，我仿佛想起了从前的自己，同样是对新任务跃跃欲试，也同样是对师傅充满了信任。"小方，合作是双方的事，咱们可以联系一下这家公司问问他们的意向。如果不行也没有关系，咱们再一起开拓其他的合作伙伴！"我鼓励小方主动联系这家公司，同时我心里也在思索，如果对方不适合，要怎样跟小方沟通呢？

这天下班前，我给小方讲了自己刚加入基金的时候与儿童游乐园范总洽谈合作的故事，特意叮嘱她一定要注意观察对方慈善合作的意愿和出发点。即使无法促成合作，也不必遗憾，成长是一个慢慢积累的历程。

小方仔细地想了想，"师傅，你放心吧！我肯定不会随便答应对方什么的，有什么情况一定会及时和你商量，也绝不会给咱们基金添麻烦的。"

转眼就是周一，这天早晨，我刚一进门，"师傅，我想跟你说说那个企业的事。"小方略带歉意，"我认为咱们没法儿和他们合作！"

原来，和我预料的一样，小方利用周末时间，前往对方线下活动的现场，还鼓足勇气和对方的主管商量了合作的事。对方却另有打算，作为一家创业公司，他们迫切需要得到免费的宣传资源。

"他们太不靠谱儿了，一点儿没有捐款的意愿！咱们一家慈善机构，怎么可能随便帮他们进行商业推广呢？"细说起来，小方有些气愤。

"你的判断很对！"我鼓励小方继续加油，"想和企业达成合作并不容易，需要双方长时间的相互了解和磨合。要不你先和我一起推公益广告合作，咱们慢慢地一起积累些经验好吗？"

小方欣然同意，每天都帮助我更新需要开拓的媒体列表。有了她的协助，我就能更高效地联系更多媒体加入到支持基金的大家庭里。

在实习结束之前，小方神秘地说要送给我们一份特殊的礼物。提前一周，她悄悄询问我们每个人爱吃的东西。她要独立为我们安排一场别开生面的午餐会。

这天早上，小方独自搬来一个十几斤重的大西瓜，中午又给大家买了三个不同口味的香喷喷的大比萨。这位在家中被父母戏称为"方小姐"、一向与家务活儿"绝缘"的她，在基金实习最大的收获是学会了独立和关怀他人。

二

送别小方后不久，忙碌的金秋开学季到来，大四的学生郭雯雯成了我的新徒弟。雯雯在学校里的专业是数理统计，成绩优异的她是同学们眼中的"学霸"。大四是个忙碌的学期，课业负担不重，许多同学会选择到合适的单位实习。于是雯雯决定到基金来。

雯雯来基金的第一天就利用在学校所学的专业知识为优化信息处理的流程做出了贡献。办公室的同事们交口称赞，"咱们迎来了一位数据处理小能手！"

在雯雯看来，从基金的每一项工作中都能获得意想不到的收获。

开学季，数万名孤儿获赠公益保险卡，我带着雯雯拨打各个省区基层民政的电话进行回访。在开始之前，我整理好了通话要点，叮嘱她一定要了解清楚民政是否及时收到了保险卡，并叮嘱他们做好发放安排，排查辖区内孤儿的身体健康状况。雯雯仔仔细细地记录了下来，在沟通时却发现，自己要面对的远不止于此。作为代表基金的志愿者，基层民政工作人员会向她诉说本辖区孤儿的情况，同时还会追问关于公益保险机制的更多细节。几次沟通下来，雯雯告诉我，原以为简单的工作背后，却代表着基金要承担的责任，丝毫马虎不得。

雯雯迫切需要提速了解基金，除了关于基金相关的具体知识，学会基金解决问题的方法也是她的关注点。

每个周一的午餐会和周四的培训都是雯雯特别期待的时刻。与人沟通的"金字塔原则",在同时进行多线工作时如何做到"聪明工作"……胡老师点评每项工作的优劣得失时,她都悉心倾听,从不放过任何一个学习的机会。

"智澜姐,我觉得咱们基金的方法都挺'深奥'的。我怎么觉得听过一遍甚至几遍之后还难以转化到自己的日常工作中去呢?"有次会后,翻看着密密麻麻的笔记,雯雯有些困惑。

"哈哈哈,别着急!这些方法可不是一时半会儿就能完全掌握的。慢慢来,我会带你参与每一件具体工作。咱们一起成长!"我鼓励雯雯。

从此,雯雯开始成为我的得力助手。

外出拜访长期支持基金的淘宝爱心商家时,雯雯主动要求与我同去。为此,她做了细致的准备。我鼓励她回答三个重要的问题:第一,思考为什么这个商家特别值得咱们基金的工作人员前去拜访;第二,除了公开透明的捐赠信息,这个商家最需要咱们提供什么样的服务;第三,这次探访会为基金未来的工作带来哪些启发。

为顺利回答这三个问题,雯雯可谓是绞尽脑汁。她仔细查看了这位商家以往所有的捐赠记录,又在拜访时主动询问。

回到办公室,经过缜密的思索,雯雯自信地给出了答案。"智澜姐,我看了你每一个月做的淘宝商家捐赠情况记录表了。这位商家开的是一家集市店,捐赠的善款金额并非第一。但是她坚持小额捐赠,捐赠笔数好几个月夺冠,特别值得敬佩!除此以外,她对孩子们罹患大病的现状感到痛心,特别希望公益保险能够惠及更多的孩子。她很喜欢你送给她的'爱心1+1'安心密码,说正好能给自己的孩子用。我觉得这是咱们特有的机制,以后还可以惠及更多的捐赠人。另外,几十万爱心商家不能一一探访,但是每次探访留下的思考和珍贵的图片资料,都能作为提高咱们捐赠服务的启示,提醒我们要与更多爱心人士缔结善缘!"

尝到独立思考的甜头,雯雯的工作渐入佳境。

不久后，雯雯和我一起去儿童医院探望来京治病的孤儿，她早已学会了独立做好工作准备。雯雯提前熟记《理赔帮助包》中孤儿亲属需要准备的理赔材料。在我向亲属了解孩子情况时，她一边用随身带好的纸笔记录患儿的核心信息，一边有条不紊地拿出打印好的纸版文档，协助我当面为孩子亲属进行详细解释，"要想加快理赔流程，就一定要把时间用在刀刃上。您看，我们已经把理赔材料的详细介绍给您打印出来了。您拿着它，直接对着图，'照葫芦画瓢'准备就行！"雯雯向孩子们的监护人进行介绍时有模有样。

在媒体开拓方面，雯雯的贡献更为突出。她关注到基金的合作伙伴已经囊括了全国许多知名的主流媒体。她充分利用这个优势，参照基金媒体资源库中的不同类目，力争将该类目中还没有联系过的媒体"一网打尽"。雯雯从小就是优秀的理科生，最新的科技发展是她长期的关注点。手握一份查阅好的陌生媒体联系表，她胸有成竹地联系了其中数家。通过不懈的努力，知名媒体《IT经理人》杂志的广告部主管亲切地回应了她的电话。在仔细介绍过基金的特点和其他主流媒体的支持情况后，对方爽快地答应在最新一期杂志上为基金刊登公益广告。雯雯高兴极了，放下电话，她情不自禁地与我击掌庆祝。而在我眼中，雯雯早已不是一个处理简单工作的实习生了，而是和我一同努力、对结果负责的年轻同事。

三

我在小方和雯雯身上总能看到自己从前的影子，我能体会她们的迷茫，更愿意在一点一滴的工作中与她们分享自己的经验教训。令我格外欣喜的是，小方和雯雯都通过看似普通的工作提炼出了自己的思考。见微知著，才知晓积累的力量。小方总是笑称我"师傅"，而雯雯则亲切地称呼我"姐姐"，拥有她们的信赖让我感到自己肩上的责任沉甸甸的。

从前我的师傅吴慧娟总期待我早日独当一面，而现在我不仅学会了顺利完成具体的工作，还要对他人的成长负责。在小方和雯雯信赖的目光中，我看到一个需要持续努力、不断精进的自己。

转眼之间，时光又翻开了新的一年。新春佳节再次到来，两位徒弟都给我发来了她们的最新消息。小方兴奋地告诉我，回到校园后，自己和身边的朋友分享了在基金实习的精彩经历。她告诉伙伴们，"慈善"绝非一个远离生活的遥远词汇，自己通过努力，也能为孤儿的健康成长做出贡献。而经过在基金的锻炼，小方有信心在不久的将来离开父母的庇护，独立成长。下个学期，小方将远赴美国科罗拉多大学做交换学生。为提前做好准备，从前对家务活儿毫无兴趣的小方，现在已经成为朋友们眼中的"厨艺达人"。"我得照顾好自己，才能照顾好其他同学啊！"小方自信地说。

雯雯从尼泊尔发来的图片更让我惊喜。雯雯说，自己在成长历程中收获了许多源自他人的关爱和帮助，现在也能够用自己的力量回馈社会了。在尼泊尔巴德岗，雯雯成为一名国际志愿者。"智澜姐，以前总有好多同学问我，你一个学统计专业的学生为什么要如此关注慈善呢？我总以'这是我的兴趣'来回答。但现在我能确切地告诉大家，是慈善让我的心柔软而又坚强，是慈善帮助我明确了自己的人生目标，让我相信，自己所学的方法、知识并非仅为了达到老师们的要求，而是为了能给其他人创造更好的福祉。在尼泊尔，有很多孤贫孩子。我发现自己小小的力量，也能帮助他们开阔视野、培养良好的生活习惯，很多小事都有助于他们认识到自己生活的方向。未来，我还要帮助更多的人！"

同事们总说，咱们基金每一年都将善意的种子播撒到世界各地。每一颗种子都有自己破土而出的力量，而每朵小花都将开放出自己夺目的光彩。小方和雯雯，我的两位徒弟，我见证了她们的成长，并通过她们让基金的梦想继续传承。

这也是我收获的一份珍贵的成长礼物。

成为哈佛在线生

一

迄今为止，引导我成长的是两个关键词——学术与实践。

在学生时代，"学术"曾经是一种挑战，追求学术上的真知灼见是我最大的理想，而"实践"的分量则很轻。北京大学元培学院与其他学院迥然不同的是，同学们可以在上大学头两年徜徉于多个学科，到了高年级后才选定最终的专业方向。老师总是告诫我们，任何学科都是一扇特殊的窗子，透过它我们只能从一个角度看到世界。无论选择深入哪一个专业，在未来的工作中仍然要勤勉不辍，实践与学术相结合才能取得宝贵的收获。

知行合一，并不容易。刚开始与公益慈善这个领域结缘时，我几乎没有任何相关的学术背景。成长路上，基金的工作给我带来了动力，小到买好一碗粥，大到关注一名孩子的病情，它时时提醒我思考，除了完成日常工作之外，我还能如何进一步提升自己？遍查海内外高等学府，涉及慈善相关的专业基本上都属于公共政策学院。其中最为著名的，当属哈佛大学肯尼迪政治学院。在这里，我发现自己脑海中割裂看待的"学术"与"实践"其实是水乳交融。"不要问你的国家能为你做些什么，而要问你能为国家做些什么"的叩问，影响了几代致力于利用公共政策推动社会发展的莘莘学子。

学界关注慈善的"大拿"们云集于此，慈善如何缓解社会问题，从而推动社会进步是他们关注的重点。

除了提供标准的学术学位，丰富的在线课程也是肯尼迪政治学院的亮点。一门《非营利组织的战略架构》吸引了我的注意，授课老师Christine Letts教授拥有在企业、政府及大型慈善基金会的从业经历，这些根植于现实世界的精彩经历让她尤其强调学术在职业生涯中的体现。

在填写了长长的申请表格、等待了几个月之后，我的邮箱里跳出来了一封录取通知书，我终于再次与哈佛大学连接在了一起。我被哈佛录取为"在线"学生，参与这门课程，并和来自全球的同学一起共享这颇具专业性的发展机遇。上一次与哈佛结缘还是在年少懵懂时参加模拟联合国大会，现在的我早已学会亲近现实世界。这封邮件带给我欣喜，也带给我压力。

注册了Harvard ID之后，我登陆课程网站，迅速浏览了班里其他同学的简历。一个问题冒了出来，这门课究竟为什么会录取我呢？

同学们不是拥有长达数十年非营利机构的从业经历，就是已经就职于联合国等知名机构，再或者是已经在高校中担任教职。他们丰富的实践经验和完美的学术履历让我汗颜。仔细回忆我在申请表格中填写的内容，恐怕简历中最大的亮点就是我在基金的工作经历。我自信地陈述了在这样一个创新型的慈善组织怎样工作，以及如何克服困难所带来的思索。我已经品味到实践所带来的收获，而如何通过学术研究将实践进一步升华是我关注的重点。

这是我第一次踏进如此全球化的课堂。好奇、兴奋，我期待着不同思想的碰撞。作为全班唯一一名中国籍学生，我细细查看了一下大家的背景，除了一位蒙古国的同学，其他人基本上都来自欧美国家。

我们的上课时间为北京时间深夜 11 点到第二天凌晨 1 点。

二

课程正式开始前的自我介绍环节引发了大家的热议。聚焦教育、男女平权、儿童保障、抗击饥饿、反对战争，围绕这些，来自于不同国别的声音此起彼伏，每个人都坚信自己的工作极有价值、自己的思考颇为犀利。

上课第一天，Letts 教授这样开场："我认为在线的各位同学都是世界上最聪明的人。但是我仍然需要你们回答一个并不容易的问题，你们认为自己的使命是什么？你们供职的机构的使命又是什么？"

使命，这是一个大词，寓意人对自己最终属性的寻找与实现。从一家慈善机构的角度来看，使命就是其事业的根本目的。在我笔下，基金的使命就是通过为孤贫儿童赠送重大疾病公益保险的方式，帮助孩子们抵御重疾的威胁。

这样简单的一句话，只能最粗浅地介绍基金，但却是深入理解项目的第一步。"说清你和你的机构究竟想要做什么，才有可能进一步生存下来。"Letts 教授认为，为保障慈善事业的可持续发展，慈善组织需要锲而不舍地获得善款、注意力，并为其工作人员赋能。而随着慈善事业的蓬勃发展，这一切资源都是有限的。在谋求任何发展之前，要特别明确自己行事的目的。这一点和胡老师一直教给我的工作方法不谋而合。

获知彼此的使命，在线论坛上，对于当下最流行的慈善话题，学生们正在进行激烈的讨论。现在，著名的"冰桶挑战"一下子席卷全球，这桶结合了娱乐与慈善的冰水"浸透"了美国、漫延了欧洲，还漂洋过海来到了中国。"冰桶挑战"的参与者从体坛明星到文艺大腕、社会名流、科技新贵甚至政界要人，颇为吸引眼球，迅速引发了轰动效应。

"冰桶挑战"采用爱心接力的方式，其初衷是让参与者体验 ALS "渐冻症患者"（渐冻人）的痛苦，聚集善的力量，给这些不幸的人们以温暖和支持。"冰桶挑战"一方面依靠名人参与和社交网络聚集人气，另一方面也借助慈善的感召力将雪球越滚越大。短短一个多月，"冰桶挑战"在中国的社交媒体上就获得了超过 40 亿次的阅读量，也使得公众对渐冻人空前关注，为这个群体募集到了数额可观的善款，开启了全民慈善的新篇章。

"冰桶挑战"无疑是成功的。这种自发、快乐、迅速传播的公益捐款，是慈善活动的一大创举。

与此同时，另一种声音也在响起，"冰桶挑战"也遭到不少非议。有的同学指出，参与者有作秀和"假积极"之嫌，类似社交网上那些只关注、不付出的"点赞党"。有人甚至说，"冰桶挑战赛"表面看来利他，实则是帮参与者为自恋行为戴上了面具，根本算不上是真心奉献。

在中国，也有媒体质疑该活动已经偏离了其初衷，包括质疑个别人把通过"高调作秀"赚取社会注意力放到第一位，忽略了该活动的慈善本意；以及有人担忧在短暂的热潮退去之后，是否还能延续人们对渐冻人长期的关注与帮扶；甚至还有不少渐冻人对捐款的去向表示忧虑，担心善款被打劫了，等等。

在我看来，对于渐冻人而言，当冰桶的热度过去，他们的病痛仍将伴随一生。短期的活动不失为一种聪明的劝善方式。然而短暂的热潮之后，需要认真对待的是如何建立起渐冻人及其他弱势群体的长期帮扶机制，如何推动并完善相应的公共政策。

短期的慈善活动固然夺人眼球，但最终，持久的慈善行为才有可能用长期的保障帮助受助者摆脱困境，也只有这样，将慈善上升到推动公共政策制定的层面才会有意义。

在我看来，慈善是一种发乎内心、行之于外的情怀。它不是一时突发的善心，不是一个简单的创意，更不是一种虚伪的作秀。它的使命是作为一种持续的行为，日积月累，吸纳承载普通公众的爱心奉献，并将其转化为对不幸者的持久关爱。

我的观点在课堂上得到了许多同学的认同。在所有受助者中，最受大家关注的群体莫过于儿童。针对儿童保护，一位来自欧洲的慈善人Garcia 的问题引起了大家的关注，她的问题是：怎样才能带给弱势儿童最切实有效的长期帮助？

三

在 Garcia 群发的图片中，有一个西班牙的孩子。

在西班牙街头，这个孩子盯着公共汽车站边的广告牌，不自觉地碰触了一下自己的嘴角。原来，这是一个只有孩子才能看见的反虐童公益广告，采用了透视印刷技术，当成年人看到这个广告时，会看见一个男孩儿沮丧的脸，有些不知所云。但如果是身高不足 1.35 米的孩子，就会看到男孩脸上的瘀青和嘴角的血痕，旁边还写着："如果有人伤害了你，请打这个电话，我们会帮助你。"

这则公益广告一经推出就迅速风靡欧洲。它匠心独具，充分展示出设计者对受虐儿童境遇的周到考虑。可以想象，如果人人都能见孩子之所见，那带有暴力倾向的家长或监护人一定会想方设法不让孩子接近或看到这块广告牌，这则公益广告就会形同虚设，没有丝毫的效果。

当我们怀着爱心投身公益慈善活动的时候，应该知道，如果想为受助者提供长期的保护，那么简单、粗暴、缺少智慧的给予不仅不能帮助受助者，甚至可能会对他们造成二次伤害，也就更无法为他们提供长期有效的帮助。这样的讨论引发了大家的共鸣，一位长期在非洲进行扶贫工作的美国志愿者 Mark 分享了他的故事。在古老的非洲大陆，一些国家长期饱受战争、政治势力割据、贫穷带来的伤害。孩子，是不稳定环境中最易受到伤害的群体。在他眼中，"保护孩子"分为几个层面。一个层面当然是提供实际的物资支援。在去卢旺达发救济物资时，志愿者们兴高采烈地搬来了大量食品和饮用水。出乎他的意料，所供职的国际机构特别要求志愿者们绝不直接发给当地的贫穷孩子，而是要求孩子们一起参与救济物资的搬运或发放工作后才发。仔细询问后他才了解，这种安排的目的是要孩子建立起"贫穷和灾难不是不劳而获的理由"的积极思想。这就触及了慈善的第二个层面，保护孩子们脆弱的内心，为他们未来的成长留下一颗免受伤害的心灵。"每个孩子都将成长为新的公民，会成为父亲、母亲，并把他们获得的思想传递给非洲大陆的下一代。真正的人道是关怀，而不是一时一地的给予。即便你此刻只能提供有限的帮助，也要从受助者的角度出发，为他们的未来着想。"Mark 严肃地说。

这热烈的讨论引起了 Letts 教授的关注。她告诉我们，从受助者的角度着想是慈善最基本的前提。而明确自身的使命，并积极利用自身的优势，和其他机构相互合作，才有可能让慈善组织真正做到可持续发展。这种目标的实现绝不是旋风一般的短期活动可比拟的。慈善的最终目的是推动社会的发展。无论是帮助"渐冻人"，还是关爱全球各地需要帮助的孩子，都需要建立长期有效的机制。

耳畔回响着这些来自异国的不同声音，我的心里不断思索着基金日常工作中，那些看似微不足道的点点滴滴，铺就了我的成长之路：刘冉姐带我维护与淘宝、支付宝、新浪等大型商业平台的募款合作；我和关舟一起，不断争取获得各级媒体的认可和支持；每次发完公益保险卡，和万恋共同向基层民政了解发放情况；在师傅的指导下，独立承担起孤儿的报案理赔工作，学会和孤儿亲属、地方民政共同协作。这些看似普通的经历，几乎处处都体现着基金为给孩子们提供长期保障所做出的努力。

在撰写课程报告时，我写道，在我所身处的中国，最有价值的力量莫过于"合力"二字。我所就职的基金为孤贫儿童提供的专业保障是现有的孤儿福利政策中正好缺失的。它帮助填补了孤儿福利保障中大病救助的空白，获得了公众的广泛认可和支持。一朝与弱势孤童结缘，为完成使他们获得持久保障的使命，我和我的同事们与商业机构、政府部门、各级媒体进行了密切的合作。基金所获得的广泛支持也证明了慈善对于社会公共政策的补充作用。我由此相信，优质的慈善组织能够成为推动中国儿童保障制度完善的有力助推器。

课程结束那天，我收到了 Letts 教授的反馈，她在邮件中告诉我，中国儿童保险专项基金是她所了解的唯一一个使用公益保险机制来保护孤贫儿童健康的慈善项目。一个创新性的慈善项目在实践的过程中必然会遇到许多新的问题，这就要求承担责任的慈善人格外注重提升自己的专业素质。她期待听到更多关于我和基金的事，也希望在线课程带给我的收获能够指引我持续努力，在未来能成为肯尼迪政治学院的一名正式"在校"学生。

一朝结缘，持久关爱。这不仅仅是基金对于孩子们的承诺，也同样是我的梦想。与慈善结缘，并持续成长为一名专业的慈善人，我相信学术与实践的结合将为我注入新的力量。这次特别的经历，也坚定了我接下来正式申请去哈佛留学、以慈善为研究方向的目标。

后 记

　　人们常说，时光如流水。我却从中披沙拣金，找到了光阴沉淀的礼物。写作《心会痛，才算长大》是一场逆时空的旅程，我用这 30 个真实的故事记录了我在中国儿童保险专项基金工作的成长历程。彼时的喜怒哀乐，都在写作的过程中被提炼为心底最闪亮的回忆。

　　回首来路，仿佛还是昨天，我懵懂地踏入基金的大门，既期待收获真正的成长，又要和自己那颗坚硬的心一次次交锋。从每一件小事做起，从每一句恰当、暖心的话语开始，我经历了一场蜕变之旅，收获了一颗柔软的心。

　　把这场特殊的旅行凝练为文字，进而集结成书，却并非易事。大概一年之前，与基金办公室的同事们一起出游时，我第一次讲起孤儿小松和他大伯老严的故事，说到他们的坚强让我心痛，那种感觉让我瞬间长大。胡老师和刘冉姐当时就鼓励我把这些感人的故事写下来，让基金的同事们以及基金的众多捐赠人和支持者们能通过我的双眼，真切地看到他们对孤儿的关爱所释放出的巨大力量。

讲零星的故事容易，写成一本书却是全新的挑战。在前八个月里，所有记忆像碎片一样涌上心头，而且新的故事还在天天发生。我不知如何下笔，很长一段时间只字未动。又是胡老师和刘冉姐经常督促，并引导我不断追问自己，什么是过去三年中最难忘的回忆。回答这个追问需要真诚。我曾逃避剖析自己犯下的错误，来基金第一天被当头棒喝的事也想一笔带过；我也曾计划在孤儿故事里略去乐乐，只呈现那些患儿痊愈的大团圆结局。但随着写作的慢慢深入，我开始真正用"心"作文，相信事实背后的真心话、真性情、真感情才值得永远被铭记。

真实是有力量的，感谢所有给我机会把这些真实的故事记录下来的人。本书中除了为保护孤儿及其家人隐私，用的是化名外，其他的基本上都是真人真事。

感谢中国儿童保险专项基金办公室的同事们：胡老师一路教我做人，教我分析、解决问题的方法，并鼓励和督促我完成本书；刘冉姐在我陷入困惑时，总是用智慧和经验支持我接受挑战；我的师傅吴慧娟早已成为我职业生涯中最亲切的领路人；薇薇姐从我进入基金的第一天开始就用无微不至的关怀给我以家的温暖；关舟是我开展媒体合作工作最有力的伙伴，我们相互扶持战胜内心的羞怯；设计师耿喜创作的美好作品，帮助我在媒体合作中取得累累硕果；和我同一天进入基金办公室的万恋，和她一起成长的每一天都是我美好的回忆。

感谢基金的顾问王振耀教授、卢新华老师、尚晓援教授、宋立英老师、杨臣老师、谢宝康老师、田小红老师等，他们都给予我成长路上很多充满智慧的指导。感谢周放生、李涓夫妇，感谢任涛、董峻、易凌、唐小宏、许芳、黄婧、傅晓航、高燕、董金莉、牛玉娜，以及其他许许多多长期捐赠和服务基金的志愿者们，是他们的陪伴让我们从不孤单。

感谢中国国航、明亚保险经纪、如新集团、中信银行、中粮我买网等爱心企业连续数年支持基金，这些爱的力量为基金的健康发展和为孤儿持续提供健康保障注入了源源不断的动力。

感谢淘宝、支付宝、聚划算、新浪、腾讯等公益平台作为汇聚爱心的枢纽，让基金积累了逾百万名小额捐赠人的爱心奉献。感谢这些我从未谋面的善良的人们，是他们点滴之爱的汇聚，鼓励着我不负重托、勤奋工作。在我心中，他们永远和我在一起！

感谢所有关注和支持基金的爱心媒体和媒体人，感谢他们用宝贵的资源真情呼唤更多对孤儿的关爱。

感谢中国儿童少年基金会的良好声誉及严格管理，确保了基金的健康发展；感谢基金会的领导陈晓霞秘书长、乌振英秘书长及胡文新主任等在基金成长过程中的大力扶持；感谢基金会财务及办公室工作人员对基金繁琐的日常工作长期以来的默默支持。

感谢各级民政工作人员不辞劳苦，保障了公益保险卡的有效发放，确保孩子们获赠健康的保障，并在他们罹患重疾时给予他们无私的关爱和帮助。

感谢基金专属公益保险的独家承保公司中国人民健康保险股份有限公司长期以来对基金的大力支持，感谢他们打破常规，全方位通融，让更多的孤儿及时获得公益保险的赔付。

感谢项目的每一位受益儿童、他们的监护人及亲属。在帮助孩子们抵御病魔的过程中，他们人性中的坚强、勇敢、乐观一直是我工作中最大的动力，孩子们的笑容是我心底最亮的光源。

感谢作家出版社的郑建华老师在百忙中为我提出的宝贵修改意见，让这些真实的故事以最具力量的方式呈现。郑老师宅心仁厚，不仅费心费力帮助我编辑修改文字，还成了基金的爱心捐赠人。

最后，感谢公益保险这个独特的机制在过去三年中为我汇聚如此多的善缘。这些善缘让我的心学会为他人而痛，教会我即便在绝境中也要相信人性中的善良和坚强。

这 30 个故事中记录的每一件小事，背后都蕴含着成长的深意。基金的资深顾问、北京师范大学公益研究院院长、哈佛大学肯尼迪政治学院校友王振耀教授是我极为景仰的长辈。我有一次请教王院长，问他在哈佛大学学到的最有价值的东西是什么？

王院长认真思索后，肯定地回答我，是"把文件上的订书钉订好"。王院长说，人们往往喜欢讨论大事，动辄谈论"使命""普世价值"，其实把小事做好就是从根本上改变这个社会。不要轻视那些生活中的小事，要在每一件小事中找寻自己的使命。

用心关爱，道不远人。我正是通过每一件小事，学会为他人心痛，才真正收获了成长。

对我而言，尽管我仍然计划负笈哈佛，但"哈佛"已不再是一个简单的目标和努力的终点。在走近哈佛的路途中，我收获了一个全新的自我，成长为了一个有力量的人。

我相信未来一定会有越来越多的新人走进基金，并留下他们的故事。我希望我的故事能够鼓励他们擦亮心目，走向成熟。

这场成长的旅行还在继续，我和那颗会痛的心，将一直在路上。

图书在版编目（CIP）数据

心会痛，才算长大/张智澜著. －北京：作家出版社，2015.5
ISBN 978－7－5063－8024－9

Ⅰ.①心… Ⅱ.①张… Ⅲ.①散文集－中国－当代
Ⅳ.①I267

中国版本图书馆 CIP 数据核字（2015）第 105274 号

心会痛，才算长大

作　　者：张智澜
责任编辑：郑建华　李　雯　陈晓帆
封面设计：宋少文
版式设计：梦　石
出版发行：作家出版社
社　　址：北京农展馆南里 10 号　邮编：100125
电话传真：86－10－65930756（出版发行部）
　　　　　86－10－65004079（总编室）
　　　　　86－10－65015116（邮购部）
E－mail：zuojia@zuojia.net.cn
http://www.haozuojia.com（作家在线）
印　　刷：三河市紫恒印装有限公司
成品尺寸：152×230
字　　数：210 千
印　　张：16.75
印　　数：001－25000
版　　次：2015 年 6 月第 1 版
印　　次：2015 年 6 月第 1 次印刷
ISBN 978－7－5063－8024－9
定　　价：29.00 元

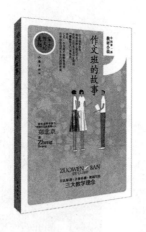

《父母是孩子最好的音乐老师》的作者郑又慧老师，是国际音乐协会教材教法研究会7个常务理事之一，台湾著名少儿音乐教育专家，她曾自费去过20多个国家和地区，融汇这些国家的少儿音乐教材、教法，摸索出一套自己的适合孩子的音乐教育方法。本书是她30多年教育经验的汇集，曾获台湾出版最高奖"金鼎奖"。引进到大陆后于2012年9月出版过一次，已经脱销。此次出版为修订本。

本书取名《父母是孩子最好的音乐老师》，意在强调父母在孩子音乐学习中所起的重要作用：在幼儿的音乐启蒙阶段，父母知道怎样做到最好的启蒙；在音乐学习阶段，父母知道怎么给孩子找到最适合的老师并给予帮助；在孩子的专业音乐学习阶段，父母知道怎么帮孩子走得更远。

在日常生活中，我们发现，许多学生有一定的语文基础，也有一定的阅读量，可一到写作文时候就手足无措，不知道怎么写。

作文研究专家郑北京经过多年研究发现：写作文是有一定的技巧的，通过一些寻找"作文点"的训练，形成"爆破思维"，教会孩子在三分钟内学会审题、构思和选材，作文水平在短时间内突飞猛进，写出一类作文甚至满分作文。

《作文班的故事》是郑北京写的一部作文教材小说，有着很强的可读性、故事性，尤其具有实用性，让你的孩子在轻松阅读中快速提高作文水平，是学习作文的好助手。

画云博士28岁就是中科院最年轻的副研究员之一，80年代初出国，因为在教育孩子上出了一些问题，放弃了科研，转行研究家庭教育，成了美国著名的教育专家，在美国培训了很多老师和家长，也得到国内外老师、家长和学界的高度评价，她把她的这些研究结集后，带回国内出版，希望能给国内家长一些有益的指导。

作家出版社新推出的长篇小说精品：《湘西秘史》。

编辑推荐：《湘西秘史》是一部集湘西民情民俗、人文历史、人情世故、人生百态之大成的宏篇巨著、她浓缩了湘西的百年恩怨和百年兴衰，历史知识丰富，文化底蕴深厚，文笔稳重大气又不失细腻，是一部极为厚重的历史文化小说，她像陈年老酒一样，值得你细细品味！神秘湘西，湘西神秘，尽在《湘西秘史》！

部分目录

湘西水码头浦阳镇，民风淳朴巫傩盛行；

张刘两家订下娃娃亲，张复礼逢场作戏遗憾终生；

"觥觥迷药"扑朔迷离，娇小姐夜会丑雕匠；

失身苗女执意嫁虎匠，莽滩师失手毙神鸦；

龙婆垂涎"阴沉木"绝食丧命，龙子设计报复转害众排工；

火儿"藏身躲影"楠木峒，得遇千年白蟒蛇精。

巫傩传人铁门槛"抛牌过印"，石火儿遵从母命打虎西洛寨；

梅山虎匠临危救子客死桅子岭，小法师含悲忍痛赶父尸回家乡；

拗师兄误入"仇家"中蛊毒，小师弟苦求解药释前嫌；

麻大喜遁入空门做和尚，身世大揭秘张钰龙无奈走天涯。